任何事物只要在地球上出现过一次,就应该会在宇宙别处出现好几百万次,这是绝大多数科学家的"信条"。——第13章

读客外国小说文库
熊猫君激发个人成长

2010太空漫游

[英]阿瑟·克拉克 著
张启阳 译

上海文艺出版社

本书图片均来自1968年电影《2001：太空漫游》，斯坦利·库布里克执导。

虽然我们是发现号名正言顺的拥有者,但俄国人很可能捷足先登。——第2章

午安,先生。我是哈尔9000型计算机。我的老师是钱德拉博士,他曾经教我唱一首歌。假如你爱听的话,我可以唱给你听……它叫"黛西,黛西……"——第40章

正因为在整个银河系里,他们发现最珍贵的莫过于"心智",因此他们到处促进心智的萌发。他们成了星际田园里的农夫,忙着播种,偶尔还会有收成。——第51章

献给本人敬佩的两位伟大的俄国人：

阿列克谢·列昂诺夫将军
航天员、苏联英雄、艺术家

安德烈·萨哈罗夫院士
科学家、诺贝尔和平奖得主、人道主义者

目 录

前 言　　　　　　　　　　　　　I
作者题记　　　　　　　　　　　III

I
列昂诺夫号

第1章　望远镜下的会面　　003
第2章　海豚之屋　　　　　011
第3章　莎尔9000　　　　　 020
第4章　任务简述　　　　　028
第5章　列昂诺夫号　　　　034

钱学森号

第6章	苏醒	051
第7章	钱学森号	054
第8章	掠过木星	058
第9章	大运河之冰	067
第10章	来自欧罗巴的呼救	075
第11章	冰与真空	081

发现号

第12章	下坡狂奔	091
第13章	伽利略诸世界	096
第14章	双重接触	102
第15章	逃出巨掌	109
第16章	私人连线	113
第17章	登舰二人组	118
第18章	救援	126
第19章	风车行动	132
第20章	断头台	138
第21章	哈尔复活	141

IV
拉格朗日

第22章	老大哥	147
第23章	相会	150
第24章	侦察行动	155
第25章	拉格朗日景观	159
第26章	缓刑	166
第27章	插曲：真情告白	170
第28章	无力感	174
第29章	突然现身	180

V
众星之子

第30章	回家	187
第31章	迪士尼村	194
第32章	水晶泉	198
第33章	贝蒂	202
第34章	告别	208
第35章	复职	215
第36章	深海之火	221
第37章	劳燕分飞	230
第38章	泡沫世界	234
第39章	在舱库里	240
第40章	"黛西，黛西……"	248
第41章	值夜班	254

VI
噬星怪物

第42章	机器里的鬼魂	265
第43章	思考实验	272
第44章	消失的把戏	278
第45章	逃离行动	285
第46章	倒计时	294
第47章	最后的巡礼	303
第48章	飞越背日面	313
第49章	噬星怪物	319

VII
太隗初升

第50章	挥别木星	327
第51章	伟大的游戏	332
第52章	引爆	335
第53章	临别的厚礼	347
第54章	在两颗太阳之间	350
第55章	太隗初升	353
终　曲	20001年	355
致　谢		360
1996年附记		364

前言

十四年，正在倒计时……

由1996年看2010年

航天工业在三十多年前开始发轫的时候，有许多惊天动地的科学发现和技术革命仍然闻所未闻，而时至今日，正是我们再度检视它的时候了。当我着手撰写《2001：太空漫游》时（当时用的是打字机——最近谁见过这种玩意儿？），阿姆斯特朗的名言"我的一小步"要五年后才听得到；而木星的众卫星仍然是极小的光点，它们上面的景色如何，人类仍然一无所知——就如同哥伦布之前的地图绘制者对美洲大陆一无所知。然而今天，当我在写这篇文章时，伽利略太空探测器已经能够详细辨识其上的事物，精确度达数米以内。更令人惊讶的是，我只要在我的办公室里轻松按几个键，随时都可以看到这些画面。(我经常会按错键,这时我总是会听到那熟悉的声音说道:"对不起,戴维——我不能这么做。")

因此,我分别在1964年、1982年,甚至1987年所构思的"太空三部曲"中,有些东西从现在看起来不免让人觉得恍如隔世,像读到维多利亚时代的小说一般,古怪而有趣。但我不能也不应该去修订它们——有谁会想着去"更新"威尔斯(H.G.Wells)的《月球上的第一批人》(*The First Men in the Moon*)呢?

我所能做的是以不变应万变,所有现成的文章——包括"作者题记"和"致谢"——统统保持原状,只加入一篇"1996年附记",将我在1964年4月22日与库布里克合作拍片以来,人类在技术——以及政治——上的诸多惊人变化做一个补充。

希望这样可以算作是对相关问题的回答——至少到2010年……嗯,2001年吧……

阿瑟·克拉克

1996年

作者题记

《2001：太空漫游》这本小说撰写于1964至1968年间，并于1968年7月出版，刚好在电影版发行之后不久。我在《2001：遗失的世界》中曾经提到，小说和电影是同时进行，并且相互回馈。因此我经常会有奇特的经验，就是看过先前版本拍出的毛片之后，再回来修改故事的剧情——虽然很刺激，但用这种方式写小说成本可相当高。

因此，这部小说和电影之间的联系比一般的同类情况更紧密，但也有一些不小的差异。在小说里面，发现号宇宙飞船的目的地是土星最神秘的卫星——土卫八伊阿珀托斯。前往土星必须经过木星：发现号先飞近木星，利用其巨大的重力场产生所谓的"弹弓效应"，将宇宙飞船沿着第二段旅程方向加速。1979年旅行者号探测器就是使用这个操作模式，首度详细探测太阳系外围的巨大行星。

不过，在电影里面，导演库布里克很有技巧地安排人类和巨石板在木星的卫星群中做第三次接触，而将土星从剧本中完全删除。但后来另一位导演特朗布尔（Douglas Trumbull）在其影片《宇宙静悄悄》（Slient Running）中，则运用其擅长的摄影技巧，拍出了有环状结构的土星。

回顾20世纪60年代中期，没有人会想到探测土卫的行动仅是十五年后的事，而不必拖到21世纪。同时，也没有人想过，那边的世界竟是如此神奇——当然，我们相信将来有一天，一定会有更出人意料的发现，远远超越两艘旅行者号的成果。当初我在撰写《2001》的时候，即使用最高倍的望远镜观察，木卫一、木卫二、木卫三和木卫四都只是小小的光点，但现在，它们都自成一个世界，其中，木卫一还是太阳系中火山活动最剧烈的星球。

大致说来，电影和小说中的描述跟这些新发现颇为符合：将电影里木星的一连串画面与旅行者号摄影机所拍摄的画面相比较，其相似程度令人拍案叫绝。当然，今天假如要撰写有关木星的情节，必须将1979年的探测结果一并考虑才行。如今，木星的众卫星已经不再是未知领域了。

这里有一个较微妙的心理因素要加以探讨。从现在来看，《2001》撰写的年代是在人类历史一个"大分水岭"——阿姆斯特朗踏上月球的那一刻——的彼端，而我们因这个大分水岭与《2001》的年代永远隔开了。当库布里克和我正开始构思一部"众所周知的优质科幻小说电影"（库布里克语）时，那个大分水岭——1969年7月20日——还是五年后的事呢。而现在，历史和幻想已经纠缠不清了。

"阿波罗任务"的航天员们在前往月球之前，都已经看过这部影片。阿波罗8号的人员在1968年的圣诞节成为第一批目睹月球背面的人类，他们告诉我说，当时他们很想发无线电讯回地球，说发现了一块巨大的黑色石板。唉！谨慎还是占了上风。

后来又发生几件事，都是"大自然模仿艺术"的最佳范例，其中最令人称奇的是1970年阿波罗13号探险任务时发生的。

为了讨个吉利，他们将舰上的指挥舱命名为"漫游号"。在氧气罐爆炸造成任务取消之前，舰上正在播放作曲家理查德·施特劳斯的《查拉图斯特拉如是说》主旋律（现在这首交响诗已经普遍与这部电影联系在一起了）。宇宙飞船失去动力之后，航天员杰克·斯威格特（Jack Swigert）立即用无线电联络任务控制中心："休斯敦，我们出了一个问题。"这跟哈尔在类似情况下向航天员普尔说的话很像："抱歉打扰你们的欢会，不过我们有了一个问题。"

阿波罗13号任务报告出版之后，美国国家航空航天局的主任派恩（Tom Paine）曾经送了我一本，并且在斯威格特所说的那句话下面加注："你向来所言不虚，阿瑟。"直到现在，每次想起这一连串事件，我心里还是觉得怪怪的——好像我要负一部分责任似的。

另一个回响没这么严肃，但同样令人印象深刻。影片里有一段技术极其炫目的连续镜头，表现航天员普尔沿着一个巨型离心机的圆形轨道里跑圈，离心机自转所产生的人造重力让他不会乱飘。

几乎在十年后，相当漂亮成功的天空实验室（Skylab）也采用类似的几何设计，也就是在太空站内部，将一系列的舱房接成圆形的一串。天空实验室本身并不自转，但这难不倒太空站里的那些聪明人：他们发现可以在圆形轨道上绕着跑，好像松鼠笼里面的一群松鼠，因而产生了与《2001》中一模一样的效果。他们将整个运动过程通过电视转播传回地球（我不用说出配乐的曲名吧）并加入旁白："库布里克应该看看这个。"他当然看了，因为我送了他一份拷贝。（他还没还我；他的档案库像个黑洞，一进去就别想出来。）

还有一件将影片与现实联系起来的，就是"阿波罗—联盟测试计划"（Apollo-Soyuz）指挥官列昂诺夫（Alexei Leonov）所绘的《近月》（*Near the Moon*）。我第一次见到这幅画是在1968年，当时《2001》在联合国和平利用外层空间委员会（COPUOS）做展映。影片放映一结束，列昂诺夫就跟我说，他的观念〔见列昂诺夫与索科洛夫（Leonov-Sokolov）合著《众星正在等候》（*The Stars Are All Waiting Us*）第32页，莫斯科，1967年〕与影片片头画面不谋而合：地球由月球彼端升起，而太阳又在这两者的彼端升起。他那幅亲笔签名的素描现在就挂在我的办公室里。详见本书第12章。

也许现在是个合适的时机，来介绍一下本书中另一位不太为人所知的人物——钱学森。钱博士于1936年与伟大的冯·卡门（von Karman）和马利纳（Frank J. Malina）共同创立了加州理工学院古根海姆航天实验室（Guggenheim Aeronautical Laboratory of the California Institute of Technology, GALGIT）——位于帕萨迪纳鼎鼎大名的"喷气推进实验室"（Jet Propulsion Laboratory）的前身。他也是加州理工学院第一位戈达德教授，在20世纪40年代对美国的火箭研究贡献良多。后来，在美国那段不堪回首的"麦卡锡时期"，当他希望回到中国时，却以莫须有的罪名被逮捕。在过去的二十年中，他是中国火箭计划的领导人之一。

最后谈到《2001》第35章里叙述的"伊阿珀托斯之眼"。我在书中描述航天员鲍曼在伊阿珀托斯上面发现一个很奇怪的东西："一个长约四百英里、宽约两百英里的明亮白色椭圆形……极为对称……边界极为鲜明，看起来好像……画在这颗小卫星的表面。"再靠近一看，鲍曼发现"相对于那颗卫星黑黝黝的背景，那光洁的椭圆是一只巨大而空洞的眼睛，注视着他一路接近……"后来，他注意到"正中央有一个小小的黑点"，正是那块石板（或是其分身之一）。

嗯，当旅行者1号传回第一批土卫八的照片时，确实显示有一个大大的椭圆形，中央也有个小黑点。卡尔·萨根（Carl Sagan）立即从喷气推进实验室寄来一张照片，并且附了一句高深莫测的话："一想到你就……"但后来的旅行者2号却没拍到同样的东西，我不知道该庆幸还是失望。

总而言之，你将要阅读的故事要比只是上一本小说——或电影——单纯的续篇，要复杂得多。至于在小说与电影情节的不同之处，我则大致是以电影为依据续写的。不过，我更关心的是让本书自成一个体系，并且根据目前的科学知识，做到尽可能的准确。

当然，到了2001年，这些知识恐怕又要过时了……

阿瑟·克拉克

斯里兰卡，科伦坡

1982年1月

I
列昂诺夫号

1

望远镜下的会面

即使在使用公制的时代,它仍然被称为一千英尺望远镜,而不是三百米望远镜。在热带夕阳迅速下沉之际,这具架设在群山里的巨碟已经半沐于阴影里,只有高悬于巨碟中央之天线结构的三角平台,还在余晖中闪闪发光。从地面远远看上去,只有最眼尖的人才能在那密密麻麻的梁柱、钢索及电缆中,依稀辨识出两个人影。

"现在我们终于可以谈正事了,"迪米特里·莫依斯维奇博士对老友海伍德·弗洛伊德说,"例如皮鞋、宇宙飞船、火漆,不过我们更应谈谈巨石板和故障计算机。"

"你把我从讨论会里拉出来是为了这个啊!不过没关系,我已经听卡尔那些搜寻地外文明计划(SETI)的演讲很多次了,我都可以倒背如流。而且这上面景观真的很棒——你知道,我来过阿雷西博[1]这里很多次,但从来没有机会爬上天线输入口这边。"

"你还好意思说。我已经上来过三次了。你看,在这个可以倾听全宇宙的地方,却没有人会偷听到我们的谈话。所以,你有什么问题就尽管说出来。"

"什么问题?"

"就从你为什么必须辞去国家航天委员会(NCA)主席的职位说起。"

"我没有辞职。夏威夷大学给了我一份薪水更好的职务。"

"好吧,你没有辞职,你是在被辞掉之前先走的。这么多年了,伍迪[2],你别想骗我,你也骗不了我。假如国家航天委员会现在要你回去,你会犹豫吗?"

"好吧,你这个老哥萨克!你到底想知道什么?"

"第一件事,你那篇在千呼万唤中出炉的报告里,有太多语焉不详的地方,留下很多疑点。你们的人偷偷摸摸地去挖那块第谷石板——很可笑,而且老实说还有点违法——我方可以不追究,但……"

"那不是我的主意。"

---

[1] 美属波多黎各自治市,在其境内有著名的阿雷西博望远镜,曾是世界上最大的单口径射电望远镜,2016年被我国500米口径球面射电望远镜(FAST)超越。——编者注(本书中注释如无特别说明,均为编者注)
[2] 伍迪(Woody)为海伍德(Heywood)的昵称。

"很高兴你这么说,我相信你。我方也认同你们目前的做法,就是让大家都可以来检视这个东西——其实你们早该这么做了。不过这么做也好不到哪里去……"

接着,两人沉默了一阵子,各自想着月球上那块不祥的、令人搞不懂的第谷石板,人类智慧所造出的各样武器没有一样对付得了它。这位俄国科学家继续说道:

"不管怎么说,无论第谷石板是什么玩意儿,在木星发生的那件事才更重要。毕竟,信号是从那边传回来的,你们的人也是在那边遇难的,对这起不幸事件我很难过。对了——那里面我唯一认识的人是普尔,我们在国际航天联盟(IAF)1998年代表大会中有过一面之缘——他看起来是个好人。"

"谢谢你,他们都是好人。我真希望我们能知道他们究竟发生了什么事。"

"无论发生什么事,你得承认它目前与全人类都有关联——不是只和美国有关联。这年头你的智慧不能再只用在你自己的国家利益上。"

"迪米特里——你很清楚,你们俄国佬也一定会这么做,而且你也会义不容辞地帮忙。"

"完全正确。不过历史似乎老是重演——比如说,你们刚下台的政府应该为整起不幸事件负责。现在新总统上台,也许会有一批比较聪明的班底。"

005

"也许吧！你有什么建议吗？这些建议是出自你们官方还是你个人的期望？"

"就目前而言，完全是非官方的，也就是那些嗜血的政客们所谓的'试探性言论'。将来我会矢口否认我讲过这些话。"

"很好，请说！"

"行——事情是这样的：你们目前正在轨道太空站上赶工组装'发现二号'宇宙飞船，但是你们自己很清楚，在三年内绝对无法完工。也就是说，你们铁定会错过下一个发射窗口——"

"我既不证实也不否认。你要了解，我目前只是一个小小的大学校长，跟航天委员会那边离得很远。"

"我猜，你最近这次去华盛顿不只是度个假和看看老朋友吧。再说，我方的'阿列克谢·列昂诺夫号'宇宙飞船——"

"我以为你们叫它'戈尔曼·季托夫号'。"

"错了，校长先生。看来亲爱的老中情局（CIA）又摆了你一道。从去年一月开始就叫作列昂诺夫号了。它将比发现二号至少早一年飞抵木星——千万别让任何人知道是我说的。"

"我们一直很担心这个——千万也别让任何人知道是我说的。嗯，请继续讲。"

"我的那些顶头上司跟你的上司同样愚蠢和短视，他们老是闭门各搞各的。也就是说，你们犯的任何错误都有可能发生在我们身上，结果双方都老是回到原点——也许更糟。"

"那你认为问题出在哪里？我们跟你们一样也是一头雾水。而且我知道你们已经取得鲍曼在出事前传送的所有数据。"

"当然。他所发出的最后一句话是：'上帝啊，全是星星！'我们甚至仔细分析过他的声纹，我们不认为他当时处于恍惚的状态。他是在描述实际看到的景象。"

"另外，你们从分析他的多普勒频移获得了什么结果？"

"根本无法分析。信号中断的时候，他正以十分之一的光速远离，而且是在两分钟内就达到这么快的速度，其加速度相当于二十五万个G！"

"你的意思是说，他一定是在瞬间毙命？"

"别明知故问了，伍迪。你们的宇宙飞船在设计上根本无法承受那个加速度的百分之一。假如鲍曼他们能够活命，最多也只活到信号中断那一瞬间为止。"

"我只是想从另一个角度来核对你们的推论。除此之外，我们跟你们一样仍然在暗中摸索——假如你们也是在暗中摸索的话。"

"说来惭愧，我们真的只是在瞎猜而已。不过我预测，实际情况恐怕比我们瞎猜的还要疯狂几倍！"

这时，他们四周一群红色警示灯开始闪烁，像火红的烟火到处乱窜；支撑天线结构的三根细柱也开始发光，像夜空下的灯塔。夕阳的最后一抹红晕逐渐没入周围的山丘下，弗洛伊德等待着，想目睹从未看过的绿闪，不过这次他又失望了。

"这样吧,迪米特里,"他说,"废话少说。你究竟想讲什么?"

"在发现号的数据库里一定有很多很多极宝贵的信息。虽然宇宙飞船已经停止发射信号,但我认为它仍然继续不断地在搜集信息。我们想获得这些东西。"

"很好。当列昂诺夫号到达那边跟发现号碰头之后,你们直接进去复制你们想要的东西不就得了?又没人管你。"

"我不讲你也知道,发现号内部属于美国领土,未经授权擅自进入是窃盗行为。"

"但在有生死攸关的突发事件时可以通融,这很容易安排。毕竟远在十亿公里之外,我方很难得知你们派去的人在里面干什么。"

"多谢你的绝妙建议,我会上报的。不过,即使可以登上发现号,恐怕我方也要花好几个星期才能搞清楚整个系统,并读出所有数据。我建议我们双方来个合作。我确定这是最好的构想——但是首先我们可能要想办法向各自的上级推销这个构想。"

"你想要让我们这边的航天员上列昂诺夫号?"

"是的——最好是精于发现号上所有系统的工程师,比如说,你们目前在休斯敦训练的、准备将发现号开回来的那些人。"

"你怎么知道这件事?"

"拜托,伍迪——一个月前的《航空周刊》视频版早就报道过了。"

"我真的是脱节了,没人告诉我那个已经解密了。"

"看来你要多花点时间到华盛顿走动走动。你到底支不支持我的构想?"

"绝对支持。我百分之百同意你的看法,不过——"

"不过怎样?"

"我俩要应付的是一群恐龙,大脑长在尾巴上的恐龙。我们这边有些人会说:'让俄国人赶去木星送死吧!反正几年后我们一定会到,急什么?'"

天线平台上有片刻的沉默,只依稀听到将天线平台悬吊在数百米高空的巨大钢索发出的嘎嘎声。然后莫依斯维奇又说话了,但是声音很小,弗洛伊德必须竖起耳朵才听得到:"最近有人检查过发现号的轨道吗?"

"我不太清楚——我想应该有吧。无论如何,不用操这个心吧,它的轨道很稳定的。"

"真的吗?恕我冒昧提醒你,以前美国国家航空航天局时代发生过的一桩糗事。你们的第一座太空站——天空实验室——本来预计能够在上面停留至少十年,但你们的计算没做好,严重低估了电离层的空气阻力,结果提前好几年掉了下来。我想你还记得这段惊险小故事,虽然当时你还小。"

"是我毕业那年的事,你应该知道的。但是发现号目前离木星还算远,即使在'近地点'——呃,我是说'近木点'——高度仍然相当够,应该不会受到木星大气阻力的影响。"

"我讲得太多了,必须到我的乡间别墅去避一避——下一次不准你到那边去找我。就这样,叫你们的监控人员尽责一点,好吗?顺便提醒他们,木星有太阳系里最大的磁层。"

"我明白你的意思——多谢。在下去以前还有什么事吗?我快要冻僵了。"

"别担心,老朋友。只要你将这些事透露给华盛顿当局——等一个星期左右,好让我闪人——保证到时一定非常、非常热闹。"

2　海豚之屋

　　每天傍晚太阳下山之前，海豚们都会游到餐厅里面。自从弗洛伊德住进这栋校长宿舍以来，它们只有一次打破这个惯例，就是在2005年海啸侵袭夏威夷的那一天——幸好，那次海啸在抵达希洛之前，威力已经大大减弱了。下一次假如海豚们没有按时出现的话，弗洛伊德可能会把全家人赶上车，往高地——也就是往茂纳凯亚火山的方向——逃命去了。

　　弗洛伊德不得不承认，这些海豚虽然很可爱，但是有时玩疯了，就很讨厌了。设计这栋房子的人是一位富有的海洋地质学家，他不介意被海豚们溅湿，因为他通常只穿一件游泳裤——甚至不穿。不过，这让弗洛伊德经历了一次难忘的聚会。当时校务委员全体到齐，每个人都穿上最好的晚礼服，围绕在游泳池边啜饮鸡尾酒，恭候一位从美国本土来的大人物大驾光临。海豚们猜想（好像也没猜错）它们应该是第二主角，因此，这位大人物光临时大吃一惊，因为欢迎他的是一群湿漉漉的、穿着奇装异服的家伙——所有的自助餐点也都变得奇咸无比。

弗洛伊德经常在想，假如前妻玛莉安还在世的话，不知对这栋坐落于太平洋海滨、既奇特又漂亮的宿舍有何感想。她一向不喜欢海，最后海却埋葬了她。这件往事的影像虽然逐渐模糊，但他仍然记得屏幕上最初映入眼帘的一行字：弗洛伊德博士——紧急私人信息。接着是一串串荧光字一行接一行显示出来，将信息快速地烙进他的脑海里：兹以哀痛的心情通知你，伦敦飞往华盛顿的452号班机，据报道坠毁于纽芬兰外海；搜救船只、飞机已经前往失事现场，但恐怕没有生还者。

若不是命运的临时安排，他应该也在那架飞机上。当初为了欧洲航天局的事情，他在巴黎滞留了好几天，令他颇为苦恼，但这件有关"索拉里斯号"有效载荷的问题却意外地救了他一命。

现在，他不但有了新的职位、新的房子，还有一个新的妻子。命运之神真的很喜欢捉弄人。木星任务失败引来的多方责难与控诉，毁了他在华盛顿的前途，但像他这么有能力的人当然不会失业太久。他本来就一直向往大学生活悠闲的步调，再加上工作地点是世界上最美的地方之一，使他欣然接受夏威夷大学的约聘。受聘之后才一个月，他就遇到后来成为他第二任太太的女人卡罗琳，当时他们参加的观光团正在欣赏基拉韦厄火山上的喷火奇观。

卡罗琳让他找到恒久的幸福与美满。她成了一位好继母（玛莉安留下两个女儿），同时也给他生了一个儿子克里斯托弗。夫妻俩虽然相差二十岁，但她了解他的脾气，能为他排解沮丧的心情。有了她，现在的他想起玛莉安时不会再悲伤，虽然还是有一丝丝的伤感，这伤感可能一辈子都会有。

有一次，正当卡罗琳给体型最大的公海豚（他们叫它"疤背"）喂鱼时，弗洛伊德的手腕感觉到一阵轻微的振动，显示有电话进来。他轻按一下细金属键关闭振动，再按一下语音切入键，然后走到最近的一组通话器旁。

"我是校长，请问你是哪位？"

"海伍德吗？我是维克多。最近好吗？"

在不到一秒钟的瞬间，五味杂陈的情绪闪过弗洛伊德的脑际。首先是恼怒，他很确定，在背后搞鬼，害他下台，然后接替他职位的人就是这家伙！自从离开华盛顿之后，他一直不想与他联系。其次是好奇，他们之间有啥好谈的？再次是决定铁了心，尽可能采取不合作的态度，但是又为这种幼稚想法感到不好意思。最后是一阵刺激的快感。嘿嘿！米尔森打这通电话应该只有一个原因。

弗洛伊德以最不带情绪的声调回应："我最近好极了，没的抱怨。有什么我可以效劳的，米尔森？"

"你的电话是安全网络吗？"

"不是,谢天谢地,我再也不需要那玩意儿了。"

"呃……好吧,我这么说好了。你还记得你最后主持的那个计划案吗?"

"我怎么可能忘记?尤其是上个月,航天项目小组才叫我回去问话。"

"当然,当然!我实在应该找出时间拜读一下你的供词,假如我挪得出时间的话。不过我一直在忙着后续的工作,搞得我焦头烂额。"

"我以为每件事情都是按部就班在进行。"

"是没错——问题也在这里。我们想尽办法都无法加快进度,即使将它列为最优先事项处理,也只能提前几个星期完工。这表示我们会赶不上发射窗口。"

"我不明白,"弗洛伊德故作无辜地说,"尽管我们不想浪费时间,但好像并没有真正的完工期限。"

"现在有了——而且还有两个。"

"你吓到我了。"

米尔森即使听出其中有嘲讽的味道,也假装听不懂。"没错,有两个期限——一个是人为的,一个不是。目前情势的演变是,我们不可能第一个重回——呃……任务现场。我们的死对头将会领先我们至少一年。"

"真糟糕。"

"这还不是最糟的。即使没有人跟我们抢先,我们也赶不上发射窗口。到时候,就算我们抵达现场,可能什么也没有了。"

"这就怪了。我确定听说过国会已经打算撤销万有引力定律。"

"我没心情开玩笑。目前情况很不稳定——电话里我不方便说。今天晚上你都会在家吗?"

"会。"弗洛伊德一边回答,一边幸灾乐祸,因为华盛顿现在已经是三更半夜了。

"好。你在一小时内会收到我送去的一份数据。在你找到时间研读之后尽快回我电话。"

"到时候会不会太晚了?"

"是很晚了,但是我们已经浪费太多时间,我不想再拖了。"

果然如米尔森所言,就在一小时之后,一个密封的大数据袋由一位空军上校专程送了过来。弗洛伊德拿出资料来看,上校则耐心地坐在一旁与卡罗琳寒暄。"不好意思,在你看完之后,我得把这份数据送回去。"这位高级信差抱歉地说道。

"很好。"弗洛伊德一边回答,一边在他最喜欢的阅读专用的吊床上躺下来。

总共有两份数据。第一份很简短,上面盖了个"绝密"的章,不过那个"绝"字被划掉了,旁边有三个签名以示负责。但所有签名都很潦草,无法辨识。这份文件显然是从一篇很长的报告书里节录出来的,并经过重重严密审查,里面有很多被擦掉的地方,令人读起来很头大。幸好,结论只有短短的一句话:"虽然我们是发现号名正言顺的拥有者,但俄国人很可能捷足先登。"这事弗洛伊德早就知道了,所以他马上翻阅第二份文件——虽然上次没接到正确的通知,但这次总该使用正确的名称了吧。和往常一样,迪米特里的情报完全正确,下一次执行木星探险的载人宇宙飞船正是列昂诺夫号。

第二份数据比第一份长得多,而且仅属于普通密件;事实上,从格式上判断,它是一篇寄给《科学杂志》的通信稿,只要通过最后审查即可刊登。它的题目很耸动:"发现号宇宙飞船:异常的轨道行为"。

接下来是十几页的数学计算和天文数值表。弗洛伊德很快地浏览过去,好像在一首歌里挑出歌词一般,并且试图在里面找出任何表示认错或尴尬的音符。看完之后,他不禁露出微笑,心里暗自叫好。从来没有人想过,追踪站和星历计算单位会出这么大的纰漏,他们正疯狂地想办法补救。毫无疑问,有人要倒霉了。他很清楚维克多·米尔森最喜欢整人——假如他不是第一个被整的话。尽管这是他应得的,但维克多仍四处抱怨国会砍他的追踪网络资金。其实,也许那正好可以帮他解套。

"谢了,上校,"弗洛伊德看完文件之后说,"现在还有机密文件这玩意儿,好像回到了古早时代。不过我绝不会怀念这种东西。"

上校将数据袋小心翼翼地放进手提箱里,并且启动安全锁。

"米尔森博士希望您尽快回他电话。"

"我知道。不过我没有保密线路,等一下我还有重要客人要来,而且,假如我大老远开车去你们在希洛的办公室,只为了告诉你们说两份文件我都看过了,那我不被骂死才怪。你就跟他说,文件我已经仔细看过,并且很感兴趣地恭候进一步联系。"

上校一开始似乎想争辩一下,但想一想还是不要,于是僵硬地挥挥手,郁闷地走进了黑夜里。

"好了,这些都是怎么回事?"卡罗琳问道,"今晚我们好像没有客人要来,无论是重要的还是不重要的。"

"我不喜欢被粗暴对待,尤其是被米尔森那家伙。"

"我敢打赌,上校回去一报告,他一定马上打电话过来。"

"那我们要立刻关掉电视,并且制造一些派对噪音。不过说真的,目前我实在无话可说。"

"我能不能问,是有关哪方面的事情?"

"抱歉,亲爱的。发现号好像正在捉弄我们。我们本来以为它在一个稳定的轨道上,但它似乎快坠毁了。"

"坠毁在木星上?"

"不,不!那不太可能。当初鲍曼将它停泊在'内拉格朗日点',刚好位于木星与木卫一(艾奥)的连线上。它应该一直停留在那附近，不过由于受到许多外侧卫星的干扰，它会稍微前后移动。

"但是目前的情况有点怪，我们还不知道确实的原因。发现号正在往艾奥的方向飘，而且速度越来越快——虽然它有时加速，有时还会后退。假如一直这样下去，不到两三年它就要撞上艾奥了。"

"我以为在天文学里不会发生这种事。天体力学不是一门精确科学吗？我们这些卑微落后的生物学家一直都是被如此告知的。"

"假如能够将每一项因素都考虑进去的话，它确实是一门精确科学。但是在艾奥附近目前有一些很奇怪的事情发生。除了有许多火山之外，还有许多巨大的放电现象——而且木星的磁场自转非常快，每十小时就转一圈。因此万有引力不是作用于发现号的唯一一个力；我们早就应该想到这点——很早很早以前。"

"行了，这已经不再是你的问题了。你该为此庆幸。"

"你的问题"——正是迪米特里的口头禅。迪米特里——这个诡计多端的老狐狸——对他了解的时间比卡罗琳还长。

也许不再是他的问题，但仍然是他的责任。这件事虽然牵涉其他很多人，但是通过最后分析批准这项木星探险任务的人是他，主持整个任务执行的人也是他。

即使到现在，他仍不断受到良心的谴责。他的科学家观点经常与他的行政官僚职责相冲突。他大可挺身对抗古老官僚体系的短视政策——不过话又说回来，没有人能确定这次的灾难究竟哪方面的责任较大。

假如他能够结束人生的这一章，倾全智全力于新的职务上，那是最好不过了。但在内心深处，他知道这是不可能的，即使迪米特里不来搅局，翻出这批旧账，它们也会自己浮现出来。

在木星四周的众卫星之间，四个人遇难，一个人失踪。他的双手沾满鲜血，不知如何洗净。

3

莎尔9000

钱德拉博士——厄巴纳市伊利诺伊大学的计算机科学教授——也有一种挥之不去的罪恶感,但与弗洛伊德的罪恶感非常不一样。一些学生及同事常常怀疑,这位瘦小的科学家是否还有一丝人性。当他们听说钱德拉对那些遇难的航天员无动于衷时,一点也不觉得惊讶。唯一让钱德拉伤心欲绝的是他失踪的"儿子",哈尔9000。

多年来,他不眠不休地检查发现号传回来的数据,还是找不出究竟是哪里出了问题。他只能用一大堆理论来解释,而他所想知道的事实都尘封在哈尔的电路里(目前哈尔还在木星与艾奥之间的某处飘荡)。

直到出事的那一瞬间,宇宙飞船遭遇的一连串事故都已经很清楚地被证实。之后，指挥官鲍曼还与地球恢复短暂的通话，对当时的情况做了一些细节上的补充。不过，知道发生了什么事并不足以解释为什么出事。

事故发生的第一个征兆出现在任务的后期，当时哈尔曾经发出警讯，说控制发现号主天线的组件逐渐失效，恐怕马上无法将天线对准地球的方向。假如这束五亿公里长的电波失去准头，宇宙飞船将变得又盲又聋又哑。

鲍曼曾经亲自爬出太空舱，取回被怀疑有问题的组件，但令人惊讶的是，测试结果发现它完全没有问题。自动测试电路根本找不出它有什么不对劲。信息传回厄巴纳市之后，哈尔的孪生妹妹莎尔9000也查不出个所以然来。

但是哈尔坚持他的诊断无误，结论指向"人为错误"。他建议将该控制组件装回去，等它坏了，到时候就可以确切知道故障发生的位置。没有人表示反对，因为即使它最后坏了，换一套新的只需几分钟就行了。

然而，鲍曼和普尔开始担心，他们觉得事情有点不对劲，但都不知道哪里不对劲。几个月以来，他俩已将哈尔视为狭小太空舱内的第三个成员，对他的脾气摸得一清二楚。然而，舱里的气氛却出现微妙的转变，空气中弥漫着一丝紧张的感觉。

占舱内人数三分之二的人类成员曾私底下讨论过，假如那个非人类成员真的有点故障的话应该怎么办。忧心忡忡的鲍曼事后也曾向任务控制中心提出报告——但感觉上好像在告密。在最坏的情况下，他们打算解除哈尔的高阶任务，甚至包括断电——对一部计算机而言，断电相当于处死。

忧心归忧心，该做的事还是得做。普尔驾着一艘小型的分离舱出去，在宇宙飞船外出任务时，分离舱是个交通工具兼活动的工作室。由于拆换天线组件比较需要技巧，无法靠分离舱本身的机械手臂，普尔决定自己来。

令人百思不解的是，接下来发生的事情监视录像机居然没有拍到。鲍曼听到普尔一声惨叫——然后一片沉寂——才知道出事了。接着，他看到普尔一边不断翻滚，一边往太空中飘去；他的分离舱先撞到他，然后失控爆炸。

鲍曼事后坦承，当时他犯了一些严重的错误——其中只有一个错误可以原谅。在一心想救援普尔的情况下——如果他还活着的话，鲍曼立即驾着另一艘分离舱出去，而将哈尔留在宇宙飞船里掌控一切。

这次宇宙飞船外的救援行动结果是白忙一场；当鲍曼赶到时，普尔已经死了。失望之余，他把尸体拖回宇宙飞船——不料哈尔拒绝开门。

不过哈尔低估了人类的智力和毅力。虽然鲍曼的航天服头盔留在飞船里没带出来，但他仍然冒着直接暴露在外层空间的危险，拼命找到一个不受计算机控制的逃生舱口进入。进入后第一件事就是找哈尔开刀,将他的"脑部组件"一一拔除。

鲍曼重新掌控飞船之后,发现一件骇人听闻的事。在他离船的那段时间里,哈尔把三位正在低温睡眠中的航天员的维生系统关掉了。当时鲍曼孤立无援的状况是人类有史以来所仅见的。

要是换成别人,在这种孤立的绝望中可能会半途而废,但鲍曼证明了当初挑选他担此重任的那些人是对的。他想尽办法维持发现号的正常运作,甚至断断续续地与任务控制中心恢复联系。虽然天线卡住了,但他设法调整宇宙飞船的转向,尽量使天线对准地球。

终于,发现号循着预定的路径到达木星。鲍曼与其他许多卫星一样,绕着那颗巨大的行星运转。这时他遇见了一块黑色的大石板,也在绕着木星运行——这块石板与以前在月球上的第谷坑所挖出来的形状一模一样,但有好几百倍大。他驾着分离舱前往探勘,旋即失踪,只留下那句令人费解的话:"上帝啊,全是星星!"

许多人都很关心这件怪事,但钱德拉博士却只关心哈尔。心如止水的他如果还有一丁点情绪的话,那就是很讨厌事情真相不明。除非找到哈尔失常的原因,否则他绝不善罢甘休。即使到现在,他仍不承认那叫故障,他认为最多只能称之为"异常"。

他的小小密室陈设很简单,一张旋转椅、一个电器柜,以及一块黑板,黑板两侧各挂了一张大头照。一般人很少知道大头照里面的人是谁,但有资格进入密室的人都能马上认出来,他们是计算机神殿里的两个神祇：冯·诺伊曼和图灵。

密室里没有半本书，柜上也没有纸笔。钱德拉只要动几根手指头，全世界每间图书馆的每一本书都唾手可得。荧光幕是他的素描簿和便条纸。即使是黑板也是专给访客用的，黑板上被擦掉一半的方块图是三个星期以前留下来的。

钱德拉博士点燃一根由印度马德拉斯进口的一种浓呛雪茄，大家都认为抽烟是他唯一的恶习——事实上确实如此。计算机控制台从来不关，他看了看屏幕上没有重要信息，就对着麦克风说道：

"早安！莎尔。有什么新消息要告诉我吗？"

"没有，钱德拉博士。你有要告诉我的吗？"

这个声音很像是一位曾经在印度和美国都读过书的优雅的印度女人。刚开始的时候，她的口音并不是这样，但多年来的耳濡目染，她已经深受钱德拉的影响，变成这种腔调。

钱德拉在键盘上打入一个密码，将莎尔的输入端切换到最机密的记忆电路。从来没有人知道他是通过这个电路对计算机说话，因为他未曾向人透露这件事。尽管莎尔几乎不了解他所说的话，但她的回答却头头是道，即使身为创造者的钱德拉，有时候也会被耍得团团转。事实上，他希望这样被耍，这些私下的互动有助于他的心理平衡——甚至让他保持精神正常。

"你常告诉我，莎尔，假如没有进一步的信息，我们将无法解释哈尔的异常行为。问题是,我们如何取得这些信息?"

"很简单,得有人回到发现号。"

"当然!现在看起来这件事即将实现,比我们想象的还要快。"

"我很高兴听到这个消息。"

"我就知道你会喜欢。"钱德拉真心地回答道。钱德拉很久没与那些身材日渐消瘦的哲学家来往了,他们总是认为计算机不会真正地感受到感情——它们只是假装而已。

("如果你能向我证明你的发怒不是假装的,我就会认真考虑你的说法。"他曾轻蔑地反驳过一个持这种观点的人。而那时,他的对手还真摆出了一副最有说服力的愤怒表情。)

"现在我想探讨另一个可能性,"钱德拉又说了,"诊断只是第一步。除非诊断能提供治疗方法,否则整个过程就不算完整。"

"你相信哈尔可以恢复正常运行吗?"

"我希望如此,但我不确定。也许他已经受到无法修复的损害,失去了大部分的记忆。"

他停止谈话,一面沉思,一面抽了几口雪茄,然后很有技巧地吐了个烟圈,不偏不倚地套在莎尔的广角镜头上。这对人类而言绝对不是个友善的举动,但莎尔不会介意。计算机的好处又多了一桩。

"我需要你的合作,莎尔。"

"没问题，钱德拉博士。"

"这件事可能有些危险性。"

"你的意思是……"

"我打算关掉你的部分电路，特别是那些与高阶功能有关的电路。我这样做你会不高兴吗？"

"在没有更明确的信息之前，我无法回答这个问题。"

"很好。让我这么说吧，自从你第一次被启动以来，你的操作一直都没停过，是吧？"

"没错。"

"但是你很清楚，我们人类没办法做到这一点。我们需要睡眠——这样我们的心智活动才几乎可以获得完全的休息，至少在有意识的层面上而言。"

"这个我知道，但我不了解。"

"呃……也许你马上会亲自体验到类似睡眠的东西。在睡眠期间，你不会感觉时间的流逝。当跟你的内在时钟比对时，你会发现你的监控记录里有许多中断的地方。就是这样。"

"但是刚才你说这件事可能有些危险性，是什么危险性？"

"它发生的几率可说是微乎其微——几乎计算不出来——当我把你的电路重新接通以后，你的特质以及未来的行为模式可能会有些改变。你会觉得不一样，但说不上是变好还是变坏。"

"我不知道那是什么意思。"

"抱歉——也许没什么意思。所以不用担心这个了。现在请打开个新文件——文件名在这里。"钱德拉利用键盘输入,打出两个字:凤凰。

"你知道这是什么吗?"他问莎尔。

计算机没有任何停顿就做了回答:"在目前的百科全书里总共有二十五条解释。"

"你认为哪一条最常用?"

"阿喀琉斯的导师?"

"有意思,我不知道这一条。再猜一次。"

"一种非常漂亮的鸟,会从前世的灰烬里重生。"

"很好!现在你了解我为什么要选这一条了吧?"

"是因为你希望哈尔能重生?"

"没错——但你要助我一臂之力。准备好了吗?"

"还没。我想问一个问题。"

"什么问题?"

"我睡着以后会做梦吗?"

"当然会。所有智慧生物都会做梦——但没有人知道原因。"钱德拉停了一下,从雪茄里又吐出一个烟圈,然后补了一句话,这句话他从来不肯对其他人类开口,"也许你会梦到哈尔——就像我一样。"

4 任务简述

英文版

收件人：塔蒂亚娜（塔尼娅）·奥尔洛娃舰长，指挥官，列昂诺夫号宇宙飞船（UNCOS注册号08/342）宇航员

发件人：国家航天委员会，宾夕法尼亚大道，华盛顿；外层空间委员会，苏联科学院，科洛耶夫街，莫斯科

任务目标

本次任务如下，依优先次序排列：

1.前往木星系统与美国宇宙飞船发现号（UNCOS 01/283）会合。

2.登上该宇宙飞船搜集所有与上次任务有关的数据。

3.重新启动宇宙飞船发现号上的所有系统,若其燃料足够,将其置入重返地球的轨道。

4.锁定发现号遭遇过的外星船舰,并利用遥测方式尽量搜集其数据。

5.如果情况许可,在任务控制中心同意之下可做近距离调查。

6.在不违背上述任务目标之下,对木星及其众卫星做详细勘测。

若发生不可预料的状况,可以变更优先次序,甚至直接取消某些任务。请务必了解,与发现号宇宙飞船会合的主要目的非常明确,就是取得该船的所有数据;其优先次序高于其他任何目标,包括营救计划在内。

参加组员

列昂诺夫号宇宙飞船的组员将包括:

塔蒂亚娜·奥尔洛娃舰长(工程—推进系统)

奥尔洛夫博士(领航—天文)

马克西姆·布雷洛夫斯基博士(工程—结构)

亚历山大·科瓦廖夫博士(工程—通信)

尼古拉·捷尔诺夫斯基博士(工程—控制系统)

主治医师卡特琳娜·鲁坚科（医药——维生系统）

伊琳娜·雅库妮娜博士（医药——营养）

另外，美国国家航天委员会将提供下列三位专家：

弗洛伊德博士放下备忘录，躺回椅背。事情都安排妥当了；像卒子过河，他已经没有退路。即使他想打退堂鼓，时机也早就过了。

他眼睛瞄向卡罗琳，看见她正陪着两岁大的克里斯[1]坐在游泳池畔。这个小不点在水里比在陆地上还要自在，他可以在水里闭气很久，常让访客们叹为观止。目前他虽然还不太会讲人类的语言，但是他的海豚语好像已经很流利了。

克里斯有一位海豚朋友刚从太平洋来，正在让他拍背。弗洛伊德想道，你们都是浩瀚海洋里的流浪者，然而太平洋虽大，但与我马上要面对的无垠太空比起来，那又太渺小了。

卡罗琳似乎察觉老公在看她，马上站起来。她黯然看着他，但并不生气；几天下来，已经没有力气生气了。当她走近他时，脸上还挤出一丝苦笑。

"我已经找到我要找的那首诗了，"她说，"诗的开头是这样的：

---

[1] 克里斯（Chris）是克里斯托弗（Christopher）的昵称。

'你抛弃的是怎样的一个女人,

还有怎样的壁炉火和家里的田地,

去跟灰色古老的寡妇制造者远行?'[1]"

"对不起——我不太了解。寡妇制造者指谁?"

"不是指人——是指海洋。这首诗是维京女人的哀歌,是吉卜林在一百年前写的。"

弗洛伊德轻握着妻子的手,她没有任何反应,但也没拒绝。

"呃……我根本不像个维京人吧。我又不是去抢人财物,我只是想去冒险一下而已。"

"你为什么……不,我不打算跟你吵。不过,假如你真正了解你的动机是什么,那对我们两人都有帮助。"

"但愿我能给你一个最好的理由。但是我有一大堆小理由,这些小理由加起来就是我义不容辞的最后答案——相信我吧!"

"我相信你。但是你确定你不是在蒙骗自己?"

"假如我在蒙骗自己,那么其他很多人也是在蒙骗自己,包括美国总统——容我提醒你。"

"不用你提醒。但我猜——只是猜而已——总统没要你去

---

[1] 出自英国诗人鲁德亚德·吉卜林(Rudyard Kipling,1865—1936)的诗歌《丹麦女人的竖琴之歌》(*Harp Song of the Dane Women*)。

吧？是你自告奋勇的吧？"

"我可以老实回答：不是。我从来就没想过要毛遂自荐，是莫德凯总统亲自下令的。当我接到他的电话时吓呆了，我这辈子从没那么震撼过。但事后一想，我知道他的决定百分之百正确。你知道我不喜欢虚伪的谦虚，我是这次任务的不二人选——医生们也一致同意。你应该知道，我的身体正处于巅峰状态。"

这一番事先设计好的说词让卡罗琳的脸上有了笑容。

"有时我常怀疑都是你在自告奋勇。"

他确实有过这个念头，不过不用什么话都照实讲吧。

"我实在不应该事先没跟你商量就做决定。"

"幸好你没跟我商量，我不知道我会说出什么话来。"

"如果你不让我去的话，现在我还可以反悔。"

"别尽说傻话了，你自己最清楚。这次我不让你去的话，你会恨我一辈子——你也永远不会原谅你自己。你的责任感太强了，也许这是我嫁给你的原因之一。"

责任！没错，好一个关键词，它包含了多少东西啊。他对自己有责任，对家庭有责任，对夏威夷大学有责任，对过去的职位有责任（尽管他是黯然离开的），对国家有责任——对人类也有责任。要排出这些责任的优先次序很不容易，有时它们之间是互相冲突的。

有许多完美的理由支持他应该出这趟任务——同样地，也有一堆无懈可击的理由（很多同事早就提出来了）说明他不应该去。但经过最后分析，决定去不去的可能是他的感觉，而不是他的理智。即便如此，他的感觉仍然往两个相反的方向拉扯。

好奇心、罪恶感，还有将功抵罪的决心，一起将他往木星方向推，推向未知的境地。另一方面，恐惧——他很诚实地承认——与对家庭的爱则叫他留在地球。但面临抉择的时候，他却没考虑那么多，马上拍板定案；而在卡罗琳面前，他则尽量摆低姿态，化解她的疑虑。

另外，他有一个心底的秘密到现在还不敢告诉妻子。虽然这趟木星之旅也许要花上两年半的时间，但其中除了五十天之外，他其他时间都在低温睡眠状态。等他回来以后，他俩的年龄差距会缩小两岁多。

换言之，目前暂时的离别可以换取未来更长的相处岁月。

5 列昂诺夫号

几个月变成几星期,几星期变成几天,几天变成几小时;仿佛弹指之间,弗洛伊德再次出现在卡纳维拉尔角等待升空——上次来是许多年前的事了,那次是前往月球克拉维斯基地和第谷石板的太空之旅。

不过这次不是单飞,任务也无机密可言。前面隔着几个座位处坐着钱德拉博士,他正忙着和他的公文箱式计算机对话,完全不理会周遭的动静。

弗洛伊德有一项不为人知的癖好:喜欢私下观察人类与动物的相似处。他发现,说人类与动物相像其实是褒多于贬。同时,这个小小的嗜好还有助于他的记忆。

钱德拉最容易被形容为——弗洛伊德的脑子里马上浮现鸟这

种动物。钱德拉生得小巧玲珑，动作又快又准。但是像哪一种鸟呢？显然是一种非常聪明的鸟。喜鹊吗？太逍遥又太贪婪了；猫头鹰吗？太慢条斯理了。也许麻雀最恰当。

系统专家沃尔特·库努就比较不容易形容。这次他身负重任，发现号能不能重新启动全靠他了。他高头大马，绝对不像一只鸟；你也许想从各式各样的狗里面找出一种来形容他，可惜找不到适当的。对了！库努是一只熊——不是易怒、危险的那一种，而是只温驯、友善的熊。说到熊，不禁让弗洛伊德联想起即将会合的那批俄国人。他们早已升空，在轨道上运行好几天了，目前正忙着做各种最后的检测。

弗洛伊德告诉自己，这是我一生中最重要的一刻。我现在的任务可能会决定全体人类未来的命运。但他一点也不觉得兴奋；在倒计时的最后几分钟里，他脑子里想到的是离家前轻声的道别："再见了，我亲爱的小儿子，我回来的时候你还会认得我吗？"同时，心里对卡罗琳还有点气，因为要她叫醒宝宝好让他抱一下她都不肯。不过他知道她一向聪明，也许她的做法是对的。

忽然间，他的思绪被一阵突如其来的爆笑声打断；库努博士正在讲笑话给大伙听——他手里小心翼翼地拿着一只大酒瓶，仿佛拿的是一块几乎到达临界质量的钚。

"嗨，海伍德，"他叫道，"听说奥尔洛娃舰长已经把所有的酒都锁起来了，所以想喝就要趁现在。法国蒂埃里酒庄，1995年的。抱歉只有塑料杯。"

弗洛伊德品尝着香槟,确实是好酒。但他发现,只要听到库努响彻太阳系的爆笑声,心里就有点毛毛的。他知道库努是个优秀的工程师,但和他一起旅行实在让人受不了。钱德拉至少没有这种问题,弗洛伊德几乎想象不到他曾微笑过,更别说开怀大笑了。他全身有点发抖地拒绝了库努的好意。不过库努很客气,也许是很高兴,并没有勉强他。

看起来这位工程师准备开始耍宝。没过几分钟,他拿出一架只有两个八度的电子琴,先后以钢琴、伸缩喇叭、小提琴、长笛及管风琴的音色,表演起《你知道约翰·皮尔吗》(*D'ye ken John Peel*),并用自己的歌声伴奏。表演相当精彩,弗洛伊德马上和大伙合唱起来。情况还不太糟,他想,旅途的绝大部分时间,库努将会进入低温睡眠状态,到时耳根就清净了。

当引擎开始点火,将宇宙飞船送向天际时,乐声即戛然而止。弗洛伊德深深感觉到一种既熟悉又新鲜的兴奋——一个巨大无比的力量将他往上提,逐渐远离地球上所有的烦恼与重担。难怪人类总是将众神的居处设定在万有引力达不到的地方。他正往那个无重力的地方飞去;此趟不是去逍遥,而是背负着一生最大的使命,但他暂时不去想它。

随着推进力逐渐增加,他开始感觉到双肩上的重担——他喜欢这个,就像希腊神话里的阿特拉斯,背负重担却乐此不疲。他并没有刻意去想这些,只满足于品尝这种经验。即使这次离开地球可能有去无回,与他所爱的人永别,他也了无遗憾。环绕在他四周的轰隆声仿佛是一首凯歌,将所有不知名的情绪一扫而空。

轰隆声刚停止时,他感到有点可惜;不过他喜欢突如其来的解脱感和轻松的呼吸。有些机组成员开始解开安全带,准备享受转换轨道过程中三十分钟的无重力体验。有些人显然是第一次上宇宙飞船,仍然坐在座位上,焦急地左顾右盼,看有没有空服人员会过来帮忙。

"我是舰长。我们现在的高度是三百公里,正要经过非洲西海岸的上空。因为下面目前是晚上,你们大概看不到什么——前方微亮的地方是塞拉利昂——几内亚湾上空有个很大的热带风暴。看那些闪电!

"我们再过十五分钟就可以看到日出了。同时,我会转动船身,让大家看清楚赤道卫星带。最亮的那颗——几乎就在正上方——是国际通信卫星组织的'大西洋一号天线装置区'。在它西边的是苏联'国际宇宙二号'——那颗模糊的星球就是木星。从那里往下看,你会看到一个闪烁的亮点,正在星空的背景下移动——那是中国的最新太空站。我们将在一百公里之外掠过它,但这距离远到用肉眼看不出什么——"

他们在那边干吗?弗洛伊德在心里嘀咕。他研究过那座太空站的近距离照片,矮胖的圆柱形结构,表面有许多奇形怪状的隆起,看来看去都不像大家谣传中的激光炮堡垒。

列昂诺夫号也好看不到哪里去。事实上，历来的宇宙飞船没有几艘称得上漂亮。也许有一天，人类会发展出一套新的美学标准，让一代代的艺术家不再落入以地球上的自然风景为蓝本的窠臼里。太空本身是个拥有无上美感的领域，很遗憾，目前人类所有的硬件产品仍然难以望其项背。

一抵达转换轨道，列昂诺夫号原先的四个巨型燃料罐马上掉落，剩下的船身出乎意料地小：从前方的防热罩到尾部的驱动组件不到五十米。说来难以置信，这么小的载具——比一般商用飞机还小——居然可以搭载十位男女航天员横越大半个太阳系。

在零重力之下，墙壁、天花板、地板经常换来换去，所有的生活规则都要重写。比如说，列昂诺夫号上的空间就显得很宽敞，即使所有的人同时在里面活动，就像现在这样。事实上，它以前搭载过形形色色的记者、做最后调整的工程师，和焦躁不安的官员们，其正常的人员编制至少是现在的两倍。

将穿梭车停放妥当之后，弗洛伊德马上去找他的舱房——现在算起一年后，从低温睡眠苏醒时，他和库努、钱德拉将同住在这里。找到之后，弗洛伊德赫然发现舱房里堆满了装着各种设备与补给品的盒子，每个盒子上都贴有详细的标签，根本无法进去。当他正在为如何挤进去而伤脑筋时，刚好被经过的一位组员（正非常熟练地用双手交替抓爬前进）看到。这位组员看到弗洛伊德的窘态，马上停了下来。

"弗洛伊德博士，欢迎登舰。在下是马克斯[1]·布雷洛夫斯基——助理工程师。"

这位年轻的俄国人很慢、很小心地说着英语，但听起来好像是向电子学习机学的，而不像是跟人学的。弗洛伊德一面和他握手，一面把这人的长相、名字和组员名册上的数据凑合起来：布雷洛夫斯基，三十一岁，列宁格勒人，结构学专家；嗜好：剑术、高空跳伞、下棋。

"幸会！"弗洛伊德说，"但我该怎样进去？"

"别担心，"布雷洛夫斯基愉快地说，"等你醒来以后，这些东西早就没了。这些东西都是——你们怎么讲？——消耗品。等到你们需要用到这间房间时，我们一定会把它们吃光光，我向你保证。"他拍了拍自己的肚皮。

"很好——但我的东西放哪里？"弗洛伊德指着三个小旅行袋——总重量五十公斤；他希望里面的物品够他在未来数十亿公里的旅程上使用。要把这三个没有重量但仍有惯性的物体像赶羊一样在过道里赶来赶去而不东撞西撞，并不是一件简单的事。

布雷洛夫斯基拎着其中两个袋子，轻巧地从一个三根交叉梁

---

[1] 马克斯（Max）为马克西姆（Maxim）的昵称。

柱形成的三角形中间穿过，然后潜入一个小舱口，整个过程好像完全不遵守牛顿第一定律似的。弗洛伊德跌跌撞撞地跟在后面，身上多出好几处瘀青。经过好长一段时间——从里面看，列昂诺夫号比从外面要大得多——他们来到一扇门，上面用斯拉夫字母及罗马字母标示着：舰长室。虽然弗洛伊德的俄文阅读能力比会话能力好得多，他还是感觉这样的安排很贴心。他注意到舰上所有的标示都是双语并用的。

布雷洛夫斯基敲了敲门，一盏绿灯亮起来，弗洛伊德以最优雅的动作飘进门去。之前他虽然与奥尔洛娃舰长通过几次话，但从未见过面。因此见面时有两件事令他很意外。

从视频电话里很难看出一个人的真正尺寸，摄影机总是把每个人拍得一样大。奥尔洛娃舰长站起来——在零重力情况下假如真可以站起来的话——还不到弗洛伊德的肩膀。同时，视频电话也完全显示不出她那双湛蓝眼睛的锐利模样。那双眼睛可说是她不算漂亮的脸庞上最引人注目的特征。

"你好，塔尼娅，"弗洛伊德说，"终于见到你了，真好。但你的头发太可惜了。"

他们双手互握，像一对老朋友。

"有你在舰上真好，海伍德！"舰长回答道。她的英语相当流利，比布雷洛夫斯基好太多了，不过带有很重的口音。"是啊，我也有点可惜——但对长时间出任务来说，长头发很麻烦，而且这样的话可以不用常常找理发师。对了，关于舱房的事我很抱歉，布雷洛夫斯基跟你解释过了吧，我们临时发现需要另外十立方米的储物空间。我跟瓦西里在接下来的几个小时不会常在这儿，这个地方你就暂时将就一下吧。"

"谢谢你。那库努和钱德拉呢？"

"每个人的住处我都安排好了。看起来像是我们把你们当成了货物——"

"旅途中用不着。"

"你说什么？"

"古早时代航海时，人们常把这句标签贴在行李上。[1]"

塔尼娅笑了笑。"还没那么夸张。不过在本次旅途的终点，你们就会变得很重要。我们已经计划好，到时候要帮你们办一个再生庆祝会。"

"听起来有点宗教意味，就叫——不，'复活'更糟！——叫唤醒庆祝会好了。你去忙你的吧！我把东西放好以后想继续逛逛。"

"马克斯会带你到处走走——请你带弗洛伊德博士去见奥尔洛夫好吗？他现在在下面的驾驶舱。"

---

[1] 轮船客运中，人们会将旅途中用不着的行李存储在货舱里，而不是随身带在客舱，这些行李上就会贴上"Not wanted on voyage"的标签。相反地，则会贴上"客舱需要"（Wanted in Stateroom）。

当他们飘出舰长室时,弗洛伊德在心里暗暗佩服,俄方选拔舰上人员确实有眼光。从书面资料上看,奥尔洛娃就很出色;见面之后才又发现她娇媚中带有威严。弗洛伊德猜想,她发起脾气来是何等模样——像烈火还是冰雹?无论如何,最好还是不要碰到她发脾气的时候。

弗洛伊德很快就适应了零重力的太空环境;当他们找到奥尔洛夫时,他的操作技巧几乎已经和他的向导一样老练了。首席科学家和他的妻子一样热情地招呼了弗洛伊德。

"欢迎登舰,弗洛伊德。感觉如何?"

"很好,除了正在'慢性饿死'之外。"

奥尔洛夫一时被搞得一头雾水;但一下子就会意过来,脸上也绽放出笑容。

"喔!看我居然给忘了。嗯,那不会太久。十个月之后你就可以大快朵颐了,到时候你想吃多少就吃多少。"

要进入低温睡眠的人,事先都要吃所谓的"低渣饮食",而最后二十四小时内,他们只能摄入液体。弗洛伊德已经开始嘀咕,他的头越来越晕究竟有多少是因为挨饿,有多少是喝了库努的香槟,又有多少是零重力的关系。

为了保持清醒,他环顾四周一大堆五颜六色的管线。

"那么这就是著名的萨哈罗夫驱动机。这还是我第一次亲眼看到。"

"这只是我们造的第四部。"

"希望它能运作。"

"最好是这样,否则高尔基市议会又要把萨哈罗夫广场改名了。"

这是时代的一个标志,现在俄国人可以讲讲笑话——尽管很讽刺——说他们的国家是如何对待他们最伟大的科学家的。这让弗洛伊德回想起萨哈罗夫在科学院的那场精彩的演说,当时他已经平反,且被誉为苏联的英雄。他告诉在场的听众,牢狱与放逐是创造力的最佳辅助;牢房仿佛是远离尘嚣的一片净土,历史上有不少的杰作都是在那里面诞生的。比如说,人类智慧的巅峰之作《自然哲学的数学原理》这本书,就是当年牛顿逃离鼠疫横行的伦敦,自我放逐时的产品。

这样的比拟一点也不夸张。萨哈罗夫被放逐到高尔基的那几年里,不但对物质的构造与宇宙的起源有了新的见解,而且确立了等离子控制的理论,促成热核发电的实际应用。这部萨哈罗夫驱动机,虽然是他等离子控制理论中最有名和最广为人知的成果,但只是他惊人知识爆发力的一项小小副产品而已。不过可悲的是,这些成就都是在他遭迫害时激发出来的。也许将来有一天,人类会找到更文明的方法处理自己的事情。

在他们离开那间房间时,弗洛伊德已经把萨哈罗夫驱动机弄得一清二楚,而且完全记在脑子里了。他已经完全熟悉它的基本原理——利用热核反应产生的脉冲，可以将任何燃料物质加热后以高速喷出。假如用纯氢做操作液体的话效果最好，但缺点是体积太庞大，而且无法长期贮存；甲烷和氨是可以接受的替代品；甚至水也可以，但机器效率会大打折扣。

列昂诺夫号采取折中方式。当宇宙飞船达到飞抵木星所需的速度时，提供最初动力的数个巨大液氢罐即可抛弃。到达目的地之后，刹车、会合时的操纵，以及返航等所需的动力，则由氨提供。

这个理论虽然经过无数次的计算机仿真，测试再测试，比对再比对，但命运多舛的发现号殷鉴不远，人算总不如天算。这个"天"也许是命运之神，或者是隐身在宇宙背后的某种随便你怎么称呼的力量。

"原来你在这儿，弗洛伊德博士，"一个威严的女性声音打断了奥尔洛夫的谈话——他正热情洋溢地解释磁流力学的回授，"你为什么还没向我报到？"

弗洛伊德以一只手产生力矩，用身体当转轴，慢慢地旋转过去——一个硕大无比的妈妈型身影赫然出现在他面前。她穿着一件缀满大小口袋的奇特制服，看起来活像个全身挂满子弹带的哥萨克骑兵。

"很高兴再次见到你，医生。我还在认识环境——我希望你已经收到休斯敦那边寄来的我的健康报告。"

"蒂格那些兽医啊！我看他们连什么叫口蹄疫都搞不清楚。"

弗洛伊德很清楚卡特琳娜·鲁坚科与奥林·蒂格医学中心[1]是彼此景仰的,从她脸上的笑容就知道她是在开玩笑。当她发觉弗洛伊德好奇的眼光时,很得意地拨弄着围在那丰满腰部的粗布带。

"在零重力的地方,传统的黑皮包很不实用——里面的东西都会不知不觉地飘出来,要用的时候都找不到。这腰带是我设计的,里面有整套的外科用具。有了这个,我随时都可以帮人割盲肠或接生小孩。"

"我认为这里不会有生小孩的问题。"

"哈!这你就不懂了。一个好医生随时都要处于待命状态。"

弗洛伊德心里想道,奥尔洛娃舰长与这位鲁坚科医生(也许应该用"主治医师"的头衔称呼她比较正确)真是强烈的对比。舰长具有芭蕾舞女主角般的优雅与张力,而医生则是典型的俄国妈妈:粗壮的身材,朴拙的脸型,如果再加条头巾,那就十全十美了。别让这些表象骗了你,弗洛伊德警告自己。在上一次科马洛夫号会合失误的大灾难中,她至少救了十几条人命。另外,在这次太空任务期间,她还在编纂一套《太空医学年鉴》。你应该觉得能与她同舰是你的荣幸。

"好了,弗洛伊德博士,你以后还有很多时间可以参观敝舰。

---

[1] 奥林·蒂格(Olin Teague, 1910—1981),美国著名二战老兵,连续32年当选众议院议员,曾参与过美国载人航天项目。奥林·蒂格退伍军人医学中心就是以他的名字命名的。

我的同事们都不好意思当面明说,他们有很多工作要忙,而你们只会在那边碍手碍脚。我想尽快把你——你们三个——和平友好地处理好,省得我们操心。"

"我怕的就是这个,不过我完全了解你的意思。我跟你一样已经准备好了。"

"我随时候教。这边请。"

这艘宇宙飞船医院的空间很有限,只够容纳一张手术台、两部运动脚踏车、几个储物柜,以及一部X光机。当鲁坚科医师正快速地为弗洛伊德做详细检查时,她突然问道:"钱德拉博士项链上挂的那个小金质圆柱体是什么——某种通信设备?他不肯把它脱下来——事实上,他几乎什么都不肯脱,可能是害羞吧。"

弗洛伊德禁不住笑了出来,他可以想象那个印度人碰到这个大大咧咧的女人会有什么反应。

"那是一个林伽(lingam)。"

"一个什么?"

"你是医生——你应该认得那玩意儿,跟男性生殖有关的东西。"

"对哦!——我怎么那么笨!他是个正在修炼的印度教徒吗?你们应该早一点通知我们准备全素餐。"

"别担心!我们没事先讲,所以不会做过分的要求。他除了滴酒不沾外,不会执着于任何事情——除了计算机。他曾经告诉我说,他祖父是印度贝拿勒斯的祭司,那个林伽就是祖父给他的——那是个传家之宝。"

令弗洛伊德惊讶的是,鲁坚科医师并没有负面的反应;相反地,她的脸上出现少有的忧郁表情。

"我了解他的感受。我的祖母曾经给了我一尊16世纪留传下来的圣母像,我本来打算带来的——但它有五公斤。"

医师突然恢复她的专业形象,用气枪注射器替弗洛伊德打了一针,然后告诉他一旦感到犯困就马上回到这里来。她向他保证,这段时间不会超过两小时。

"同时,务必完全放轻松,"她命令道,"在这层的D6区有个观察舱,你可以在那边休息。"

这似乎是个好主意,弗洛伊德乖乖地往那边飘去。他的朋友如果看到他这么百依百顺,一定无法置信。鲁坚科医师瞄了一下手表,输入一段短信息,然后将闹铃的设置时间提前了三十分钟。

当弗洛伊德抵达D6区的观察舱时,发现钱德拉和库努已经在那里了。他们以陌生的目光看他一眼之后,又将头转向窗外的壮观景象。弗洛伊德突然发现,钱德拉根本没在欣赏景色,因为他的双眼紧闭着——不过他很庆幸自己没有错过这么精彩的画面。

一颗完全陌生的行星就挂在那里,闪着耀眼的蓝色光和炫目的白色光。多奇怪啊,弗洛伊德心想,地球怎么变成这副模样了?啊!原来如此——难怪他一时认不出来!它上下颠倒了!真不幸——他为这些可怜的掉进外层空间的地球人类短暂地难过了一会儿……

当两位舰上人员进来抬走不省人事的钱德拉时,弗洛伊德几乎没注意到。当他们回来抬库努时,他已经睁不开眼睛,但还有呼吸。而当他们来抬他时,他连呼吸都停了。

II
钱学森号

6 苏 醒

他们曾经告诉我们，低温睡眠时不会做梦，弗洛伊德想道，他有点意外，但不太烦恼。环绕四周的灿烂粉红色亮光让他全身舒畅，让他联想起烤肉架以及圣诞节壁炉里燃烧的木头，但是没有温暖的感觉；相反地，他感到一种很独特但又不会让人不舒服的冷。

他听到一些模糊的讲话声。刚开始很小声，听不清楚；然后慢慢变大声——不过还是听不懂在讲什么。

"对了，"他突然恍然大悟说道，"我不可能用俄语做梦！"

"不，海伍德，"一个女性声音回答道，"你不是在做梦。该起床了。"

可爱的粉红色亮光开始淡去。他睁开双眼，模糊中瞥见照在他脸上的手电筒刚好熄灭。他被橡皮带固定在一张床上，四周围着一堆人影，但是他的眼睛还无法对焦，看不清楚谁是谁。

一只温柔的手伸过来合上他的眼皮，并且按摩他的额头。

"不用勉强自己。做个深呼吸……再一遍……很好……现在觉得怎么样？"

"我说不上来……感觉有点奇怪……头晕晕的……还有，我很饿。"

"这是个好现象。你知道你现在在哪里吗？可以睁开眼睛了。"

四周的影像开始对焦——首先是鲁坚科医师，然后是奥尔洛娃舰长。但是奥尔洛娃好像什么地方变了，感觉和上次看到她时（好像是一个钟头以前的事）不一样。等到弗洛伊德搞清楚是怎么回事时，结结实实地吃了一惊。

"你的头发长回来了！"

"希望你觉得这样会好看一点。不过你的胡子我可不敢恭维。"

弗洛伊德伸手去摸自己的脸，才发觉现在做每个动作都要有意识地刻意去做才能完成。他的下巴已经长满短髭——差不多是平时两三天长的长度。在低温睡眠时，毛发的生长速度只有平时的百分之一。

"那么说我做到了，"他说，"我们已经到木星了。"塔尼娅黯然地看着他，然后瞄了一眼医师，医师几乎不可察觉地点了点头。

"还没到，海伍德，"她说道，"一个月以后才会到。不必惊慌——这艘船没有问题，所有事情也都正常运作。但是你在华盛顿的朋友们要求我们提前叫醒你。发生了一些意想不到的情况。有人想抢在我们前面到达发现号——而且我们恐怕要输掉这场竞赛了。"

7 钱学森号

当弗洛伊德的声音从通话器的扬声器传出时，本来正在游泳池里转圈的两只海豚马上停止嬉戏，向喇叭的方向游过来。它们把头靠在游泳池边，目不转睛地望着声音的来源。

"原来它们认得弗洛伊德的声音。"卡罗琳想着，心里浮现一丝酸楚。反观克里斯，当老爸清楚洪亮的声音从五亿公里远的外层空间传回来的时候，他却自顾自地在游戏围栏里爬来爬去，继续玩他的填色游戏。

"……亲爱的，本来预定一个月后才能跟你通话，所以现在听到我的声音，希望你不要太惊讶。你应该在几个星期以前就知道我们在这里遇到对手了。

"直到现在我还是很难相信会发生这种事。从某个角度来看，这事情根本就很离谱。他们根本不可能有足够的燃料返回地球，我们甚至看不出他们如何与发现号会合。

"当然，我们还没看到他们的影子。即使在最靠近的时候，'钱学森号'跟我们的距离少说也有五千万公里。如果他们愿意，他们应该有充分的时间回答我们发过去的信号，但他们一直不理我们。现在他们一定更忙，更不可能跟我们友好闲聊了。在几个小时之内，他们将抵达木星的大气层——到时候我们将会见证'大气刹车'是否可行。如果可行，我们的士气将提高不少。假如不可行——呃，不说也罢。

"这些俄国人目前正严阵以待，每种状况都分析过。当然，他们很生气，也很失望——但私底下我也听到许多人表示佩服。这真是个聪明的计策，在众目睽睽之下建造宇宙飞船，并且让大家误以为那是座太空站，直到他们挂上火箭推进器为止。

"嗯，我们现在除了静观其变之外，没什么事可做。况且，我们离它太远，从这里观察比在地球上用望远镜看也清楚不了多少。我除了祝他们好运之外，也无能为力。当然，我希望他们不要去打发现号的主意，因为那是我国的财产。我猜国务院方面也会时时提醒他们这一点。

"但因祸得福——如果不是我们的中国朋友事先偷跑，你可能要到下个月才会听到我的消息。现在既然鲁坚科医师已经把我叫醒，以后每隔几天我就会打电话给你。

"在经历刚开始的冲击之后,现在我已经完全安顿好了——了解了这艘船及其所有工作人员。还有,我正在加强我的俄语能力,但很少有机会讲——这里每个人都坚持要讲英语。我觉得我们美国人在语言方面的态度让人很讨厌!我常因为我们的沙文主义——或不上进——而无地自容。

"舰上人员的英文程度参差不齐。首席工程师科瓦廖夫的英语完美无瑕,简直可以在英国广播公司(BBC)当个新闻主播。程度差一点的,不管对错都可以叽哩呱啦讲一大堆。只有泽尼娅·马尔琴科的英语不行,她是临时接替雅库妮娜的人。顺便说一下,我很高兴听说雅库妮娜的恢复情况不错——不过她一定非常懊恼!我好奇她以后还会不会再玩滑翔翼了。

"说到意外事故,很显然泽尼娅一定也出过严重的意外。虽然已经成功地动过整形手术,但可以看出她曾经受到严重的烧伤。她是舰上所有人呵护的对象——我认为那是出于同情,不过这么说也太居高临下了。还是说这是出于特别的善意吧。

"也许你想知道我和奥尔洛娃舰长处得怎样。嗯,我很喜欢她——但我绝不想惹她生气。这艘船上谁是老大,这是毫无疑问的。

"还有主治医师鲁坚科,你在两年前的火奴鲁鲁航天大会上见过她,而且我确信你绝对不会忘记那次聚会的。所以,你应该了解为什么我们都叫她凯瑟琳大帝——当然只有在她宽阔的背后才敢。

"聊得差不多了。如果超时的话要额外交费用,我想起来就讨厌。顺便一提,这些电话应该完全是私人的。不过舰上的通信网有许多联结,所以假如你以后偶然由另一个管道获得什么消息,也别大惊小怪。

"我会等候你的回音——请转告女儿们下次我会跟她们说话。我爱你们大家——尤其想念你和克里斯。我发誓这次回去以后,再也不会离开你们了。"

这时出现短暂的哔哔声,然后一个电子合成语音说道:"列昂诺夫号宇宙飞船第432-7号信号传送到此结束。"卡罗琳关掉扬声器,那两只海豚潜回游泳池里之后,向太平洋游去,几乎没留下任何涟漪。

克里斯发现他的海豚朋友走了,不禁哭了起来。他的妈妈把他抱起来拥入怀里哄他,他哭了好一阵子才安静下来。

8 掠过木星

木星的影像稳定地映在飞行甲板的投影银幕上，你可以看到许多带状的白云、鲑鱼般粉红色的斑驳条纹，以及像一只邪恶眼睛瞪着你看的"大红斑"。影像占整个银幕的四分之三，但没有人在看明亮的部分，所有的眼光都集中在它边缘新月形的暗区。在那里，中国的宇宙飞船将越过木星黑夜那面现身。

这太可笑了，弗洛伊德心想，我们根本看不见四千万公里外的任何东西。不过没关系，无线电会告诉我们想知道的信息。

钱学森号早已在两小时前将远程天线收起来，藏在防热罩的后面，关掉所有音频、视频和数据回路。只有全向追踪天线还在传送无线电波，标示着这艘中国宇宙飞船的位置——它现在正冲向一望无际的云层。列昂诺夫号的控制室里只听到连续不断的尖锐的哔……哔……哔……声,每个哔声都是在两分钟前从木星那边发出来的;目前其来源很可能是位于木星同温层的一团炽热气体。

信号慢慢减弱,噪声逐渐浮现;哔哔声开始扭曲,甚至断断续续。这显示钱学森号逐渐被包围在一层等离子体里,所有对外通信即将完全中断,直到宇宙飞船再度穿出为止——假如它穿得出来的话……

"看![1]"布雷洛夫斯基大叫,"它在那里!"

起先弗洛伊德什么也没看到。接着,在木星亮区边缘之外,他勉强看出一颗微小的星星,以木星的暗区为背景在那边发亮——那个位置本来不应该有星星的。

它看起来似乎静止不动,但他知道它至少以每秒一百公里的速度在运动。它的亮度越来越大。不久,它看起来不再是个无因次的点,而有点变长。一颗人造彗星正划过木星的夜空,留下一条数千公里长的炽热尾巴。

从追踪天线发出的信号,终于在最后一声严重扭曲、拖着奇怪尾音的"哔"声中完全中断,只剩下木星辐射线所发出的、无意义的咝咝声——宇宙中许多天体都会发出声音,无关人类或人类制造出来的东西。

钱学森号虽然已经无法发声,但仍然看得到。他们清楚目睹

---

[1] 原文为俄语,后文仿宋体均指原文为俄语。

那变长的亮点横过木星的向日面，而且很快将隐入其背日面。到时候，木星会捕获那艘宇宙飞船，消除其多余的速度。当它从巨大的木星背后再次出现时，将会变成木星的一颗卫星。

亮点突然隐没。钱学森号正在沿着木星的曲率掠过背日面的上空。现在什么也看不到，什么也听不到，直到它再度从阴影中现身——假如没有意外，那需要一小时的时间。对那些中国人而言，这一小时很难挨。

不过对首席科学家奥尔洛夫和通信工程师科瓦廖夫而言，这一小时却过得飞快。从观测那颗小星星所得的数据，他们可以知道很多事情：它现身及隐没的时间，以及追踪天线发射之无线电波的多普勒频移，都提供了钱学森号最新轨道状况的重要信息。列昂诺夫号的计算机正在消化搜集到的数据，再根据木星大气层的减速效应相关的各种理论，计算出钱学森号下一次出现的预定时间。

奥尔洛夫关掉计算机显示器，在旋转椅上转过身来，解开安全带，然后向一旁耐心等候消息的观众宣布：

"下次出现的时刻最快在四十二分钟以后。各位观众是否请先去散步一下，好让我们能专心把所有事情做好？三十五分钟以后见。去！走开！"

这批闲杂人等很不情愿地离开舰桥——但讨厌的是，三十分钟才过，大伙都迫不及待地回来了。当他正在责备大家对他的计算缺乏信心时，钱学森号熟悉的"哔……哔……哔……"声突然从扬声器里冒了出来。

奥尔洛夫吓了一跳,愣在那里,但随即跟着大伙鼓起掌来——弗洛伊德看不清楚第一个鼓掌的人是谁。尽管中国人是他们的对手,但毕竟大家都是同行,都是背井离乡、千里迢迢地来到这个以前没有人到过的地方——联合国第一次太空条约中,不是尊称他们为"人类特使"吗?他们即使不愿意让中国人拔得头筹,但也不想看到他们遇难。

弗洛伊德不得不想到,其实列昂诺夫号也捞到了不少好处,无形中多了几分胜算。钱学森号已经证明大气刹车法确实可行。木星的数据是正确的,也就是说,它的大气中并没有包含未知的或致命的因素。

"很好!"奥尔洛娃说,"我觉得我们应该发一封贺电给他们。不过,即使我们发了,我想他们也不会领情。"

有些人还在嘲笑奥尔洛夫,他本人则一直瞪着计算机,一副无法置信的表情。

"我真的搞不懂!"他大叫道,"他们应该还在木星背后才对啊!萨沙[1]——给我钱学森号信号塔的速度读数!"

经过与计算机一番无言的对话,奥尔洛夫终于长长地舒了一口气。

---

1 萨沙(Sasha)为亚历山大(Alexander)的昵称。

"有些地方搞错了。原来他们是在一条重力捕获轨道上——不过这样一来,他们就没办法和发现号会合了。他们目前的轨道会把他们送到艾奥之外——只要让我再追踪他们五分钟,我会有更准确的数据出来。"

"无论如何,他们至少是在安全的轨道上,"奥尔洛娃说道,"他们可以随时做调整。"

"也许吧。不过这可能要花好几天的时间,即使他们有足够的燃料——这点我很怀疑。"

"如此说来,我们仍然有打败他们的机会。"

"别这么乐观。我们距离木星还有三个星期的路程。在我们抵达以前,他们可以尝试十几种轨道,然后选出最适合与发现号会合的那条。"

"老问题——假设他们有足够的燃料。"

"那当然,这是目前我们研究判断时的唯一重点。"

上面这些对话都是又快又急的俄语,弗洛伊德听得如坠五里雾中。于是奥尔洛娃好心地向他解释,说钱学森号已经冲过头,以至于跑到外围的卫星群里去了。弗洛伊德第一个反应是:"他们惨了!假如他们发出求救信号,你要怎么处理?"

"别说笑了!你想他们会求救吗?他们最爱面子了。无论如何,这绝对不可能。而且你也很清楚,我们不可能改变我们的任务流程——即使我们有足够的燃料……"

"你说的当然没错,但有百分之九十九的人类不懂什么叫轨道力学,以后你很难向这些人解释。我们应该开始思考政治层面的一些复杂问题——假如我们见死不救,我们都会被骂死。瓦西里,你能不能尽快告诉我他们最后的轨道数据,如果你算出来的话——我要先下去我的舱房做些功课。"

弗洛伊德的舱房——应该说是三分之一舱房——仍然有一部分堆放着物品,其中有些堆放在用布帘隔着的床位上——这些床位是预定给钱德拉和库努两人从沉睡中苏醒后用的。他曾经想办法清理出一个小小的空间,供自己工作时使用,并且曾被许诺有整整两立方米的奢侈空间——只要有人帮他把东西移开的话。

弗洛伊德打开通信设备匣,设定译码键,然后把华盛顿方面传送给他的有关钱学森号的数据调出来。他不太相信舰上的任何人有办法将它解码;密码是用两个百位质数的乘积编成的,国家安全局(NSA)曾经以其名誉为赌注,声称即使利用目前最快速的计算机,想破解这套密码也要等到"宇宙大收缩"(Big Crunch)结束的时候。这是一个无法证明的说法——只能反证。

他专心地注视着那艘中国宇宙飞船的清晰照片,那是钱学森号暴露真实身份、即将驶离地球轨道时拍摄的。还有几张照片是后来拍的——不是很清晰,因为那时候宇宙飞船已经远离照相机了——刚好在加速冲向木星的最后阶段。他对最后这几张照片特别感兴趣,其实比较重要的是该宇宙飞船的分解构造图及性能说明。

即使在最乐观的假设情况下，也很难看出中国人想做什么。他们以疯狂的高速横越太阳系，至少必须用掉百分之九十的燃料。除非他们真的在执行自杀任务——老实说不无可能——否则除了他们有低温睡眠及紧急救援计划之外，怎么说都说不通。同时，中情局根本不相信，中国人的低温睡眠技术已经发展到了可以实际运用的地步。

不过，中情局经常摆乌龙，更经常因为要衡量海量的粗糙情报——他们信息回路中的"噪声"——而晕头转向。在时间这么紧迫的情况下，他们还能够对钱学森号下这么大的功夫，实属不易；不过弗洛伊德仍然希望他们在传送数据过来之前能先稍微过滤一下。有些数据显然是垃圾，与本次任务一点关系也没有。

然而，当你不清楚你要找什么数据时，最好是先摒除所有偏见和先入为主的观念。有些数据乍看之下似乎无关紧要，甚至是毫无意义，结果变成了很重要的线索。

弗洛伊德叹了一口气，重新扫瞄这份五百页的资料，一边尽量让自己的脑袋放空，一边注视着在那高分辨率屏幕上迅速滑过的一大堆图表、照片（有些很模糊，说像什么都行）、新闻报道、科学大会代表团名单、科技刊物名称一览表，甚至还有商业文件。很显然，有个非常高效的工业间谍系统一直在频繁运转；有谁会料到有一大批日本制的全息记忆组件、瑞士制的气流微控制器，以及德国制的辐射侦测器，会被源源不断地运往罗布泊——这个前往木星征途中的第一座里程碑——某个干涸的河床之中?

有些零组件一定是偶然间夹带进去的,与这次的任务需求根本不相干。比方说,假如中国人通过新加坡某家空头公司秘密订购一千个红外线传感器,那一定是军事上用的,钱学森号不太可能用到,因为没有人会用热追踪飞弹去追杀一艘宇宙飞船。还有这一件也真的很有趣——阿拉斯加安克雷奇的冰河地球物理公司出品的特殊测量与探勘设备。什么样的笨蛋才会想到在深空探险中要用到——

弗洛伊德的笑容突然僵住了,一阵鸡皮疙瘩爬上他的颈背。上帝啊——他们竟敢这样搞!但他们就是这样搞的,至少现在一切都说得通了。

他再次把照片调回屏幕,开始猜测这艘中国宇宙飞船此行的计划。对了,想想就知道——船身后方的那些凹槽,还有那些驱动器的偏向电极,不刚好正是……

弗洛伊德立刻呼叫舰桥。"瓦西里,"他说,"他们的轨道你算出来了没有?"

"算出来了。"奥尔洛夫神秘兮兮地压低声音回答。弗洛伊德马上猜到有事情发生了。他做了一个大胆的推测:

"他们打算跟木卫二欧罗巴会合,对吧?"

那一端不可置信地猛地倒吸了一口凉气。

"该死!你怎么知道?"

"我不知道——我刚猜到的。"

"不可能搞错的——我把所有数字都算到小数点后六位了。宇宙飞船的刹车已经依照预定进行,刚好落在欧罗巴的行经路径上——这绝对不是碰巧的。他们将在十七小时后到位。"

"并且进入轨道。"

"很可能,因为不需太多燃料。但是他们的目的何在?"

"我再大胆假设一下。他们会先做一个快速探测——然后,他们会登陆。"

"你疯了吗——或者你知道什么我们不知道的事?"

"不是——只是一个简单的推论。你会因为错失如此明显的事情而捶胸顿足的。"

"好吧!福尔摩斯,为什么有人想降落在欧罗巴?看在上帝的分上,那边到底有什么?"

弗洛伊德很得意。当然,他仍然有可能完全猜错。

"欧罗巴上有什么?只有一种宇宙中最珍贵的物质。"

他说得够直白了。奥尔洛夫不是傻瓜,答案立即脱口而出:

"当然——水!"

"正是。几十亿几十亿吨的水。足够装满所有的燃料罐——足够周游各卫星,然后还剩下很多,可以用来和发现号会合,以及返回地球。我很不愿意这么说,瓦西里——但我们的中国朋友这次又比我们聪明太多了。"

"当然,我们还是要假设他们真的能侥幸成功。"

9

大运河之冰

除了天空一片漆黑之外，这张照片几乎可以在地球北极或南极的任何地点拍得出来。伸展至天边波涛起伏的冰海，一点也看不出那是地球外的景色，只有照片前端五个穿着航天服的身影，才透露出这是一个外星世界的场景。

即使到现在，神秘兮兮的中国人都还没有发布钱学森号舰上人员的名单，只知道这群闯入欧罗巴这个冰封世界的五个神秘客分别是首席科学家、指挥官、领航员、第一工程师和第二工程师。而且说来讽刺——弗洛伊德心里一直嘀咕——地球上每个人早在一个钟头前就看到这张历史性的照片了，而近在咫尺的列昂诺夫号则必须由地球方面转播过来，因为钱学森号传送信号的电波波束非常狭窄，在太空中无法截收到——列昂诺夫号只能收到其追踪信号，因为它是均匀地向四面八方发射。然而，仍有大半的时间甚至连追踪信号也收不到，比如当欧罗巴由于自转将宇宙飞船带到背面时，或是整颗卫星被木星巨大的身影遮住时。目前中国宇宙飞船的消息都要经过地球方面转播才收得到，而且数量非常稀少。

经过初步探勘之后，钱学森号已经降落在欧罗巴的一处岩石岛上——欧罗巴表面几乎全被冰层覆盖，露出冰层的岩石不多。由于没有气候变化的影响，整颗星球表面的冰非常平坦，没有什么奇形怪状的地方；也没有飘动的雪能一层层地堆积成缓慢移动的山丘。陨石偶尔会落在没有大气的欧罗巴上，但从来没有一片雪花。塑造它表面形状的，一个是无处不在的万有引力，所有的高低不平都被往内拉，最后变成均匀的水平面；另一个是其他卫星沿各自轨道在欧罗巴附近穿梭而引发的地震。木星的质量虽然巨大无比，但距离太远，影响倒是很小。远古时期，木星产生的"潮汐力"便已完成任务，使得欧罗巴被永远锁定，以其一面永远面向它巨大的主人。

所有这些现象早就被多次探测予以证实，包括20世纪70年代的"旅行者号"近距离探测任务、80年代的"伽利略号"探勘计划，以及90年代的"开普勒"登陆行动。不过，那些中国人短短的几小时之内在欧罗巴所获得的知识，已经超过以往历次任务的总和。这些知识——很遗憾——他们将据为己有，但有些人则否认他们有权这么做。

更大的反对声浪——越来越汹涌——是反对他们霸占欧罗巴。人类有史以来第一次，一个国家对另一颗星球主张所有权，于是全地球的媒体开始讨论这种行为的合法性。中国人则长篇大论地指出，他们并未签署2002年的联合国太空协议，因此不受该协议的约束。不过此举并未能平息众怒。

一时之间，欧罗巴成了全太阳系的新闻焦点，而身在现场（其实距离现场少说也有好几百万公里）的人成了争相访问的对象。

"我是弗洛伊德，目前在飞往木星的列昂诺夫号上。你们可以想象，目前大家瞩目的焦点就是欧罗巴。

"就在此时此刻，我正在用舰上最强大的望远镜观察它。在目前的放大倍率下，它看起来是地球上所见月亮的十倍大，这景象真的很诡异。

"它的表面是均匀的粉红色，混杂一些褐色的小块，布满着许多细线交织而成的绵密网络。事实上，看起来很像医学课本上静脉和动脉交织的图案。

"这些细线有的有几百公里，甚至几千公里长，看起来像极了帕西瓦尔·罗威尔与20世纪初某些天文学家声称在火星上看到的沟渠——当然，那是他们的错觉。

"但是欧罗巴上的沟渠可不是错觉，当然也不是人工开凿而成的。而且，那里面真的有水——至少是冰。事实上，整颗卫星几乎完全被平均五十公里厚的冰所覆盖。

"由于它距离太阳非常遥远，欧罗巴的表面温度非常低——约在冰点以下一百五十摄氏度。因此也许有人会说，它唯一的海洋是一整块硬邦邦的冰。

"令人惊讶的是，事实恐怕不是这样，因为'潮汐力'会在欧罗巴的内部产生大量的热——同样的潮汐力也会在邻近的艾奥引起频繁的火山活动。

"所以说，欧罗巴内部的冰不断地融化、冒出，再凝固，形成裂缝和裂纹，就像地球南北极地区浮冰上所看到的一样。我现在看到的就是裂缝交织成的密密麻麻的花纹，它们大部分都是黑黑的，而且非常古老——也许有几百万年的历史。但是有少数几乎是纯白色，它们是新裂开的，厚度只有几厘米而已。

"钱学森号降落的地点恰好是在一条白色细线的旁边——那是一条一千五百公里长的地貌，目前已经被命名为'大运河'。据推测，那些中国人打算在那边取水，灌满所有的燃料罐，以便继续探索木星的卫星系统，然后返回地球。这件事的难度很高，但他们一定事先详细研究过降落的地点，并且知道自己在做什么。

"现在事情很明显，他们为何要冒这种险——还有，为何他们要主张欧罗巴的所有权。因为它是个燃料补充站。它可能是整个外太阳系的关键点。虽然木卫三盖尼米得上也有水，但完全是冰冻的，而且盖尼米得的重力较强，不容易靠近。

"我刚刚想到另一个重点。即使那些中国人被困在欧罗巴,他们也有可能撑到救援到达,因为他们有足够的能源,海里也很可能有许多有用的矿物质——我们知道中国人很擅长制造合成食物。欧罗巴上的生活不会很豪华,但我有些朋友说,光是欣赏木星占据大半天空的壮观景象就值回票价了——我希望几天之内也可以目睹这个景象。

"我是列昂诺夫号上的弗洛伊德,在这里代表全舰同仁及我本人向各位说再见。"

"这里是舰桥。报道很精彩,弗洛伊德。你应该改行当新闻记者。"

"我以前常常练习。我有一半的时间都在做PR的工作。"

"PR是什么?"

"公共关系——通常就是去向政治家说明为什么要拨更多的钱给我。都是些你们不用操心的事。"

"我多希望真是如此啊。总之,到舰桥来。我们想跟你讨论一些新的信息。"

弗洛伊德摘下纽扣式麦克风,将望远镜锁好,把自己从望远镜的疲劳中解救出来。当他离开时,差一点和捷尔诺夫斯基相撞,显然捷尔诺夫斯基也是刚结束同样的任务。

"我要把你报道中最精彩的部分偷去给莫斯科广播电台,弗洛伊德,希望你不介意。"

"没关系,同志。反正你要怎样,我也没办法阻止。"

在舰桥上,奥尔洛娃舰长正心事重重地注视着显示板上密密麻麻的文字和图形。当弗洛伊德正痛苦不堪地将它们翻译成英文时,她说:

"别管那些细节。这些数据是我们估计钱学森号加满燃料罐而且准备好起飞所需要的时间。"

"我方也正在做相同的计算——但是遇到的变量太多了。"

"我想我们已经除去其中的一个变量了。你知道消防队买水泵可以买到多高的等级吗?假如你听说北京中央消防局几个月以前不顾市长的反对,突然采购了四部最新型的水泵时,你会不会感到奇怪?"

"不会——我只会佩服得五体投地。请继续说。"

"也许只是个巧合,但那四台水泵的规格也太刚好了一点。估计一下管线配置、钻凿冰层等所需的时间,嗯,我想他们可以在五天之内再度起飞。"

"五天!"

"假如他们运气好,而且一切顺利的话。不过他们也可能不会装满燃料罐,只装到能抢先与发现号安全会合的用量;即使仅仅比我们抢先一小时,胜负就分晓了。到时候他们会主张被抢救回来的物品的所有权——这是至少的。"

"但是国务院的律师可不会同意。我方会在适当时机郑重宣布，发现号不是一艘弃船，我们只是暂时停放在那边等待驶回。任何将该船据为己有的行为都属于海盗行为。"

"我很确定中国人不吃这一套。"

"假如他们不理我们，那该怎么办？"

"我们人多势众——十个对五个——假如把钱德拉和库努叫醒的话。"

"你认真的吗？我们为登船派对准备的短弯刀在哪里？"

"短弯刀？"

"刀剑——武器。"

"哦！我们可以使用激光远距光谱仪，它可以在一千公里外把一毫克的微行星瞬间蒸发。"

"我不喜欢这种对话。我方政府绝对不会容许我们使用暴力，当然自卫时除外。"

"你们这些天真的美国人！我们比较现实，不现实不行。海伍德，你的祖父母都可以活到寿终正寝。而我的祖父母之中有三个都在伟大的爱国战争中被杀了。"

私底下，奥尔洛娃一直都叫他伍迪，从来不会叫他海伍德。她这次一定很认真。或者她是在试探他的反应？

"无论如何，发现号只是一个价值数十亿的硬件而已。船本身并不重要——它里面的数据才真正重要。"

"没错！但你知道数据可以被复制，然后被洗掉。"

073

"你这主意令人茅塞顿开,塔尼娅。有时我总以为所有俄国人都有一点偏执狂。"

"拜拿破仑和希特勒所赐,我们有权偏执。不过,别告诉我你自己真的从来都没有想过这个——你们怎么说的,方案?"

"不必要,"弗洛伊德没好气地说道,"国务院那边已经都替我想好了——只是有些不同。我们就等中国人接下来怎么做。如果他们再次超乎预测,我一点也不会惊讶。"

10 来自欧罗巴的呼救

在零重力的环境里睡觉是一种要学了才会的技巧。弗洛伊德花了大约一个星期的时间才找到固定双手双脚的最佳位置，这样就不会在睡梦中乱飘成让人不舒服的姿势。他现在已经习以为常了，甚至不希望回到有重力的情况。事实上，一想到重力，还会让他偶尔做噩梦。

有人正摇醒他。不——这应该是个梦吧！在宇宙飞船上很注重隐私，没有先征得同意是不准随便进入别人的舱房的。他紧闭双眼，但那人继续摇他。

"弗洛伊德博士——请你醒一醒！飞行甲板要你去一趟！"

从来没有人会叫他弗洛伊德博士，几个星期以来大家对他最正式的称呼是"博士"。到底是怎么回事？

他很不情愿地张开眼睛。他在自己的小舱房里,舒适地裹在自己的"茧"里。他的一部分意识自言自语:他们找我干什么?欧罗巴吗?那是好几百万公里之外的事情吧。

他好像看到那熟悉的网状图案,由许多直线交错而成的三角形和多边形组成的图案。那不正是大运河吗?——不,好像不太对。这怎么可能,他不是还躺在列昂诺夫号上的小舱房里吗?

"弗洛伊德博士!"

这下他完全醒了,并且发现左手刚好飘到眼前几厘米的地方。真的很神奇——他的掌纹居然与欧罗巴的地图那么像!但节俭的大自然母亲不是一直在这样重复自己吗,一图多用,大小不拘——小到搅动进咖啡里的牛奶漩涡,大到气旋风暴的云带,甚至螺旋星云的旋臂,都是一个样。

"对不起,马克斯,"他问道,"什么事?出了什么事?"

"是出事了——不是我们,是钱学森号出事了。"

舰长、领航员和首席工程师都在飞行甲板上,固定在自己的座位里。其余的人员则紧抓着可抓的把手,焦急地转来转去,或注视着监视器。

"抱歉吵醒你,海伍德,"奥尔洛娃草草道歉,"目前的情况是这样。十分钟以前,任务控制中心来了一则'一级优先'的通知,说钱学森号凭空消失了。事情来得很突然,就在他们传送密码信息时发生的事情;刚开始有几秒钟传输发生错乱——然后什么都没有了。"

"他们的追踪信号呢?"

"也停止了。完全收不到。"

"噢!这下严重了——是个大故障。有任何解释吗?"

"有很多——但都是猜测。爆炸、山崩、地震,谁知道呢?"

"我们永远无法得知——除非有人降落到欧罗巴,或者飞过去近距离观察一下。"

奥尔洛娃摇摇头。"我们没有足够的'速度差'。我们能到达的最近距离是五万公里,从这个距离是看不到什么东西的。"

"这么说,我们真的无能为力了。"

"也未必,海伍德。任务控制中心有一项建议,叫我们把列昂诺夫号的天线大碟对准它,以防我们万一收到微弱的求救信号。这样做……你们怎么说?——机会渺茫,但是值得一试。你认为怎样?"

弗洛伊德的第一反应是强烈反对。

"这样一来,我们跟地球的联系就中断了。"

"是中断了,但我们不得不这么做。反正我们是绕着木星转,而且只要花几分钟就可以重新联系上。"

弗洛伊德沉默不语。这项建议百分之百合理,但他还是私下感到忧虑。困惑了几秒钟之后,他突然知道自己如此反对的理由。

当初发现号就是因为它的大碟——主天线组件——没有与地

球锁定,才开始出问题的,至于原因至今仍是个不解之谜。但哈尔绝对脱不了干系,不过这项危险因素目前并不存在。列昂诺夫号的计算机都是各有自主性的小型机种,舰上没有任何单一智慧个体可以掌控一切。有的话也不包括计算机在内。

那些俄国人仍然耐心地等候他的回答。

"我同意,"他终于说道,"请将我们目前的做法告诉地球,并且开始监听。我建议试试所有太空求救信号频率。"

"好!我们把多普勒校正做完之后马上办。现在情况如何,萨沙?"

"再给我两分钟,让我启动自动搜寻系统。请问我们要监听多久?"

舰长不假思索就说出答案。弗洛伊德一直很佩服奥尔洛娃的果断,并曾当面夸赞她。她则以罕有的幽默口吻回应说:"伍迪,一个指挥官可以犯错,但绝不可以犹豫不决。"

"监听五十分钟,然后十分钟报告地球。一直这样循环。"

虽然自动搜寻系统筛除无线电噪声的能力比人类高出甚多,但现在什么也看不到,听不到。不过,当科瓦廖夫偶尔把监听器扭大声一点时,整个舱房里马上充满木星辐射带发出的巨吼声。这种声音听起来很像地球上巨浪拍岸的吼声,夹杂着木星大气层里的超大闪电所发出的爆裂声。至于人为的信号则悄无声息。没有当值的人员一个个悄悄地飘走了。

弗洛伊德一边等候，一边在心里盘算。无论钱学森号发生什么事，那已经是两小时前的事情了，因为这条消息是从地球转播过来的。

但假如信号是直接过来的话，则用不着一分钟。因此，那些中国人如果没事，应该已经升空才对。现在音讯全无，表示事态严重了。他的心里不断地思索着各式各样的可能性。

五十分钟感觉上好像是好几小时。好不容易熬到了，科瓦廖夫将舰上的天线转回地球方向，报告搜寻结果。在利用那十分钟剩下的空当发送一些积存的信息时，他以探询的表情看着舰长：

"值得继续监听吗？"说话的音调明白透露出他的悲观。

"当然。我们可以缩短搜寻的时间，但一定得继续监听。"

一小时后，大碟再度对准地球。几乎就在同时，自动监听器上的警示灯开始闪了。

科瓦廖夫立刻伸手将音量调大，木星的吼声瞬间充满整个舱房。不过其中夹杂着一个微弱的声音，像暴风雨中的呢喃；虽然很微弱，但无疑是人类讲话的声音。从语音的声调和节奏，弗洛伊德很确定那不是中国话，而是欧洲的某一种语言。

科瓦廖夫很熟练地旋转"微调"和"频宽"控制钮，语音开始清晰起来。原来那是不折不扣的英语——至于讲的内容是什么，则依然令人费解。

即使是在最嘈杂的环境，有一种声音是每个人类的耳朵都立即能够辨识出来的。当它突然从木星背景噪音中浮现时,弗洛伊德一时以为自己在做怪梦。舰上其他的人也随即反应过来,并且以同样惊讶但逐渐领悟的表情盯着他。

从欧罗巴传来的第一个可辨识的词汇是:"弗洛伊德博士,弗洛伊德博士——我希望你能听得到。"

11 冰与真空

"你是谁?"有人小声问道,引来众人一阵"嘘"。弗洛伊德举起双手表示自己也不明所以——他也但愿自己真的对此一无所知。

"……知道你在列昂诺夫号上……也许没多少时间……将我的航天服天线朝向我认为……"

信号在大家的焦急中消失了几秒钟,然后又恢复,虽然声音没有比刚才大,但清晰得多。

"……请将这个消息转播给地球。钱学森号在三个小时以前被摧毁了,我是唯一的生还者。正在用我的航天服无线电——不知道发射距离够不够,但只剩这个办法。请仔细听好:**欧罗巴上有生命。重复:欧罗巴上有生命**……"

声音再度变小。大伙吓得面面相觑，没有人敢吭一声。在他等待的空当里，弗洛伊德搜索枯肠。他无法认出这个声音——任何一个受过西方教育的中国人都有可能。也许是他在某场科学大会上见过的人，但除非对方表明身份，否则再怎么猜也没用。

"……在这里的午夜过后不久，我们正在汲水，燃料罐几乎半满了。李博士和我出去巡视水管绝缘层。钱学森号停在——当时停在——离大运河边缘约三十米的地方。水管直接从宇宙飞船出来，接到冰层下面。冰很薄——在上面走很危险。不断涌出温……"

声音又停了很久。弗洛伊德猜想说话的人可能正在移动，所以信号偶尔会被某些障碍物遮断。

"……没问题。舰上挂着五千瓦的照明。像棵圣诞树——很漂亮，光线可以透过冰层。光辉灿烂。李博士首先看到的——一团黑压压的东西从深处浮上来。起先我们以为是一大群鱼——对一个单一生物来说太大了——然后它开始破冰而出。

"弗洛伊德博士，希望你能听到。我是张教授，我们在2002年见过面——波士顿国际天文联盟（IAU）大会上。"

经他这么一说，弗洛伊德的思绪马上飞回十亿公里外的地球。他依稀记得那次会后的记者招待会。他终于回忆起来了，一个个子小小的、个性幽默的天文学家兼外星生物学家，肚子里有一大堆笑话。但是现在他不是在讲笑话。

"……像一条条巨大的、湿湿的海草，在地上爬行。李博士跑回舰上拿相机，我则留在原地一边观察，一边用无线电报告。这东西爬得很慢，我可以轻松超过它。我不觉得害怕，倒是觉得很兴奋。我以为我知道那是什么生物——我看过加州外海的海带林照片，但我错得太离谱了。

"我可以看出它有麻烦。它在这样的低温下——比适合它生存的温度低一百五十摄氏度——不可能存活。它一面爬，身上的水一面凝固——像碎玻璃一样，乒乒乓乓纷纷往下掉——但它仍然像一团黑色的潮水，向宇宙飞船前进，一路越爬越慢。

"当时我仍然很惊讶，脑子很乱，想不出它究竟要做什么……"

"我们有什么方法可以回话吗？"弗洛伊德忧心忡忡，小声地问道。

"没办法，太迟了。欧罗巴马上要隐身到木星背后了，在它重新出现之前，我们只有等。"

"……它爬上宇宙飞船。一边前进，一边用冰筑起一条通道，它也许是以此隔绝寒气——就好像白蚁用泥土筑起一道小走廊隔绝阳光一样。

"……无数吨重的冰压在船上。无线电天线首先折断，接着我看到着陆架开始弯曲翘起——很慢，像一场梦。

"直到宇宙飞船快翻覆的时候，我才恍然大悟那只怪物想干什么——但一切都太迟了。我们本来可以自救的,只要把那些灯光关掉就好了。

"它可能是一种向光生物,生物周期由穿透冰层的太阳光启动。或许它是像飞蛾扑火一般,被灯光吸引而来。我们舰上的大灯一定是欧罗巴上前所未见最耀眼的光源……

"然后整艘船垮了。我亲眼看到船壳裂开,冒出来的水汽凝成一团雪花。所有的灯统统熄灭,只剩下一盏,吊在离地面几米的钢索上晃来晃去。

"在这之后我完全不知道发生了什么。等我回过神来时,发现我站在那盏灯底下,旁边是宇宙飞船全毁的残骸,四周到处是刚刚形成的细细雪粉。细粉上面清楚地印着我的足迹。我刚才一定跑过那里,才不过是一两分钟内的事情……

"那棵植物——我仍然把它想成植物——一动也不动。它似乎受到某种撞击而受伤,开始一段一段地崩解,每段都有人的胳膊那么粗,像被砍断的树枝般纷纷掉落。

"接着,它的主干又开始移动,离开船壳,向我爬过来。这时我才真正确定它是对光很敏感,因为我刚好站在那盏一千瓦的电灯下——它已经不摇晃了。

"想象一棵橡树——应该说榕树比较恰当,枝干和气根被重力拉得低低的,挣扎着在地上爬的模样。它来到距离灯光五米的地方,然后开始张开身体,把我团团围住。我猜那是它的容忍极限——光的吸引力此时变成了排斥力。接下来几分钟没有动静。我怀疑它是不是死了——终于冻僵了吧。

"接着,我看见许多大花苞从每根枝干长出来,好像是在看一部花朵绽放的慢动作影片。事实上,我认为那些就是花——每一朵都有人头大小。

"纤细的、颜色艳丽的薄膜慢慢展开。即使在那时,我想到的仍然是,没有人——没有任何"东西"——曾经看过这些颜色,直到我们将灯光——要我们命的灯光——带来这里之前,这些颜色是不存在的。

"每条卷须、每根花蕊都在微弱地摇摆……我走到那堵围着我的活墙前,这样我才能看清楚到底发生了什么事。即使在这个时候,或其他任何时候,我一点也不怕它。我确定它没有恶意——假如它真的有意识的话。

"那里一共有好几十朵开放程度不一的大花。现在倒使我想起刚自蛹羽化的蝴蝶——双翅仍皱在一起,娇弱无力的模样——我开始一步一步接近真相了。

"它们被冻得奄奄一息——死亡和出生一样来得快去得也快。然后,一个接着一个纷纷从母体掉落。有一小片刻,它们像搁浅在陆地上的鱼一般乱跳——最终,我完全了解它们了。那些薄膜并不是花瓣——而是鳍,或是相当于鳍的东西。这是那生物可以自由游动的幼虫。可能它本来大部分时间应该在海底生活,然后生出一群蹦蹦跳跳的幼虫出去寻找新领地。就像地球海洋里的珊瑚。

"我跪下来近距离观察其中的一只幼虫。它鲜艳的颜色已经开始褪去,变成土褐色。有些瓣状鳍也掉了,被冻成易碎的薄片。虽然如此,它仍然虚弱地动着。当我靠近时,它还会躲我。我不知道它如何感测到我的存在。

"这时我注意到,那些雄蕊——我已经叫惯了——末端都有一个发亮的蓝点,看起来像小小的蓝宝石——或是扇贝套膜上的那一排蓝眼睛——可以感光,但无法成像。就在我观察它时,鲜艳的蓝色渐褪,蓝宝石变成没有光泽的普通石头……

"弗洛伊德博士,或是任何听到的人,时间剩下不多了,木星马上就要遮断我的信号。不过我也快讲完了。

"我知道我该做什么了。挂着那盏一千瓦灯泡的电缆刚好垂到地上,我猛拉它几下,于是灯泡在一阵火花中熄灭。

"我不知道这样做会不会太迟。几分钟过去了,什么都没有发生。所以我走向那堆围住我的树墙,开始踢它。"

"那怪物缓缓地自己松开,回到运河里。当时光线很充足,我可以看清每一样东西。盖尼米得和卡利斯托都悬在天上——木星则是个巨大的新月形——其背日面出现一场壮观的极光秀,位置刚好在木星与艾奥之间'磁流管'的一端。所以用不着开我的头盔灯。

"我一路跟随那怪物,直到它回到水里。当它速度慢下来时,我就踢它几下以示鼓励。我可以感觉到靴子底下被我踩碎的冰块……快到大运河时,它似乎恢复了一点力气和能量,仿佛知道它的家近了。我不知道它是否能继续活下去,再度长出花苞。

"它终于没入水面之下,在陆上留下最后死去的几只幼虫。原来暴露于真空的水面冒出一大堆泡沫,几分钟之后,一层'冰痂'封住了水面。然后我回到舰上,看看有什么东西可以抢救——这我就不说了。

"现在我只有两个不情之请,博士。以后分类学家在做分类命名时,我希望这种生物能冠上我的名字。

"还有,下次有船回去时——请他们把我们几位的遗骨带回中国。

"木星将在几分钟内遮断信号。我真希望知道是否有人收听到我的信息。无论如何,下一次再度连上线时,我会重放这条信息,假如我这航天服的维生系统能撑那么久的话。

"我是张教授,在欧罗巴上报告宇宙飞船钱学森号被摧毁的消息。我们降落在大运河旁,在冰的边缘架设水泵——"

信号突然减弱,又恢复了一阵子,最后完全消失在噪声里。从此,张教授音讯全无。

III

发现号

12

下坡狂奔

终于,宇宙飞船开始加速,像下坡一样向木星狂奔而去。它早已掠过无重力区的四颗外围小卫星——希诺佩(木卫九)、帕西法厄(木卫八)、阿南刻(木卫十二)和加尔尼(木卫十一)——这四颗卫星各自在离心率很夸张的轨道上摇摇摆摆地逆向运行。它们的形状都很不规则;毫无疑问,它们都是被木星捕获的小行星,其中最大的只有三十公里长,上面崎岖的碎裂岩石除了行星地质学家之外,没有人会感兴趣。它们的归属问题一直在太阳与木星之间犹豫不决,不过将来有一天,太阳会完全把它们捕获回去的。

另外一组的四颗卫星——伊拉拉(木卫七)、莱西萨(木卫十)、希玛利亚(木卫六)和勒达(木卫十三)——则会留在木星身边。它们与木星的距离只有前一组的一半;它们彼此靠得很近,轨道也几乎共平面。有人认为它们是由同一个天体分离出来的，如果此说正确，那么原来的天体最多不超过一百公里长。

当舰上人员看到这四颗卫星时，都像看到老朋友般欣喜若狂——虽然只有加尔尼和勒达比较近，肉眼即可看到其圆盘结构。这里是经历长途航行之后首度见到的陆地——可说是木星外海的岛屿。最后的几个小时逐渐逼近，整个任务最重要的阶段即将到来：进入木星大气层。

这时候的木星看起来已经比地球上空的月亮更大，内围几颗较大的卫星也清晰可见。每颗卫星都有明显的圆盘结构和特殊的颜色；不过距离都还很远，看不出任何细部特征。它们亘古的芭蕾舞表演——时而隐身在木星背后，时而复出向日面，以自身的影子为舞伴，优雅地掠过木星前方——永远是最叫座的节目。自从四个世纪以前被伽利略首度发现之后，不知多少天文学家为之着迷。不过，列昂诺夫号上的全体人员是唯一用肉眼欣赏到这场表演的人。

下棋的人早就下腻了，现在，没当值的人员有的看望远镜，有的认真交谈，有的听音乐，但通常都会一边注视着窗外的美景。同时，舰上有一对恋人正打得火热：布雷洛夫斯基和泽尼娅常常同时不见人影，这变成大伙茶余饭后最热门的话题。

他们是很奇特的一对，弗洛伊德常在想。布雷洛夫斯基是个身材高大的金发俊男，也是个杰出的体操选手，曾经进入了2000年奥运会决赛。虽然已经三十出头，却有一张稚气无邪的娃娃脸。相貌不会骗人，他虽然有辉煌的工程师资历，但弗洛伊德老是觉得这个人太天真、太单纯了一点——就是那种你喜欢跟他攀谈但不久就觉得索然无味的人。在无可挑剔的专业领域之外，他是个可爱但肤浅的人。

二十九岁的泽尼娅是舰上最年轻的姑娘，仍然有点神秘。既然没有人愿意讲，弗洛伊德也就不曾问起她受伤的事，华盛顿方面提供的数据也没有任何线索。她显然遭遇过严重的意外事故，但充其量不过是车祸罢了。有一种说法她是在一次秘密的太空任务中受的伤——这种谣言在苏联境外很流行，但应该不太可能。五十年来全球追踪网络无孔不入，要偷偷进行什么任务已经不可能了。

除了身体和心理伤痕之外，泽尼娅还有一项障碍要克服。她是在最后一刻被换上来的，大家都知道这件事。列昂诺夫号本来的营养师兼医药助理是雅库妮娜，但由于在玩滑翔翼时与人争吵，不幸摔断了好几根骨头。

每天的格林威治时间18点整，七名舰上人员加一位乘客都会在狭小的交谊厅（位于飞行甲板、舰上厨房和宿舍区之间）开会。交谊厅中央的圆桌勉强可以挤八个人，因此钱德拉和库努醒来之后，就没有位子可坐了，必须在旁边加摆两个座位才行。

这场每天例行的圆桌会议被称为"六点钟苏维埃会议"，开会时间通常不超过十分钟，但在提高士气方面扮演着重要角色。各式各样的抱怨、建议、批评、进度报告等，统统可以提出来——舰长有最后的否决权，但她很少行使。

会外非正式的议题倒不少，一般不外乎请求常换菜单、增加私人与地球的通信时间、电影节目的建议、交换新闻和八卦消息，以及人数居于劣势的美国人经常受到的善意揶揄。弗洛伊德因此曾经放话，等另外两名从低温睡眠醒来以后，情势会明显改善，人数将从目前的一比七变成三比七。而且根据他的私下盘算，库努的高分贝大嗓门足以抵得上舰上的任何三个人。

不睡觉的时候，弗洛伊德大部分时间都待在交谊厅。原因之一是，交谊厅虽小，但比待在自己的小寝室里较没有幽闭恐惧感。另外，交谊厅的陈设也比较活泼，所有可贴东西的平面都贴满了漂亮的风景照片、运动比赛图片、知名影星的大头照，以及令人怀念的地球事物。不过，其中最值得一提的是一幅列昂诺夫的亲笔画作——1965年的素描《近月》；当时他还是个年轻的中校，因爬出"上升2号"宇宙飞船而成为有史以来第一位太空漫步的航天员。

这幅画虽然谈不上职业水准，但显然是出自一位有天分的业余画家之手。画中描绘出满是坑洞的月球表面，前景是美丽的虹湾（Sinus Iridum），上方若隐若现的是巨大的地球，其新月形的向日区环抱着黑暗的背日区。最远方是炽热的太阳，摇曳生姿的日冕环绕着它，直入数百万公里的太空。

这幅作品令人瞩目，它所描绘的未来景象在短短三年内就实现了。1968年的圣诞节，美国宇宙飞船阿波罗8号上的三位航天员安德斯、博尔曼和洛威尔就亲眼目睹了这幅壮丽的景象。

弗洛伊德对这幅画赞不绝口，但心里还是百感交集。他绝不会忘记，它比舰上任何人的年龄都老——除了一个人。

列昂诺夫画这幅画时，弗洛伊德已经九岁了。

13 伽利略诸世界

即使在旅行者号太空探测器首度做近距离探测之后三十多年的今天，仍然没有人真正知道为什么木星的这四大卫星如此地与众不同。它们虽然大小相仿，在太阳系里的位置也差不多——但是个个大不相同，好像是一群由不同父母所生的小孩。

只有最外面的卡利斯托看起来还有点像样。当列昂诺夫号在十万公里外掠过它时，上面较大的坑洞肉眼就看得见。通过望远镜观察时，它活像一颗被乱枪扫射过的玻璃球，表面上布满大大小小的坑洞，有些小到肉眼无法辨识。有人说过，卡利斯托比地球的月亮更像月亮。

更怪的还在后头。一般人总认为，处于小行星带边缘的这里，任何星体都会被从太阳系诞生时残留下来的碎屑撞得满目疮痍。

然而，就在近旁的盖尼米得看起来却完全没有这种迹象。虽然在遥远的过去，它也曾经被撞得满是坑洞，但大部分的坑洞都已经被"耙"过了——这个"耙"字形容得很恰当。盖尼米得绝大部分的表面满布无数的耙痕（沟和脊），仿佛被一位宇宙园丁用一支巨大的耙子耙过一般。除此之外，还有许多淡色的条纹，好像是很多只体宽达五十公里的蚯蚓爬过的痕迹。而最神秘的是那些蜿蜒的带状条纹，由几十条并行线组成。捷尔诺夫斯基宣称那一定是多车道的超级高速公路，由喝醉的测量员设计出来的。他甚至还宣称发现了高架桥和立交桥。

列昂诺夫号在通过欧罗巴的轨道之前，已经搜集到大量盖尼米得的资料。而欧罗巴这个冰封的世界，上面有着钱学森号的残骸和舰上人员的尸骨，虽然远在木星的另一边，但人们对它的记忆并不远。

而在地球，张教授已经是个英雄，并且他的同胞们已经非常尴尬地对无数慰问函表示了感谢；其中一封是以列昂诺夫号全体人员的名义发的——弗洛伊德猜想，它一定被莫斯科当局修改过。舰上人员的心情很暧昧，混杂着赞佩、哀悼和解脱。所有的航天员不论国籍，都将自己视为"太空公民"，互相之间都有情感，分享彼此的成功与失败。列昂诺夫号上没有人感到高兴，因为中国远征队全军覆没；但同时，暗地里却感到一种解脱，因为比赛的结果并非跑得最快的人获胜。

意外地在欧罗巴上发现生命，为整个事件添加了新的话题。无论在地球上还是列昂诺夫号上，人们都在热烈讨论。有些外星生物学家大叫："我早就说过了！"他们宣称那根本不稀罕。早在20世纪70年代，探测潜艇已经在太平洋海底的海沟深处发现许多生物聚落，里面有一大堆奇形怪状的海洋生物在非常严苛的环境中繁衍。其严苛的程度不亚于外星世界。火山喷泉在深不可测的海底提供温度和养分，在荒凉如沙漠的海底建立了许多绿洲。

任何事物只要在地球上出现过一次，就应该会在宇宙别处出现好几百万次，这是绝大多数科学家的"信条"。木星的卫星上有水——或者至少有冰；还有，艾奥上有许多不断喷发的火山，所以可以合理推测在邻近的卫星上也有比较缓和的火山活动。将这两者加在一起，欧罗巴上有生命的推论看起来不仅可能，而且是必然的。许多大自然的新发现都是这样——"20／20"法则的事后之见。

然而，这项结论引发了一个对列昂诺夫号的任务极端重要的新问题。既然在木卫上发现了生命，那么它与第谷石板有关系吗？或者，它和艾奥附近轨道上的神秘物体也有关系吗？

这是历次"六点钟苏维埃会议"上最热门的话题。一般的看法是，张教授所遇到的生物并不是高等智慧生物——至少，如果张教授对它的行为描述正确的话。没有任何一种具有基本推理能力的动物会只依直觉行事而自陷险境，如飞蛾扑火般走向死亡之路。

不过，奥尔洛夫立即提出一个反例，减弱了（虽然还谈不上推翻）这个论点的说服力。

"请看看鲸鱼和海豚，"他说，"我们称它们为智慧生物，但它们经常集体冲上海滩自杀！这似乎是个案例，说明直觉高于推理。"

"不用说海豚，"布雷洛夫斯基插嘴道，"以前我们班上最聪明的同学竟然疯狂爱上一个基辅的金发辣妹。最近听说他在一家汽车保养厂当黑手。他可是曾经获得太空站设计大赛金牌的。多可惜啊！"

即使张教授遇到的欧罗巴生物不是有智慧的，也不能否定别的地方不会有更高级的生命形式。整个生物世界不能以单个样本来判断。

但有一种普遍的说法是，海洋里无法出现高等的智慧生物，因为海洋里没有足够的挑战，那里的环境太祥和、太稳定了。毕竟，海洋里无法生火，没有火如何发展出科技来？

即使如此还是不无可能，因为人类的演化并非唯一的路程。也许在其他许多星球的海洋里有各种形式的文明出现也说不定。

不过话又说回来，欧罗巴上似乎不太可能存在过会进行太空旅行的文明，因为没有留下任何明确的证据，诸如建筑物、科学设备、宇宙飞船发射场等等。相反，整个欧罗巴从南极到北极除了一片平坦的冰原及少数露出的岩石之外，什么都没有。

没时间再思考或讨论这个问题了。列昂诺夫号正冲过艾奥的轨道，舰上所有人员都忙着准备和木星的大气接触，并开始感受木星的些微重力。宇宙飞船进入木星大气层之前，舰上所有松动的东西都要好好固定，因为突然的减速会产生一个短暂的拉曳力，最大值可达两个G。

只有弗洛伊德最好命，有空观赏木星逐渐逼近的瑰丽景象，目前几乎半个天空都被它占满了。由于没有对照的尺度标准，所以无法对它真正的大小有确实的概念。他只能不断告诉自己，面向他这边的半球，用五十个地球也盖不满。

木星上的云层比地球上最璀璨的夕阳更艳丽，而且速度超快，不到十分钟的时间就可察觉到它明显地移动。一大堆超大的气旋不断从十几个环绕木星的云带中成形，然后轻烟般袅袅消散。偶尔会有缕缕白烟从深处冒出来，但木星快速自转产生的狂风立即将它们吹散。但最奇特的可能是那些白点，有时候会等距排列起来，仿佛项链上的一串珍珠，通常出现在木星中纬度的信风带。

在接触木星前的几小时中，弗洛伊德几乎没看到舰长和领航员。奥尔洛夫夫妇几乎寸步不离舰桥，他们不断地仔细检查接近轨道，随时调整列昂诺夫号的飞行路线。宇宙飞船目前正在关键的路径上，必须恰到好处地掠过大气外层。飞得太高，摩擦力产生的刹车效应就不足以将宇宙飞船减速，它会冲出太阳系一去不回，谁也救不了；飞得太低，它将像陨石一样烧成灰烬。在这两个极限之间,几乎不容许有任何失误。

中国宇宙飞船已经证实大气刹车法是可行的,但人算不如天算,总是有出差错的可能性。所以当主治医师鲁坚科在接触前一小时说"伍迪,我真希望当初把那尊圣母像带来"时,弗洛伊德一点也不觉得奇怪。

14 双重接触

"……我们在马萨诸塞州楠塔基特的房子的抵押文件应该是放在书房的档案夹里,上面标有一个M。

"嗯,这是我目前想到的所有交代事项。在前几个小时里,我一直在回忆小时候看过的一幅图画,是在一本维多利亚风格的破旧老书上看到的。那本书恐怕有一百五十年的历史了,我不记得它是黑白或彩色的,但我永远记得书名——别笑——它叫《诀别》。我们的曾曾祖父们最喜欢这类滥情的通俗故事书。

"图上画的是一艘暴风雨中的帆船,所有的帆都已经被吹跑了,海水也溢上甲板。在画的背景里,一个水手正拼命抢救这艘船;前景则是一位正在写便条的少年水手,身旁有个玻璃瓶。他希望这个瓶子能帮他送信回家。

"虽然当时年纪还小,我总觉得他应该帮忙抢救,而不是兀自在一旁写信。不过同样地,这幅画也让我感动。我从未想过有一天我会像他一样。"

"当然了,这个信息你一定收得到——而且身在列昂诺夫号上,我也帮不上什么忙。事实上,他们曾经很有礼貌地叫我少管闲事,因此我独自在这里录这段留言,倒也心安理得。

"我现在马上得把这段留言送上舰桥,因为十五分钟后就无法传送信号了,我们要收起碟形天线并关闭所有的舱门——这是给你的另一个好类比。现在木星已经占满整个天空——我并不打算描述它,甚至不想再看它一眼,因为几分钟后,所有照相机将全部出动。无论如何,照相机比我高明多了。

"再见,我最亲爱的。我爱你们大家——特别是我们的宝贝儿子克里斯。当你收到这段信息时,一切都已经结束了,无论结果是好是坏。请记得,我一直在为我们尽我所能——再见。"

弗洛伊德取出录音芯片,然后飘到通信中心,将芯片交给科瓦廖夫。

"请务必在封船之前送出去。"他慎重交代。

"不用担心,"科瓦廖夫拍胸脯保证,"目前所有频道完全畅通,而且我们足足还有十分钟的时间可用。"

他伸出手。"如果有缘再见——嘿!我俩将以笑脸相迎。否则,现在就让我俩好好道别吧。"弗洛伊德眨眨眼说道。

"我猜是莎士比亚?"

"没错。是布鲁图和卡修斯在出征之前说的[1]。待会儿见。"

奥尔洛夫夫妇在显示屏前忙得不可开交,只能向弗洛伊德挥挥手;弗洛伊德只好退回自己的舱房。他已经和舰上其他人员道过别,现在除了等待之外无事可做。他的睡袋已经吊起来,准备应对减速时的拉曳力。他心不甘情不愿地爬进去。

"收天线,升起防护罩,"内部通信的扬声器传来的声音,"我们应该会在五分钟内首次感觉到刹车。目前一切正常。"

"我可不会用'正常'(normal)这个词,"弗洛伊德喃喃自语道,"我想你是说'近似正常'(nominal)。"他还没想完,忽然传来了胆怯的敲门声。

"是谁?"

出乎他的意料,是泽尼娅。

"我可以进来吗?"她笨拙地问道,声音像个小女孩,弗洛伊德几乎听不出来。

"当然可以。但是你为什么不留在你自己的舱房里呢?离进入大气层只剩下五分钟了。"话刚出口,他就发现自己问得有够笨。答案实在太明显了,连泽尼娅都不知如何回答。

泽尼娅是他最不会期待与之交流的人,她对他的态度总是有

---

[1] 出自莎士比亚的戏剧《凯撒大帝》。

礼而淡漠。事实上，舰上所有人员中，只有她喜欢尊称他弗洛伊德博士。但现在她就在眼前，在这个危难时刻，她显然需要有人陪伴和安慰。

"泽尼娅，我亲爱的，"他尴尬地说道，"欢迎你来。但是我的地方实在太小了，简直可以称之为斯巴达式的房间。"

她勉强挤出一丝笑容，一声不响地飘了进来。弗洛伊德这才发现，她不只是紧张而已——她简直是吓坏了。然后他知道她为什么找他了。她不好意思让她的同胞看到她魂飞魄散的窘状，所以向别处寻找支持来了。

搞清楚这点之后，原先以为是艳遇的喜悦有点消退，他也开始警觉到，尽管离家很远，但对独守空闺的另一半还是有一份责任。眼前这位年纪不到他一半的女人虽然颇有魅力——尽管称不上漂亮——但应该不至于动摇他的责任感。话是这么说，但是他还是有点动摇了；他必须开始迎接挑战了。

她一定注意到了，不过当两人一起挤进睡袋时，她并没有任何特殊的表示。睡袋里的空间刚刚好容得下两个人。弗洛伊德着急地在心里边计算，假如最大的G值高于预期，扯断了固定弹簧该怎么办？他们会一起死得很难看……

其实，当初在设计上都留有充分的安全考虑，不必杞人忧天。但俗语说得好，滑稽是情欲的克星。虽然他现在抱着她，不过已经完全没有多余念头了。他不知道该高兴还是悲哀。

然而已经没有时间多想了。突然间,一阵隐隐约约的怪声从远处传来,仿佛鬼哭狼嚎。同时,宇宙飞船也微微地震了一下,睡袋开始晃动打转,固定弹簧开始扯紧。在经历好几个星期的无重力之后,重力又逐渐回来了。

过了几秒钟,原先模糊的低嚎声变成连续的巨吼声,睡袋则变成超载的吊床。两个人这么挤在一起实在不是办法,弗洛伊德心里告诉自己;他现在连呼吸都感到困难。宇宙飞船的减速只是问题的一部分,麻烦的是泽尼娅活像溺水的人紧抓一根救命稻草般地死命抓着他。

他则尽可能地用手轻轻推开。

"没事的,泽尼娅。既然钱学森号都可以熬过去,我们也一样可以。放轻松,别怕。"

用温柔的声音大声喊实在很难,外面炽热氢气的吼声震耳欲聋,他不知道泽尼娅是否听得到他在讲什么。但是她现在已经不再死命地抓着他了,他趁机深呼吸了几下。

假如他现在的情况被卡罗琳看到的话,不知道会怎样,他会辩称自己没有趁人之危吗?他不知道她会不会谅解。在这种节骨眼,要想象地球上的事情实在有点难。

他既无法动也不能说话,但已经开始习惯重力的感觉,所以不再像刚才那么不舒服——除了右手臂越来越麻之外。他很费劲地想把被泽尼娅压着的右手拔出来,但这个习以为常的动作却引起一阵愧疚感。情绪平稳下来之后,弗洛伊德突然想起一句名言,至少有一打美国和苏联航天员对他提过:"零重力下做爱的乐趣和麻烦都是夸大不实的。"

他很好奇其他的舰上人员究竟是如何熬过来的,并且突然想起一直睡得不省人事的钱德拉和库努。他们永远不知道目前列昂诺夫号已经变成木星大气中的一颗流星。但他并不羡慕他们,他们错过了一生中最难得的经验。

奥尔洛娃通过内部通信开始讲话,虽然字句被巨大的吼声掩盖,但语调听起来很平和,就好像在做日常的报告一般。弗洛伊德挣扎着瞄一下手表,发现他们正好在刹车过程的半途,也就是列昂诺夫号与木星最接近的时刻。在他们之前,只有用过即丢的无人探测船如此深入过木星的大气层。

"通过中点,泽尼娅,"他大声说道,"正在穿出。"他不知道她是否能听懂。她双目仍然紧闭,但稍稍微笑了一下。

宇宙飞船现在颠簸得很厉害,有如航行在波涛汹涌大海里的小舢板。这样算正常吗?弗洛伊德很怀疑。他很高兴有泽尼娅可以分心,忘了自己的诸般恐惧。在还来不及收回思绪之前,他一瞬间好像看到所有墙壁突然发出樱桃般的红光,同时一起向他塌下来,此情此景有如爱伦·坡的小说《陷坑与钟摆》(The Pit and the Pendulum)里的恐怖梦魇,一本他遗忘了有三十年的书……

但这根本不会发生。假如隔热罩失效,整艘宇宙飞船会瞬间崩溃，大气压会像一堵硬墙将它锤得扁扁的。届时不会有任何痛苦，神经系统还来不及反应，他就烟消云散了。他曾经想过很多安慰自己的理由，但这个理由最好。

狂乱逐渐缓和下来，奥尔洛娃的声音再度响起，但仍然听不清楚（等事情过后，一定要好好糗她一顿）。现在，时间似乎走得很慢。不久之后，他再也不想看表了，因为他已不再相信它。表面的数字跳得如此慢，他还以为自己是处在爱因斯坦的"时间膨胀"里。

接着，更令人无法置信的事情发生了。起初他觉得有点好笑，然后又有点愤慨——泽尼娅竟然睡着了，即使不算在他怀里，至少也是在他身旁。

这应该是自然反应：过度紧张一定把她给累坏了，人体的智慧便适时来救了她。弗洛伊德本人也感觉到极度兴奋后的疲惫，此次的接触似乎也让他心力交瘁。他必须极力挣扎才能保持清醒……

……他感觉一直往下掉……往下掉……往下掉……然后一切都归于结束。

宇宙飞船再度回到太空，那里才是它真正的归宿，他和泽尼娅也自然而然地彼此飘离。

他俩以后不会再如此接近，但他们会常常记得彼此有过的那份亲切感，这是他们之间的秘密。

15

逃出巨掌

弗洛伊德到达观察甲板时——他特地比泽尼娅晚几分钟到——木星看起来已经离远一点了。但据他所知,这只是个错觉,眼见不足以为凭。他们只是刚脱离木星的大气层,木星仍然占据着大半个天空。

现在他们已经依照预定计划,变成木星的俘虏。在过去几个小时的炽热行程中,他们有计划地抛弃多余的速度,以免冲出太阳系而迷失在星际太空。目前他们正在绕着一个椭圆运行——典型的"霍曼轨道"。这条轨道可让他们在木星与相距三十五万公里远的艾奥之间不断穿梭。假如他们不再发动(或无法发动)引擎,列昂诺夫号将会在两者之间来回绕行,每十九小时绕一圈。它将变成最靠近木星的卫星——虽然那段时间不会很长。每次掠过木星大气层顶端时,它都会损失一点高度,直到它以螺旋线路径撞毁在木星上为止。

弗洛伊德并不是很喜欢伏特加酒,但他还是无拘无束地和大伙举杯畅饮,一方面感谢宇宙飞船优秀的设计者,一方面感谢牛顿。然后奥尔洛娃毅然决然地将酒瓶收回柜子里,因为还有很多事要做呢。

虽然大家早有心理准备,但是炸药突然爆炸的闷声巨响,以及分离瞬间的激烈晃动仍然把大家吓了一大跳。几秒钟之后,只见一个亮亮的大圆盘缓慢地飘浮翻滚而去。

"看哪!"布雷洛夫斯基大叫,"一架飞碟!谁有照相机呀?"

大伙哄堂大笑,笑声里有一种由抓狂转变为安心的特有成分。舰长打断笑声,用比较严肃的语调说道:

"再见了,尽责的防热罩!你们表现不错。"

"但这多么浪费啊!"科瓦廖夫说,"何必做得那么重?它至少可以省个两三吨。想想看,这样我们可以多载多少东西。"

"如果这是俄国工程界稳重的优良传统,"弗洛伊德反驳说,"我赞成这样做。宁可多几吨,也不愿少一毫克。"

每个人都为这种高贵的情操喝起彩来。这时,被抛弃的防热罩很快地冷却下来,颜色变黄,然后变红,最后变黑,与周遭的太空混成一体,在几公里外失去踪影。不过,偶尔有颗星光被遮住了,就会暂时暴露它的行踪。

"初步的轨道检查完成，"奥尔洛夫说道，"与正确的向量只相差每秒十米。第一次尝试就能做到这样，还算不错。"

听到这则消息，大家都暗暗松了一口气。几分钟之后，他又做了另一项宣布。

"正在改变高度以便修正轨道，'速度差'为每秒六米。一分钟后点火二十秒。"

由于太靠近木星，他们很难相信宇宙飞船正绕着它运转，感觉好像只是坐在刚从大片云层穿出来的高空飞机上。他们已经失去判断大小的依据，因此和在地球上某个日落时分没什么两样，从下面疾驰而过的鲜红色、粉红色、暗红色的云彩都是那么地熟悉。

不过这只是个错觉。这里没有任何东西可以与地球比拟。那些颜色都是本身具有的，而不是来自落日余晖。那里的气体也和地球上迥然不同——甲烷、氨气，和一大堆各色各样的碳水化合物，仿佛是女巫将这些东西丢进一只装满氢和氦的大锅里搅拌出来的。人类呼吸所需的氧气则完全不见踪影。

木星上的云排成平行的行列，从一侧的地平线赶往另一侧，只有偶然出现的气旋稍微扰乱其规则性。随处涌现的明亮气体点缀在原来的图案上。弗洛伊德还看到一个巨大气旋的黑色边缘，这个气旋是个可怕的旋涡，直通深不可测的木星内部。

他开始寻找"大红斑"，但马上自觉那是个愚蠢的想法。在他下方举目所见的一大片云海，事实上只是整个大红斑的极小部分而已。打个比方，你从堪萨斯州上空低飞的小飞机上能看到整个美国的形状吗？

"完成修正。我们现在要前往与艾奥轨道的交叉点。到达时间：八个小时又五十五分钟。"

在不到九小时的时间内，我们将从木星爬升到一个陌生的地点，弗洛伊德想道。我们暂时逃离巨大的木星——它虽然危险，但我们已经了解它，可以事先防范。但现在我们要去的地方则是完全未知的神秘之境。

当我们从这项挑战中幸存下来之后，会再度回到木星这边，还要靠它的力量把我们安全地送回地球。

16 私人连线

"……哈啰,迪米特里,我是伍迪。请在十五秒内切换到二号健……哈啰!迪米特里,将三号健与四号健相乘,取立方根,再加上π的平方,最后以最接近的整数当作五号健。除非你们的计算机比我们的快上一百万倍——我很确定绝无可能——否则没有人能破解这套密码,无论是你们还是我们。不过你一定会找些理由来辩解,反正你最擅长狡辩了。

"对了,根据我的消息来源,听说你们最近想逼老安德烈下台的努力完全失败。我判断你跟其他人一样没什么好运了,你们还得忍受他当院长。我笑得牙都歪了!你们科学院活该倒霉。我知道他已经九十多岁了,并且越来越……嗯!冥顽不灵。但你别想找我帮忙,虽然我是全世界——不,全太阳系——最伟大的杀手,专门干掉老而不死的科学家,手法干净利落。

"你相不相信我现在还有点醉?我们成功地跟发现号挥……回……毁……(怎么搞的)……会……合之后,开了场小小的派对犒赏自己,同时欢迎两位成员由低温状态苏醒。钱德拉不太喜欢酒——酒会让人露出本性——但库努刚好是另一个极端。只有塔尼娅滴酒不沾,这你是知道的。

"两位美国同胞——天可怜见,我怎么说话像个政客了——已经顺利地由低温睡眠中醒来,正摩拳擦掌准备干活。我们必须及早行动,不仅因为时间紧迫,还因为发现号似乎有点问题。看到它原先洁白无瑕的舰身变成一片焦黄时,我们简直不敢相信自己的眼睛。

"当然,这都是艾奥害的。由于发现号不断地以螺旋线路径下坠,离艾奥已经不到三千公里。每隔几天艾奥就会有一座火山爆发,将数百万吨的硫黄喷向天空。虽然你在电影里见过类似的场景,但你绝对无法想象在那地狱的上方是什么模样。我很庆幸我们不必经过那种地方。不过,我们现在正前往的目的地,比较起来更神秘,也许更危险。

"我曾经在2006年夏威夷的基拉韦厄火山爆发时,飞过它的上空,那情景真是吓死人。但跟这比起来,根本不算什么——不算什么。目前我们正在艾奥的背日面上空,但这更糟糕。你看到的东西就足够让你去想象更可怕的事物。这跟我曾经想要去的地狱简直一模一样……

"有些硫黄湖泊温度高得发亮，但艾奥上大部分的光来自放电现象。每过几分钟，整个地方似乎都要爆炸一次，仿佛一架巨大的闪光灯从上面照下来。这个比喻好像挺恰当的。在连接艾奥和木星的'磁流管'里有几百万安培的电流流过，并且经常产生崩溃现象，这个时候你就会看到太阳系中最大的闪光，而我们舰上半数以上的电路也都跟着跳电。

"在艾奥的明暗分界线上，刚刚有一座火山发生爆炸，我看见一朵巨大的云烟一面扩展一面冲着我们而来。我不知道会不会冲到我们的高度，即使会，对我们也应该不至于造成伤害。不过它看起来确实吓人——仿佛是个太空恶魔，想一口把我们吞下去。

"一到这里，我马上发现艾奥让我想起某种东西。我花了好几天思索，甚至去查阅所有的任务档案——舰上图书室没什么用，真烂。你记得我俩小时候在牛津的那次研讨会上，我向你介绍的《魔戒》那本书吗？嗯，艾奥就是书中的'魔多'。查一查第三部。里面有这么一段：'好几条熔岩流蜿蜒流动……冷却后凝固成许多扭曲的恶龙形状，仿佛是从痛苦大地呕出来的。'这段描述真的够逼真。早在人类看到艾奥照片的四分之一世纪前，托尔金是怎么知道的呢？该不会是大自然在模仿他吧？

"幸好我们不用在那里降落。我猜想咱们已故的中国同行也不至于这么做吧。不过将来有一天也许不无可能，因为上面有些区域看起来还挺稳定的，不会有硫黄浆到处泛滥。

"以前有谁会相信人类会大老远地跑到木星——这颗太阳系最大的行星——却又完全无视它。可是现在我们却常常这样做，而且，当我们不盯着艾奥或发现号的时候，我们都在想着那块……人造物。

"它仍然在一万公里外的地方，刚好就在拉格朗日点上；但当我用望远镜观察时，它看起来似乎很近，仿佛摸得到的样子。由于它完全没有什么特征，所以我们也搞不清楚它的大小，光用眼睛无法看出它实际上有好几公里长。如果它是固体的话，一定有数十亿公吨重。

"但是，它真的是固体吗？好像是，又好像不是，因为它几乎不会反射雷达波，即使它正面朝向我们时也是如此。我们所看到的只是以木星的云彩为背景的黑色轮廓而已，木星在我们正下方三十万公里。除了大小不同之外，它跟我们在月球上挖出来的石板一模一样。

"嗯，明天我们将登上发现号一探究竟，我不知道何时才有空再跟你聊。不过在结束之前，我还有一件事要说。

"是关于卡罗琳。她一直不了解我为什么要离开地球；从某方面来说，我不认为她会真的原谅我。有些女人家相信爱情不是生命中的唯一——而是生命的全部。也许她们是对的……无论如何，我确定现在讨论这个已经太迟了。

"有机会的话请帮我劝劝她,让她高兴一点。她曾经提过要搬回美国本土。我很担心假如她真的搬回去的话……

"如果你联系不到她,那就鼓励一下克里斯吧。我很想念他,非语言所能形容。

"假如你跟他说爸爸仍然很爱他,而且会尽快回家的话,他会相信的,因为他信任迪米特里叔叔。"

17

登舰二人组

即使是在最佳的情况下，登上一艘废弃的、乱滚的宇宙飞船都是件不容易的事。事实上，很可能会非常危险。

沃尔特·库努虽然早就知道，但对他而言，那只是个抽象的概念。直到他目睹全长一百米的发现号在那里盲目翻滚，而列昂诺夫号不敢贸然靠近时，他才有了深刻的体会。多年来，摩擦力早已减慢发现号的自转速度，而把角动量转移到别处去了。现在，这艘弃船在轨道上缓慢翻滚，很像鼓号乐队队长抛向空中的指挥棒。

第一个难题是如何让发现号停止翻滚，翻滚不仅使它无法控制，而且无人可以靠近。当和布雷洛夫斯基一起在"气闸"里换上航天服时，库努心中浮现了罕有的无力感，甚至自卑感，因为这不是他擅长的工作。他曾心情郁闷地提出申诉："我是太空工程师，不是来这里耍猴戏的！"但事情总要有人做。舰上只有他稍微具备一点技术，能够将发现号驶离艾奥的魔掌。而布雷洛夫斯基和其他同事对发现号上的电路图和电子设备也不熟悉，恐怕要花很多时间。等到他们恢复宇宙飞船的动力，并且学会如何驾驶的时候，宇宙飞船早就掉到下面的硫黄火坑里去了。

他俩戴上头盔之前，布雷洛夫斯基问道："你并不怕，是不是？"

"还不至于怕到尿裤子。不过，当然怕。"

布雷洛夫斯基笑出声说："有点怕刚好适合做这份工作。但别担心——我会完完整整地把你送过去，用我的这个——你们怎么说？"

"扫帚柄，巫婆们都骑扫帚柄。"

"是的。你骑过没有？"

"我试过一次，但扫帚柄甩下我跑了。当场的每个人都笑歪了。"

每种行业都会各自发展出一些独特的工具。比如说，码头工人的钩子、制陶工人的转轮、泥水工人的抹刀、地质学家的小锤子；而长时间在零重力下工作的人则发展出所谓的"扫帚柄"。

它的构造很简单：一根一米长的中空管子，一端有个脚踏板，另一端有个挂环。按下一个按钮，它会像折叠式望远镜般伸长五六倍。它内置的避震系统可以让一个训练有素的使用者发挥惊人的操作效果。若有需要,那个脚踏板可以当作爪子或钩子。虽然有许多改良型,但上面所说的是最基本的设计。一般人会误以为它很容易操纵,其实不然。

气闸的气泵完成抽气,出口的标示灯亮了起来。门向外打开之后,他们慢慢飘进外面的真空中。

发现号在大约两百米外打转,同时和他们一起在轨道上绕着艾奥运行。艾奥现在几乎占据半个天空,木星则远远地躲在艾奥的背后。这是经过特意安排的,他们把艾奥当作保护墙,让他们躲避两个星球之间的"磁流管"里来回狂飙的巨大能量。即使如此,辐射量仍然非常高、非常危险;因此他们最多只能在外面逗留十五分钟,就必须回宇宙飞船躲避。

没多久,库努的航天服出问题了。"刚离开地球时,它明明很合身,"他抱怨道,"可是现在怎么松垮垮的?我好像一颗豆子在豆荚里滚来滚去的。"

"那很正常,库努,"主治医师鲁坚科在无线电里插嘴道,"你在低温睡眠期间瘦了十公斤,这对你的身体没有不良影响。不过你又胖回三公斤了。"

库努还来不及回嘴,就发觉有人轻轻地、坚定地将他拉离列昂诺夫号。

"放轻松!库努,"布雷洛夫斯基说,"别启动你的推进器,即使身体开始翻滚也一样。一切都交给我办。"

库努看见几阵轻烟从那年轻人的背部喷出来,产生小小的推力,将他们推往发现号。每喷出一小股蒸汽,拉绳便轻轻地拉他一下,他便开始往布雷洛夫斯基的方向移动,但从来不会碰到他。他觉得自己像个溜溜球——沿着绳子上下运动。

想安全地靠近那艘弃船只有一条路径:沿着它的自转轴。发现号的转动中心大约在它的正中央,靠近主天线的地方。布雷洛夫斯基正径直往那个区域前进——后面拖着一个紧张兮兮的跟班。届时他到底用什么方法让我们及时停下来?库努在心里嘀咕。

发现号现在看起来像个修长的巨大哑铃,挡在他们面前缓慢地翻滚着。虽然看起来很缓慢——翻滚一次需要好几分钟——但两端的速度却非常惊人。库努尽量不去看它,只专心于那个逐渐逼近的、静止不动的中心点。

"我正在瞄准中心点,"布雷洛夫斯基说道,"请不要乱插手,等一下发生什么事也不要大惊小怪。"

啊?他是什么意思?库努一面问自己,一面告诉自己尽量不要大惊小怪。

所有的事情都是在不到五秒钟内发生的。布雷洛夫斯基在扫帚柄上按了一下机关,它立即暴长到四米,刚好顶到迎面而来的宇宙飞船。扫帚柄开始压缩,它内部的弹簧吸收了布雷洛夫斯基不小的动量;但正如库努原先所料,布雷洛夫斯基并没有在天线基座旁停下来。扫帚柄瞬间再度伸长,将俄国人从发现号反弹回来,反弹的速度几乎与刚才的接近速度一样快。他在库努近旁一闪而过,只差几厘米就相撞了。目瞪口呆的库努只记得在那一瞬间,瞥见布雷洛夫斯基那露出满口白牙的得意笑容。

一秒钟之后,两人之间的绳索紧绷了一下,两人的动量互动的结果,产生了一阵突然的减速。他们原先的速度刚好完全抵销,因此两人相对于发现号几乎完全静止。库努只消伸手抓住可握的地方,很轻易地就将两人一起拉了进去。

"你有没有玩过'俄罗斯轮盘赌'?"库努恢复正常呼吸后问道。

"没有——那是什么?"

"我一定要找时间教教你,它对治疗无聊跟刚才这个一样有效。"

"我希望你不是在暗示,沃尔特,就是马克斯会做出什么危险的事情?"

鲁坚科医师的声音显得好像很震惊。库努决定不予回应,因为这些俄国佬有时候听不懂他独特的幽默。"你休想探我口风!"他压低声音喃喃自语,不想让她听到。

现在,他们已经紧紧地抓住宇宙飞船的外壳,库努不再感觉到它在旋转,尤其是当他把目光固定在眼前不远处的金属片上时。有一道梯子从这里沿着发现号修长的外壳延伸出去,这是他的下一目标。梯子的另一端是一个球形的司令舱,虽然他很清楚它的距离只有五十米,感觉上却好像有好几光年那么远。

"我走前面,"布雷洛夫斯基一边说着,一边将连接两人的绳索收紧,"记住,从这里开始一路都是下坡。但这没问题,你用一只手就可以抓牢了。即使在最底下,重力也不过是十分之一个G而已,可说是一个……你们英语怎么说?——鸡屎(chickenshit)。"

"我猜你的意思是小数目(chickenfeed)吧。不过假如你认为这两个字差不多的话,那我就先走一步[1]了。我最不喜欢下错阶梯上错路[2]——即使在零星重力下。"

库努心里明白,现在很需要说些谑而不虐的俏皮话来调剂一下,否则即将面临的未知和危险会让他受不了。看看他目前的处境,离家十亿公里,即将进入太空探险史上最有名的弃船。曾经有一家媒体把发现号称作"太空玛丽·赛勒斯特号[3]",确实是个不坏的比喻。除此之外,他的处境还有许多独特的地方。比如说,即使他想忘却占满半个天空、梦魇般的艾奥,但有一件事却一直提醒他这个梦魇是挥之不去的——每次触到梯子的横条时,他的手套都会刮下一层薄薄的硫黄粉末。

当然,布雷洛夫斯基说得很对,宇宙飞船转动所产生的重力很

---

1 原文为feet first,也有"先死一步"之意。——译注
2 原文为crawling down ladders the wrong way up,有"逢迎拍马以求晋升"之意。——译注
3 玛丽·赛勒斯特号(Marie Celeste),1872年在葡萄牙亚速尔群岛发现的一艘双桅船,发现时正全速航行,船上物品完好,但空无一人。

容易对付。渐渐习惯以后，他甚至喜欢上这个重力给他的方向感。

不知不觉中，他们已经来到发现号上巨大的、颜色斑驳的球形结构，也就是舰上的控制舱及维生系统舱。而在几米之外有个紧急逃生舱口；库努立刻认出，那正是当年鲍曼闯入舰上与哈尔摊牌的那个舱口。

"希望我们进得去，"布雷洛夫斯基喃喃自语，"要是大老远跑到这里再进不去，那就太倒霉了。"

他刮掉覆盖在显示气闸状态的面板上的硫黄。

"没反应，正如我所料。要不要试试控制按钮？"

"试试也无妨，但恐怕也没用。"

"没错。那么，这儿有一个手动的……"

他们打开一个与墙的曲率非常密合的盖子，呆呆地看着一缕轻烟冒出来，带着一张小纸片飘散于真空中。那上面有某种重要信息吗？他们恐怕永远无法得知，因为那张纸片已经一路翻滚飘远了，最后消失在众星之前的一片黑暗中。

布雷洛夫斯基不停地转动那个手动控制杆，感觉上转了很久，终于将黑漆漆的、毫不起眼的气闸完全打开。库努本来希望里面的紧急照明灯还管用，但事与愿违。

"现在你是头儿了，沃尔特。欢迎我们踏上美国领土。"

不过，当库努爬进去用头盔灯照了一圈以后，发现里面看起来一点也没有欢迎他们的迹象。他极目四望，所有东西都井然有序。

不然你希望怎样？他有点生气地自问。

用手动关门比开门时还要费劲费时，但在宇宙飞船重新获得动力之前，实在没有其他的办法。在舱门封闭的前一刻，库努冒险瞥了一眼舱外的疯狂景象。

一面闪烁着蓝色光的湖泊在艾奥的赤道附近出现，他很确定几个钟头以前还没这个东西。湖的边缘闪耀着鲜黄色的火焰，那是钠元素燃烧时特有的颜色。同时，整个夜景都笼罩在一片鬼魅似的、由等离子放电所产生的辉光里。

这些就是他们未来的噩梦。如果这还不够看的话，一位超自然的疯狂艺术家将为他们添上一笔：一支巨大的弯角从艾奥的火坑群中冒出来，向上插入漆黑的夜空中，就像垂死的斗牛士在最后一刻瞥见将取他性命的牛角。

新月形的木星正缓缓升起，而发现号和列昂诺夫号正在同样的轨道上一路奔向它。

18 救 援

从外部舱口关上的那一刻开始,两人的角色就产生了微妙的逆转。发现号内部一片漆黑,纵横交错的走廊和通道如迷宫一般,但是对库努而言就如同回到家一样,而布雷洛夫斯基则是格格不入,到处都觉得不自在。理论上来说,布雷洛夫斯基知道这艘宇宙飞船的每一个细节,但那只是从研究设计图学来的。库努则相反,他亲自花了好几个月的时间在施工中的发现号姐妹舰上工作,甚至可以蒙着眼睛在舰上随处走动而不会迷路。

刚开始,他们的前进非常困难,因为宇宙飞船的这个区域是为零重力状况而设计的;但现在由于整艘宇宙飞船漫无目的地翻滚,产生了一个非自然重力。这力道虽小,但似乎总是出现在最让人不方便的方向。

库努在一条通道里滑行了好几米才抓稳身体,不由得喃喃抱怨起来。"现在最重要的就是赶快想办法让这该死的旋转停下来。但是这非要有动力不可。我只希望鲍曼在弃船以前没把舰上所有的系统弄坏。"

"你确信他弃船了?也许他有打算要回来。"

"也许你说对了,但我从不认为我们可以得知真相。恐怕连他自己都不知道。"

现在他们来到分离舱停放处,也可说是发现号的"舱库";通常会停放三艘球形的单人操作飞行舱,用来从事各种舰外活动。目前只有三号舱还在。一号舱在神秘的意外事件中撞死普尔后毁了;二号舱被鲍曼开走了,目前不知道在哪里。

舱库里的架上还挂着两套没有头盔的航天服,看起来像两具无头尸,令人毛骨悚然。连没有想象力的人都会心里发毛,更何况布雷洛夫斯基的想象力特别夸张,仿佛看到一大群狰狞的鬼怪住在里面。

说来有点遗憾,但也是意料之中,在这节骨眼上,库努不经大脑的幽默常常会伤人。

"马克斯,"他装出一本正经的音调说道,"无论发生什么事——请你千万别去追舰上那只猫。"

布雷洛夫斯基愣了几毫秒,几乎要说:"我希望你别提这个,沃尔特。"但话刚到嘴边又吞了回去。要是被人发现这个弱点就糟

127

糕了，于是他马上改口："我真想会会那个把这部电影摆在舰上图书室的白痴！"

"可能是卡特琳娜吧，用来测试每个人的心理平衡状态。不过我记得上个星期放映的时候，你还笑得前仰后合呢。"

布雷洛夫斯基不作声，库努说得没错。但是当时是在又暖又亮的列昂诺夫号上，周围又有许多朋友；哪像这艘黑漆漆的、冷冰冰的、鬼影幢幢的弃船。一个人无论多么理智，在这种情况下，很难不会想象一群狰狞的外星怪兽在那些通道里爬来爬去，见人就一口吞下。

这都是你害的，我的好祖母（愿西伯利亚的冻土轻轻地覆盖着你的灵骨）——我真希望你没在我脑海里灌输那么多鬼故事。现在只要我闭上眼睛，仍然会看到那个双脚瘦如鸡爪的雅加婆婆站在森林里的空地上……

别瞎想了。我是个年轻有为的工程师，正面对一生中最艰巨的技术挑战，绝对不能让这个美国朋友看出我是个胆小鬼……

舰上各种噪音也无法祛除鬼影幢幢的感觉。它们虽然都非常小声，只有最有经验的航天员才能从航天服的窸窣声中分辨出来，但对习惯在极端安静环境中工作的布雷洛夫斯基而言，这些噪音就有够他心惊胆战了，虽然他明知道那些偶然的咯吱声是宇宙飞船翻滚时由于热膨胀产生的。这里的太阳虽然很微弱，但宇宙飞船的向日面与背日面的温差还是相当大。

即使是他穿惯的航天服也开始感觉不对劲,原因是外面开始有压力存在了。作用在关节处的力道在微妙地改变,因此他无法正确地判断他的各种动作。我变成一个菜鸟了,一切都要从头训练起,他不太高兴地告诉自己。懊恼也没有用,找些有意义的事做做吧……

"沃尔特,我想测试一下舱里的空气。"

"压力还好,温度——哇!——零下一百零五摄氏度!"

"有如令人神清气爽的俄国冬天。没关系,我航天服里面的空气可以抵挡最严酷的低温。"

"那好,开始测试。不过让我用灯照你的脸,看看你的脸有没有被冻得发紫。还有,保持通话。"

布雷洛夫斯基把面罩打开,往上掀起。他打了个寒战,感觉上好像有许多根冰冷的手指头在摸他的脸颊。他先谨慎地嗅了一下,然后做了个深呼吸。

"好冰——不过我的肺还受得了。嗯,好像有股怪味道,什么东西发霉或腐烂的味道——哦不!"

布雷洛夫斯基脸色一阵发白,赶紧合上面罩。

"什么事,马克斯?"库努真切焦急地问道。布雷洛夫斯基没有回答,似乎正尝试恢复镇静。但事实上,他差点吐了出来。在航天服里面呕吐是件很危险的事,通常会导致可怕甚至致命的后果。

经过一段长时间的静默之后,库努开口安慰他:"我知道了,但我确定你看错了。普尔已经死在外头。鲍曼也报告说……他已经把死在低温舱里的人弹射出去了——我们确定他已经这么做了。所以这里不可能有任何人在,况且这里又这么冷。"他本来想加一句"像太平间",但及时吞了回去。

"不过,假设……"布雷洛夫斯基虚弱地说道,"我只是假设,有可能鲍曼想办法回到这里,然后死在了这里。"

经过一段更长的静默之后,库努缓慢地打开面罩。当冰冻的空气闯入他的肺部时,他打了一个寒战;接着,他又嫌恶地皱了一下鼻头。

"我明白你的意思,但是你的想象力太夸张了。我打赌这味道八成来自那条通道。可能是有块肉在宇宙飞船冷却以前坏掉了,而当时鲍曼因为急着离开,所以没有把它处理掉。你知道,单身汉的公寓都是这种味道。"

"也许你说的没错,但愿如此。"

"应该没错。即使有错……管它呢,那又有什么差别?我们还有很多事要做,马克斯。即使鲍曼还在这里,那也不是我们该管的事。你说对吧,卡特琳娜?"

没听到主治医师的回应,他们太深入舰身,无线电波已经传不到。现在他们要靠自己了。还好,布雷洛夫斯基的精神很快恢复过来。他觉得和库努一起工作是个荣幸,这位美国工程师有时候让人觉得还挺温馨、挺好相处的。不过在必要的时候他也够犀利与冷静。

他俩将要通力合作，将发现号救活。并且，可能的话，将它救回地球。

19 风车行动

突然间,发现号像圣诞树般亮了起来,导航灯和舰内部所有的灯光全亮了;列昂诺夫号上爆出一阵欢呼声,声音之大似乎可以穿过两舰之间的真空传过去。可是不知怎么了,灯又突然全熄,欢呼声变成无奈的叹息。

半个小时毫无动静之后,发现号飞行甲板上的观测窗里又闪起柔和的暗红色灯光。几分钟之后,可以看到库努和布雷洛夫斯基在里面走动,不过窗上的一层硫黄粉末模糊了他们的身影。

"哈啰!马克斯、沃尔特,听得到吗?"奥尔洛娃呼叫道。两个身影同时挥了挥手,但没有其他的回答,显然他们很忙,没时间闲聊。列昂诺夫号上的人只有耐心等候。只见各式各样的灯亮了又熄,熄了又亮,"舱库"的三扇门当中,有一扇开了又突然关上,主天线也稍微动了一下，转了十度左右。

"哈啰！列昂诺夫号，"库努终于说话了，"抱歉让大家久等了，但是我们真的太忙了。

"现在根据我们初步看到的做个简短的评估报告。这艘船的状况比我预期的好很多。外壳完整无缺，几乎没有漏气现象。气压为正常值的百分之八十五，非常适合呼吸，但需要全面换气，因为里面臭死了。

"最棒的消息是整套动力系统都还好。主反应器很稳定，所有电源情况良好。几乎所有电路的保险开关都关掉了，可能是自动跳电，或者是鲍曼离开之前关掉的，因此所有重要设备都没烧毁。不过在恢复所有动力之前，我们要花很大的功夫检查每一处地方。"

"那要花多少时间呢？至少把最基本的系统搞定的话，例如维生系统、推进系统？"

"很难说，舰长。我们离坠毁还有多久？"

"目前估计至少在十天以后，但是你知道会有增减。"

"嗯，假如没有重大意外的话，我们可以在一个星期内将发现号拖离这个鬼门关，到达一个稳定的轨道上。"

"需要什么协助吗？"

"不用吧，我和马克斯就够了。我们马上要进去旋转区里检查所有的轴承，希望尽快让它转动起来。"

"请原谅,沃尔特,这有那么重要吗?有重力当然很好,但我们一段时间没有重力也过得去啊。"

"我并不特别偏爱重力,但是舰上有一点重力的话会比较方便。假如我们让旋转区动起来,就可以消除这艘宇宙飞船的自旋,也就是说,停止它的翻滚。然后我们可以把两艘宇宙飞船的气闸连接起来,就不用跑到舰外去了。这样的话,以后做任何事情都会事半功倍。"

"好主意,沃尔特,但你不会是要把我的飞船跟那个……风车连起来吧。万一转轴出现故障和旋转区卡住了呢?那会把我们都撕成碎片。"

"同意。反正船到桥头自然直,我会尽快再向你报告。"

接下来的两天大家都忙得不可开交。忙完之后,库努和布雷洛夫斯基都累得在航天服里睡着了;不过他们已经完全巡视过发现号的每一个角落,并未发现有什么大问题。航天局和国务院接到这份初步报告之后,都松了一口气;于是他们振振有词地宣布说,发现号不是一艘弃船,而是一艘"暂时除役的美国宇宙飞船"。现在,修缮工作必须马上展开。

动力恢复之后的首要问题就是空气。即使舰内完全清理干净,也无法去除那个臭味。库努原先的判断是正确的,臭味是来自腐败的食物,因为冷藏室坏了;他还一本正经地开玩笑说,这臭味闻起来还挺浪漫的。"我只要闭起眼睛,"他声称,"就仿佛回到旧日的捕鲸船上。你能想象裴廓德号[1]上是什么味道吗？"

经过一番检视之后，大家一致认为发现号并未如预期的那么神秘。问题也终于解决了，至少已经减少到可控制的范围之内。舰内的空气已经完全换新。他们很幸运，贮存罐里仍存有足够的空气可用。

另一条好消息是，回程所需的燃料有百分之九十都在。当初不用氢气而选用液氨作为等离子驱动机的燃料，现在看起来是很正确的选择。氢气虽然效率比较高，但容易蒸发而散逸于太空中，即使燃料罐有绝缘设计，外面的温度也很低，但恐怕在好几年前就统统漏光了。而现在燃料罐里的氨仍然很安全地保持在液态，足够供宇宙飞船返回地球所需，或至少可以返回到月球的轨道上。

或许当务之急，是将发现号的自旋停止下来，才有办法加以控制。科瓦廖夫将库努和布雷洛夫斯基比喻为堂·吉诃德和跟班桑丘，并且希望他们这次挑战风车的壮举能够圆满成功。

他们很小心地将动力输入到旋转区的发动机，这个巨型圆柱重新有了速度，将当初转移到宇宙飞船的旋转动量重新吸收回来。经过一番复杂的调整动作之后，宇宙飞船的翻滚终于几近停止。剩下最后一点小滚动则以姿态控制器的喷射气流消除。现在两艘宇宙飞船静止并排着，短小的列昂诺夫号和修长的发现号比起来，便

---

[1] 裴廓德号（Pequod），赫尔曼·梅尔维尔（Herman Melville, 1819—1891）所著小说《白鲸》中的捕鲸船。

相形见绌了。

现在两船之间的往返变得安全又容易,但奥尔洛娃舰长仍然不同意做实际的连接。每个人都赞成这个决定,因为艾奥越逼越近,好不容易刚刚救活的发现号随时有可能被迫再度放弃。

尽管他们已经知道发现号轨道逐渐减缩的原因,仍然于事无补。每次发现号通过木星与艾奥之间时,都会扫过连接两者之间的"磁流管",这个无形的磁流管里有庞大的电流来回流动。宇宙飞船上感应出来的涡电流会使得它不断减慢,每绕行一圈就减慢一次。

至于宇宙飞船何时会撞毁,目前颇难预测,因为磁流管里的电流大小和木星本身一样变化莫测。有时会突然出现一股大电流,在艾奥上引发一阵光电风暴;这个时候,宇宙飞船可能会损失好几公里的高度,同时温度会显著升高,连舰上的温度控制系统都无法应付。

这在物理学上都很容易解释,但在知道之前,这些预料之外的现象让每一个人都感到吃惊和害怕。任何形式的刹车都会生热,在列昂诺夫号和发现号的船壳上所感应到的大电流,让它们瞬间变成低功率的电炉。这几年来,发现号就这样一直被加热和冷却,难怪里面的食物会坏掉。

令人望而生厌的艾奥,现在看起来越来越像医学课本上的插图,而且距离越来越近,只剩下五百公里了。库努拼命地试着启动主驱动机，而列昂诺夫号则保持安全距离静观其变。

当发现号获得速度时，并不像旧式的化学火箭那样有任何烟或火出现——只见它和列昂诺夫号的距离逐渐拉开。经过几个钟头的缓慢操作，两艘宇宙飞船都已经上升了约一千公里。现在有时间可以稍微放松一下，并且计划下一阶段的任务。

"你表现得很好，沃尔特，"主治医师鲁坚科一边说着，一边用丰满的手臂抱了一下精疲力竭的库努，"我们都为你骄傲。"

她假装不经意地打开一个小胶囊放在他的鼻下。二十四小时后他才会愤怒并且饥肠辘辘地醒过来。

20 断头台

"这是什么？"库努抓起一个小小的装置，有点嫌恶地问道，"老鼠的断头台？"

"描述得不错，不过我要捉只更大的。"弗洛伊德指着显示屏上闪动的指示箭头，上面是一个复杂的电路图。

"看到这条线没有？"

"嗯——主电源供应线。然后呢？"

"从这个接点可以进入哈尔的中央处理器。我要你把这个小玩意装在这条大缆线后面。这个地方，不特别找是找不到的。"

"原来如此。这是一个遥控装置，有必要的时候，你可以随时将哈尔断电。很精巧，而且做成一个绝缘的薄片，以防触发时出现短路。这玩意是哪里做的？中情局？"

"别管这个了。遥控器在我房间里,就是我经常放在桌上的那个红色计算器。按入九个九,取平方根,然后按INT键。就这样。我不确定有效距离有多远,试试看才知道。不过,只要列昂诺夫号与发现号之间的距离不超过两三公里,我们就不用担心哈尔再发狂了。"

"这件事你打算告诉谁?"

"嗯,我唯一不想告知的人是钱德拉。"

"我想也是。"

"不过人多嘴杂,所以知道的人越少越好。我打算告诉塔尼娅有这回事,而在紧急状况下,你可以教她如何操作。"

"什么样的紧急状况?"

"这个问题可不太聪明,沃尔特。假如我知道的话,我就不需要这鬼东西了。"

"也对。那你要我什么时候装上这个秘密的'哈尔克星'?"

"越快越好。最好是今晚趁钱德拉睡觉的时候。"

"你开玩笑吧?我想他整晚不睡觉。他现在像个照顾病儿的妈妈。"

"嗯,他偶尔还是必须回列昂诺夫号吃饭吧。"

"告诉你一个消息。他上次去发现号的时候,在航天服上绑了一小袋米。搞不好他准备要在那边待上好几个星期。"

"看来我们只好动用卡特琳娜著名的迷魂药了。上次你已经领教过了，不是吗？"

库努显然在拿钱德拉开玩笑，虽然旁人看不出来，因为他经常会语出惊人而面不改色。但至少弗洛伊德看得出来。那些俄国人也是花了很久的时间才了解这件事，之后为求自保，他们总是先笑了再说，不管库努是否真的在开玩笑。

幸好，自从上次弗洛伊德在出发的航天飞机上第一次听到之后，他的笑声已经大大减少了；而且在那个场合，显然是有酒精助兴。这次为庆祝列昂诺夫号与发现号成功会合所举办的派对上，他本来很期待再借酒装疯一下。不过，这一次他虽然也喝了不少，但刻意保持了清醒——和舰长奥尔洛娃一样清醒。

他很清醒地执行弗洛伊德交代他的任务。打从地球一路上来，他一直都只是个乘客。现在，他已经升格为正式人员了。

21

哈尔复活

我们正要去叫醒一个熟睡中的巨怪,弗洛伊德告诉自己,经过这么多年之后,哈尔对我们的出现会有什么反应呢?他记得过去的事情吗?他会对我们表现友善还是敌意呢?

当他跟在钱德拉背后飘进发现号飞行甲板上的零重力环境时,弗洛伊德心里一直都离不开那个断头开关——几个小时前刚刚安装和测试完毕。无线电遥控器离他的手只有几厘米,现在就把它带在身上让他觉得有点傻。现阶段,哈尔还没和舰上任何运行回路联机。即使将他重启,充其量也只是仅有大脑而无四肢,虽然可能有感知。他可能会与外界沟通,但无法付诸行动。正如库努说的:"他再怎么耍狠也就只是骂人而已。"

"我已经准备好做初步的测试,舰长。"钱德拉说,"所有缺少的模块都已经替换,而且诊断程序也运行了所有回路。一切显示正常,至少就目前测试的层面而言。"

舰长奥尔洛娃瞄了弗洛伊德一眼,他微微点个头。从一开始钱德拉就一直坚持,这个极为重要的场合只准三个人参与;不过很显然,即使观众这么少,仍然不受欢迎。

"很好,钱德拉博士。"向来一板一眼的舰长马上说道,"弗洛伊德博士已经批准,我本人也不反对。"

"让我解释一下,"钱德拉颇不以为然地说道,"他的声音辨识和语音合成中枢都已经损坏了。我们必须从头教起。还好,他的学习速度是人类的好几百万倍。"

钱德拉的手指飞快地在键盘上打出十几个互相没有关联的字,每打出一个字,他就接着很仔细地念出来。扩音器里立刻重复播出这些字,但音调呆滞、机械,没有任何智慧的感觉,像失真的回音一样。这不像以前的哈尔,弗洛伊德心想,不比那些我们小时候十分好奇的、最原始的说话娃娃强多少。

钱德拉按下重复键,扩音器再次回放同一串字,但声音质量已有明显的改善,虽然大家听得出来那不是真人讲出来的。

"我给他的这几个字包含了英语的基本语音要素,只要再重复改进十次,他的音调就差不多可以了。不过我手边没有适当的设备好好地帮他治疗一下。"

"治疗?"弗洛伊德问道,"你的意思是说——呃,他脑部受损？"

"不是！"钱德拉回答，"所有逻辑回路都完全没问题，只是声音输出部分有缺陷，但可以逐步改善。为避免误解，最好每句话都有视觉显示器作辅助对照；而且对他讲话的时候，发音要准确一点。"

弗洛伊德向奥尔洛娃舰长苦笑一下，然后问了一个很现实的问题。

"那这里一大堆俄国腔怎么办？"

"我想奥尔洛娃舰长和科瓦廖夫博士应该不成问题。至于其他的人——嗯，我们得分别测试才知道。通不过测试的只好用键盘了。"

"看起来似乎还有很长的路要走，目前就只有你需要与他沟通。对吧，舰长？"

"正是。"

钱德拉博士轻轻点几下头表示了解，手指头继续在键盘上翻飞，屏幕上快速显示出一大堆的文字和符号，其速度之快不是一般人能够消受得了的。也许钱德拉有惊人的记忆，可以过目不忘。

当弗洛伊德和奥尔洛娃正要离开这位浑然忘我的科学家时，钱德拉突然回过神来，举起一只手像是在警告或期望什么。相对于刚才的快动作，他有点迟疑地拨回锁定杆，并且按下唯一的一个键。

几乎没有任何停顿,操作台传来一个声音,听起来不再是机械地模仿人类语音。这里面已经有智慧、知觉和自我意识的成分——虽然还在最初级的层次。

"早安,钱德拉博士。我是哈尔。我已经准备好上我的第一课了。"

一时之间,大家都震惊得说不出话来。随后,两位旁观者离开了甲板。

弗洛伊德简直无法相信这是真的,钱德拉博士则哭了起来。

IV

拉格朗日

22 老大哥

"……真高兴听到海豚宝宝出生的消息！我可以想象海豚爸妈骄傲地把它们的宝宝带进屋里时，克里斯兴奋的模样。你真该听听我的舰友们看到录像带中海豚全家一起游泳，还有克里斯骑海豚的镜头时，发出的"哦哦，啊啊"声。他们建议给宝宝取名叫'斯普特尼克'（Sputnik），俄文的意思是'同伴'，也是他们的一颗人造卫星的名字。

"很抱歉自从上次发给你信息之后，很久没再联络；不过从新闻报道中，你应该稍微知道我们已经完成了一件重要的任务。即使是奥尔洛娃舰长也已经放弃按表操作的要求，问题一来就马上解决，谁碰到谁解决。我们都要累到不行时才能睡上一觉。

"全体舰上人员对目前的工作成果都深感骄傲。两艘宇宙飞船都可正常操作，哈尔的第一轮测试工作也接近完成。在几天之内，我们将会知道他是否能担当重任，驾驶发现号去与'老大哥'完成最终的会面。

"我不知道这个名字是谁取的——但可想见的是，那些俄国佬并不捧场。而且，他们对我方的官方名称'TMA-2'更是极尽嘲讽——好几次——说这是距月球第谷坑十亿公里内最可笑的名字。根据鲍曼的报告，它并无磁性异常的现象。因此它跟月球上的'TMA-1'第谷石板唯一的相似之处只有形状。我问过他们，取什么名字最恰当，他们的回答是'札轧卡'（Zagadka），俄文的意思是'谜'。这确实是个好名字，但每次我尝试念它的时候，总是引来一阵笑声。所以我坚持称它为'老大哥'。

"无论你怎么称呼它，它目前距离我们只有一万公里，不到一小时的路程。但我不避讳地说，这段路程最让大家紧张。

"我们一直希望在发现号上找到有关老大哥的新信息，但很遗憾到目前一无所获。当年发现号与老大哥接触时，哈尔早就被断连了，对发生的事情当然毫无记忆。鲍曼的记忆也随着他一起不知所终。我们翻遍舰上的航行日志，找遍所有的自动记录系统，也都没发现任何蛛丝马迹。

"我们唯一的新发现是一项私人物品——鲍曼留给他母亲的一则信息。我很好奇他为什么没发出去，显然他当时预计——或是希望——在最后那次舰外行动之后，可以回到舰上。当然，我们已经将它转寄给鲍曼的母亲——她目前住在佛罗里达州的某间养老院里,精神状态很差,因此这条信息对她来讲没多大意义。

"嗯,以上是这次的消息。我无法形容我有多想念你……以及地球上的碧海蓝天。这里的颜色总是红、橙、黄,和绚烂的夕阳一样美丽;但一会儿,就转变成令人讨厌的、来自光谱另一端的冷色调。

"我爱你们两个。我会尽快再打给你。"

23 相会

列昂诺夫号上的控制论专家捷尔诺夫斯基,是舰上唯一能用专业术语与钱德拉沟通的人。虽然哈尔的主要创造者兼导师一直不太愿意相信任何人,但他实在太累了,不得不接受别人的帮助。一个俄国人和一个印度裔美国人形成了一个暂时性的联盟,两人合作无间。这都要归功于捷尔诺夫斯基的好脾气,他不但能嗅出钱德拉何时需要帮忙,而且也摸清楚他何时不希望被打扰。虽然捷尔诺夫斯基的英语很烂,但这完全没有妨碍,因为大部分时间他俩都是用别人听不懂的"计算机术语"在交谈。

经过一个星期缓慢和仔细的重新整合,哈尔所有的例行监察功能都运作得非常稳定。他就像一个会走,会执行简单命令,会做一些非技术性的工作,并会进行低层次对话的人。以人类的标准来说,他目前的智商大概只有五十,他原有的各项人格特质几乎都尚未浮现。

他仍然是个梦游者,但根据钱德拉的专业判断,他已经有能力驾驶发现号,从绕行艾奥的轨道出发,去会见老大哥。

大伙都很高兴,因为他们暂时可以逃离下方的地狱,到七千公里外的地方去。从天文距离来说,七千公里根本不算什么,但足够把天空中无时不在的地狱景象——但丁和耶罗尼米斯·博斯[1]都描述过类似的景象——暂时抛开。虽然艾奥上最猛烈的火山爆发都未曾冲击到宇宙飞船,但何时会创造新纪录谁也不知道。不出所料,列昂诺夫号观察甲板上的能见度越来越差,因为硫黄粉末越积越厚,早晚得派人出去清理一下。

当哈尔再度控制发现号时,舰上只有库努和钱德拉两个人,不过控制的范围极为有限,他只能重复执行输入于其内存里的程序,并监督执行的情形。而人类成员则监督他,假如出现任何异状,他们便马上接管控制权。

第一次的燃烧推进进行了十分钟,接着,哈尔报告说发现号已经进入转换轨道。列昂诺夫号以雷达和光学追踪器确认之后,也随后跟进。在飞行途中,他们做了两次的路径微调。三小时十五

---

[1] 耶罗尼米斯·博斯(Hieronymus Bosch,1450—1516),荷兰画家,其作品多描绘罪恶与人类道德的沉沦。绘有由"伊甸园""人间乐园""地狱"组成的著名三联画《人间乐园》。

分钟之后，两艘宇宙飞船都平安无事地抵达了"第一拉格朗日点"（L.1）——在艾奥与木星的连线上距艾奥一万零五百公里处。

一路上哈尔的表现无懈可击，钱德拉难掩心中的满意和欣慰。不过在这节骨眼上，大家心里挂念的是另一件事情，别名"札轧卡"的老大哥已经只在一百公里外了。

从这里望去，它比在地球上看到的月亮还大；它的边缘异常平直，形状异常完美，超乎每个人的想象。本来如果只以太空为背景，它是完全看不见的，但现在由于后方三十五万公里处不断疾驰的木星云层的衬托，它的轮廓被生动地突显出来。那些云层还会产生如真似幻的效果，让人永难忘怀。由于它的真实位置无法用眼睛判断出来，老大哥看起来仿佛是木星表面上的一扇活板门。

没有人知道目前的一百公里距离会不会比十公里安全些，或者比一千公里危险些；只是心理感觉，对第一次侦察行动来说一百公里似乎刚刚好。在这个距离用望远镜观察，可以看清楚几厘米大小的细节，但事实上什么也没看见。老大哥看起来完全没有特征，对一个或许已经被太空中无数碎屑轰击数百万年的东西而言，这真是个异数。

当弗洛伊德用双筒望远镜仔细观察时，他觉得伸手就可摸到那如乌檀木般光滑的表面。多年前在月球上他曾摸过类似的东西。第一次是戴着航天服手套摸的，当第谷石板被装进一个半球形的加压容器后，他才有机会赤手摸它。

不过都没区别，他并未真正感觉摸到TMA-1，只觉得指尖好像掠过了一个无形的障碍物，而且用力越大，排斥力也越大。他不知道老大哥是否也有相同的效应。

在更加靠近之前，他们必须想尽办法做各种测试，并且将结果一一报告给地球。他们的处境很像一组防爆专家在拆解一枚新型炸弹。他们很清楚，即使用最微弱的雷达探测，也有可能触发超乎想象的大灾难。

在最初的二十四小时里，他们只敢用被动式的仪器，如望远镜、照相机、各种波长的传感器等观察。奥尔洛夫也利用这个机会测量石板的尺寸，精确到小数点后六位，确认老大哥符合著名的比例1∶4∶9。也就是说，它的形状和"小弟"TMA-1一模一样，但是长度足足有两公里，是小弟的七百一十八倍。

这引发了第二波对数字之谜的猜想。人们为1∶4∶9这个比例——最小的三个正整数的平方比——吵了好几年。其实那可能只是个毫无意义的巧合而已，但现在却有了新的数字去猜想。

回到地球上，一大批统计学家和理论物理学家立即兴高采烈地玩起计算机来，试图将这个比例与自然界的若干常数，像光速、质子对电子的质量比、精细构造常数等拉上关系。另外一大票吵吵嚷嚷的命理学家、星象学家、神秘主义者这些，也来凑热闹瞎起哄。他们把埃及大金字塔的高度、英格兰巨石阵的半径、秘鲁纳斯卡线的方位角、复活节岛的纬度，以及一大堆乱七八糟原本用来

153

算命的数字也统统拉进来。即使有一位华盛顿的著名搞笑艺人宣称,根据他的计算,1999年12月31日是世界末日,他们也丝毫不为所动。

同样,老大哥对两艘宇宙飞船进入它的地盘似乎也不为所动。他们小心翼翼地用雷达波探测它,用一连串无线电脉冲轰击它,希望能引起任何智慧听众以相同的方式响应。

经过两天徒劳无功的努力,任务控制中心准许两艘宇宙飞船更靠近老大哥,做更详细的观测。从五十公里的距离观察,那块石板最大的一面看起来约有地球上所见月亮的四倍宽——很大,但还没大到产生心理威胁。它跟有它十倍宽的木星还是没的比。因此,大伙的心情从原先的战战兢兢变得有点不耐烦。

库努道出了大伙的心声:"老大哥很可能想跟你耗个几百万年呢,我看我们早一点走吧。"

24 侦察行动

当初发现号离开地球时,舰上有三艘小型的分离舱,让航天员不必穿航天服就可以很舒适地执行各种舰外活动。后来,其中一艘在一场意外事故中毁了——假如你叫它是意外的话——普尔也当场殉职。另一艘载着鲍曼去会见老大哥,结果双双行踪成谜。第三艘目前仍然停放在发现号的"舱库"中。

不过,它缺了一个重要的零件——舱口盖;当初哈尔拒绝开启舱库的门,指挥官鲍曼冒着暴露于真空的危险强行打开紧急气闸时,那个舱口盖被空气压力掀掉了。掀掉时的威力很大,分离舱被冲到好几百公里外,鲍曼在慌忙之中利用无线电遥控好不容易把它收了回来。当时情况很紧急,他没有时间换一个新的舱口盖,想起来也是合理的。

现在，三号分离舱（布雷洛夫斯基用喷漆喷上了"妮娜号"，却拒绝做任何解释）正准备从事另一项舰外行动。它仍然没有舱口盖，但无所谓，因为这次不载人。

当初鲍曼只顾执行任务而无暇顾及受损的分离舱，现在反而变成了一个好处，不利用实在可惜。用妮娜号做无人侦察小艇，可以尽量靠近老大哥而无人命的顾虑。至少理论上是如此。没有人知道老大哥会不会恼羞成怒，激烈反击而毁了宇宙飞船。毕竟，就天文尺度而言，五十公里可说是一纸之隔。

经过多年的弃置，妮娜号看起来非常脏。她的表面覆盖着零重力环境下到处飘浮的尘埃，原先洁白无瑕的外壳现在变成了暗淡的灰色。当她从宇宙飞船缓慢加速离去时，她外面的机械手臂都收叠得很整齐，椭圆形的窗口像只毫无生气的大眼睛瞪着外层空间。整个看起来，她一点都不像个体面的人类大使。不过这样也好，如此不起眼的大使也许比较容易被接受，而且它小巧的体形和缓慢的速度，足以表达和平与善意。原先有人建议，她应该以敞开双手的姿势会见老大哥，但立即被否决；大多数人都认为，假如他们看到妮娜号张牙舞爪地迎面而来，他们一定会转身逃命。

经过两小时慢条斯理的旅行，妮娜号在那块巨大石板的一个端角前约一百米停下。其实从这么近的距离无法感觉到它真正的形状，电视摄影机所拍到的只是一个尺寸不明的黑色四面体的一角。舰上所有仪器都测不到任何放射线或磁场，除了施舍一点反射的太阳光之外，老大哥什么东西都不给。

妮娜号停留了约五分钟——根据原定计划，这相当于打招呼："哈啰！我来了！"——然后又开始慢慢移动，先沿着最小面的对角线，其次是较大面的对角线，最后是最大面的对角线，而且一直保持五十米的距离，但偶尔会接近到五米。无论距离远或近，老大哥看起来都是一个样——光滑、没有特征。任务还没完成一半，两艘宇宙飞船的所有观众都已经索然无味，各自回头做自己的事了，只时不时瞄一下监视器。

当妮娜号好不容易回到原来的位置时，库努已经按捺不住地说道："就这样了，我们总不能一辈子做这种一无所获的事吧？妮娜号怎么办——叫她回来？"

"不。"奥尔洛夫从列昂诺夫号上透过网络插嘴道，"我有个建议。把她移到石板最宽的一面的正中央去，静止在距离一百米的地方，而且将雷达调整到最大精确度。"

"没问题，不过会稍微有一点浮动。不过请问，这样做用意何在？"

"我只是忽然想起以前在大学上天文学时候做过一个习题：求一个无限大平板所产生的万有引力。我一直都没有机会应用在实际的生活中。假如让我观察妮娜号的运动几个小时，我至少可以算出'札轧卡'的质量——假如它有质量的话。我已经开始认为，那里其实什么也没有。"

"有更简单的方法,我们最后也会做的。让妮娜号去碰触那玩意儿。"

"她早就碰到了。"

"你什么意思?"库努很愤慨地问道,"我从来没有让她靠近到五米以内。"

"我不是说你的操控技术不好。其实第一次能操控得这么细腻已经很不错了,不是吗?但你每次使用妮娜号的推进器时,喷气就已经轻轻地碰到札轧卡的表面了。"

"那不过是一只跳蚤在大象背上跳舞罢了。"

"也许吧。但我们什么也不知道。无论如何,我们最好假设它已经意识到我们的存在。它现在还隐忍不发,只因为我们还没惹火它。"

不过,有些问题他没有点出来。一个人如何去惹火一块两公里长的黑色长方形石板?它被惹火后又会是什么样子?

25 拉格朗日景观

天文学中充满许多巧合的事件，但仅止于巧合而已，没有什么特别的意义。最有名的一件就是，从地球上看起来，太阳和月亮的直径几乎相同。同样地，老大哥目前所在的地方，也就是位于木星与艾奥连线的L.1平动点上，也有类似的现象。从这一点看去，木星和艾奥看起来也是一样大小。

它们的尺寸可不得了！不像太阳和月亮那样只有可怜的半度[1]大小，它们的直径足足有四十倍大，面积则有一千六百倍大！人们只要看到它们中的一个，心里便油然而生敬畏与赞叹，两个在一起的奇景更是震撼人心。

---
[1] 天文学中表示天体大小的单位，太阳和满月的角直径约为半度。

每隔四十二小时，木星和艾奥刚好都完成一个盈亏周期。当艾奥为新月时，木星则为满月，反之亦同。即使太阳躲在木星背后，木星仅仅显现其黑暗面，你仍然可以看到一个巨大的圆形黑影遮蔽住星光。不过这个黑影里，经常会出现持续数秒钟的闪电亮光，那是巨大的放电效应所产生的，其范围比整个地球还要大。

在天空的另一边是艾奥，它永远以同一面对着木星。其表面宛如一大锅红色或橙色的东西缓缓地沸腾，偶尔会出现火山爆发，喷出黄色的云雾，然后很快落回表面。艾奥和木星一样，表面上没有固定的地形地貌，几十年就翻新一次——木星更快，几天内就翻新一次。

当艾奥由盈转亏来到下弦月时，可以看到木星表面的带状云层，在遥远、微弱的阳光下，一条一条并列着。有时候，艾奥或其他外围卫星的影子会飘过木星表面，而且每绕一圈回来，都会经过那个叫作"大红斑"的巨大气旋——一场可以吞下地球的飓风，其存在即使不以千年计，也有数百年的历史。

盘桓在这么多天文奇景之间，列昂诺夫号上所有的成员搜集到的资料一辈子也研究不完。不过，木星系统的研究在优先次序上，却被排在最底端；老大哥永远是最优先的。虽然目前宇宙飞船已经移到只剩五公里的距离，但奥尔洛娃舰长仍不批准任何直接的实际接触。"我要继续等，"她说，"直到必须紧急撤退为止。我们就在这里等着瞧，直到有隙可乘，到时候再决定下一步怎么走。"

经过五十分钟缓缓地降落，妮娜号终于着陆在老大哥的表面上。奥尔洛夫因此计算出老大哥的质量：竟然只有九十五万吨，差不多是空气的密度。或许它是中空的吧？如果是，那么里面是什么样子呢？这又是个没完没了的问题。

但是，舰上有许多日常生活的杂事让他们疲于奔命，无法专心研究这些重要的议题。无论是列昂诺夫号或是发现号，虽然两艘宇宙飞船已经连接起来，大大提高了工作效率，但是花在处理日常例行事务的时间仍然占总工作时间的九成。由于库努曾经向奥尔洛娃拍胸脯保证，说发现号的旋转区绝对不会突然停止运转而造成两艘宇宙飞船的损坏，因此现在才有了条方便的通道来往两舰之间，不用每次都要穿上航天服，或从事费时的舰外活动。每个人都很高兴，除了布雷洛夫斯基，因为他最喜欢到外面去骑扫帚柄。

钱德拉和捷尔诺夫斯基则觉得没有区别，他们两人一直窝在发现号上，不分昼夜地与哈尔没完没了地对话。他们几乎每天都会被问："你们什么时候会弄好？"他们拒绝做任何预测，因为哈尔仍然是个低能的白痴。

然而，在会见老大哥一个星期之后，钱德拉突然宣布："我们弄好了！"

当时在发现号的飞行甲板上，只有两位女性医护人员不在场，因为那里没她们的事——她们只在列昂诺夫号上通过监视器观看。弗洛伊德站在钱德拉的正后方,手不离口袋里的"巨怪杀手"——这是库努取的名字,他最擅长这个。

"容我再强调一遍,"钱德拉说道,"大家都不准讲话。你们的腔调会把他搞得晕头转向,全部由我来讲,其他人一概不准吭声。听清楚了吗?"

钱德拉的表情显示他已经濒临累垮的边缘,但声音里带有未曾有过的权威。奥尔洛娃在其他地方也许是头儿,但在这里,钱德拉才是主人。

一旁的听众,有的抓着把手固定自己,有的飘来飘去,个个都点头同意。钱德拉关闭一个音频开关,然后以温和、清晰的声音说道:"早安,哈尔。"

只过了片刻时间,弗洛伊德却仿佛过了好几年。哈尔的回答不再是单调的电子玩具声:"早安,钱德拉博士。"

"你觉得可以重返你的工作岗位了吗?"

"当然。我现在已经完全可以胜任了,我所有回路都完全正常运行。"

"那么你介意我问你几个问题吗?"

"一点也不。"

"你记得AE-35天线控制组件故障的事吗?"

"完全不记得。"

虽然钱德拉警告在先,但旁边仍然传出一声小小的惊呼。弗洛伊德一边将手伸向无线电遥控器，一边想着，这简直是在闯雷区嘛。假如钱德拉的这句问话触发了另一次精神异常，他会在一秒钟内杀死哈尔。（他已经预演过十几次，绝不会失手。）但是对计算机来说，一秒钟是很长的时间，因此必须好好把握。

"你不记得鲍曼或普尔出去更换新的AE-35组件吗？"

"不记得。不可能发生过这件事，不然的话我一定会记得。鲍曼和普尔现在在哪里啊？他们是谁？我只认得你一个人——不过根据我的计算，站在你后面的那个人有百分之六十五的几率是弗洛伊德博士。"

由于钱德拉严厉警告在先，弗洛伊德不敢出声褒奖哈尔。经过整整十年，百分之六十五是非常好的成绩，即使是人类，很多人的表现还没这么好。

"别担心，哈尔，以后有时间我会说明一切。"

"那次任务完成了吗？你知道我一向对任务都是很认真的。"

"任务已经完成了，你已经执行完程序。现在，如果你不介意，我们想私下谈一谈。"

"没问题。"

钱德拉关掉主控制台的影音输入。就舰上这个部分而言，哈尔现在是又聋又盲。

"好了，这到底是怎么一回事？"奥尔洛夫质问道。

"就是说，"钱德拉谨慎地字斟句酌，"我已经将哈尔从出事那一刻开始的记忆完全洗掉了。"

"听起来很了不起,"科瓦廖夫赞叹道,"你是怎么做到的?"

"这恐怕说来话长,解释起来比实际操作还困难。"

"钱德拉,虽然我的能力不如你和捷尔诺夫斯基,但好歹也是个计算机专家。就我所知,9000型系列都是采用'全息记忆法',是吧?因此你无法光用'时间排序法'消除它。它一定有某种'带虫[1]',可以锁定特定的字词或概念。"

"绦虫?"鲁坚科通过舰上的通话系统说道,"那是我的专业。不过我真庆幸只见过泡在酒精里的标本,从未见过活的。你们到底在说什么?"

"计算机术语,卡特琳娜。在很久以前——非常古早的时代——人们是用磁带做内存。于是有人就写出一种程序,专门瞄准并摧毁——或者吃掉,如果你喜欢这么叫的话——任何有用的记忆。你对人体能不能做同样的事情,比如催眠术?"

"能,但通常能不做就尽量不做。事实上,我们从不会真正忘记任何事,只是我们总自认为会。"

"计算机不一样,当我们要它忘记什么,它会照办。有关的信息会完全被洗掉。"

---

1 原文为tapeworm,与下文的"绦虫"原文为同一单词。——译注

"你是说哈尔已经完全忘了他的……不良行为？"

"我不敢百分之百确定，"钱德拉回答，"有可能当'带虫'正在寻找猎物时，有些记忆刚好在从一个地址移到另一地址的途中……不过这个可能性微乎其微。"

"很有趣，"奥尔洛娃说道，"不过目前最重要的问题是，未来我们还能信赖他吗？"

弗洛伊德抢在钱德拉之前回答道：

"以后不会再有类似的情况出现了，我可以打包票。整个问题的关键在于，我们很难向计算机解释什么叫安全。"

"向人类解释也很难。"库努喃喃自语，但没有降低音量。

"我希望你说对了，"奥尔洛娃嘴里这么说，但心里不是很认同，"下一步怎么办，钱德拉？"

"没什么特别难的。只是需要花很多时间，而且枯燥无味。现在我们给他设定程序让他开始规划逃离木星的一系列动作——并且将发现号开回家。从我们回到高速轨道上算起，三年后才回得了家。"

26 缓　刑

收件人：米尔森，国家航天委员会主任委员，华盛顿

寄件人：弗洛伊德，美国宇宙飞船发现号上

主旨：舰上计算机哈尔9000故障事件

等级：机密

　　钱德拉博士（以下简称C博士）目前已经完成哈尔的初步检查。所有遗失的零件模块已经补回，计算机看起来完全可以使用。C博士的行动细节及结论，请参阅他和捷尔诺夫斯基共同拟定的报告书，该报告书将于最近提交。

　　同时，你曾要求我将报告书内容以非技术性的方式撰写一份摘要，提供给委员会诸公——尤其是给新任的

委员，因为他们对本事件的背景不熟悉。坦白说，我很怀疑我是否适合做这件事，你知道，计算机并非我所长。不过我会尽力而为。

问题的根本在于哈尔的基本指令与安全需求之间的冲突。总统先生曾亲自下达指令，TMA-1的存在必须列为最高机密，只有经过批准的人才准许获得相关资料。

当TMA-1被挖掘出土并且向木星方向发射信号时，发现号远征木星的任务已经进入最后的规划阶段，舰上主要人员（鲍曼和普尔）的任务只是将宇宙飞船驶往目的地，他们并未被告知有一个新的探险目标。为减低泄密的风险，执行调查任务的小组人员（卡明斯基、亨特、怀特黑德）除了被隔离训练之外，在出发前就已经被安排进入低温睡眠状态。

我想提醒你的是，当时（请参阅我的备忘录，编号NCA 342/23绝密，2001年4月30日）我曾提出许多理由反对这项做法，但都被高层驳回。

由于哈尔有能力独立驾驶宇宙飞船，不需人类的协助，因此他们决定扩增哈尔的程序，让他可以在舰上人员无法执行任务或死亡时，自动接掌任务。因此，他完全了解此行的目的，但不允许透露给鲍曼和普尔。

这种安排与当初设计哈尔的目的发生了严重冲突，

因为根据原先的设计,他必须非常精准地、毫无曲解地、毫无隐瞒地处理所有信息。如此一来,哈尔罹患了人类所谓的"精神错乱",具体说,就是"精神分裂症"。C博士告诉我,以专业术语来说,哈尔陷入了一个所谓"霍夫施塔特—莫比乌斯循环"里。这种症状在先进的计算机里并不罕见,尤其是在执行"自动目标搜寻"程序的时候。他并且建议,若需要进一步的数据,请联系霍夫施塔特教授本人。

讲得简单一点(希望我没有误解C博士的原意),哈尔面临严重的两难情况,因而引发偏执症状,而这与地球对他的监控直接相悖。他因此想要中断与任务控制中心的联系,第一步就是谎报AE-35天线组件发生故障。

这不是单纯的说谎问题。这个谎不但让他的"精神错乱"进一步恶化,而且导致他与舰上人员直接的冲突。他很可能认为(当然目前只能猜测),脱离此困境唯一的办法就是干掉他的人类同事——他几乎成功了。若以纯客观的角度来看,假如他独自继续执行任务,没有"人为干扰",结果会是如何?这是个很有趣的问题。

以上是我从C博士处获知的事情梗概,我不想多问,因为他为这事已经累坏了。即使如此,我必须坦白讲(请将这句话列为最高机密),C博士并不是个很合作的人——虽然在团队里必须合作才行。他一味地袒护哈尔，这种态度使讨论问题变得非常困难。即使原本应该保持中立的捷尔诺夫斯基，有时也会跟他一个鼻孔出气。

无论如何，唯一最重要的问题是：将来哈尔还可靠吗？当然，C博士绝对可靠。他宣称他已经将那次的不幸事件，以及曾经被断连的不愉快记忆，完全从计算机里消除掉了。同时，他也不相信哈尔会有类似人类所谓的罪恶感。

不管怎么说，看起来上次发生的问题绝不可能再度重演。虽然哈尔经常有些怪癖，但这些怪癖本质上不会有惹祸之虞，有些只会造成小小的困扰，有些甚至于很滑稽。而且你也知道——但C博士仍被蒙在鼓里——我已经采取若干防范措施，不得已的时候可以拿出来完全控制局面。

总而言之，哈尔9000的复原情况非常良好，我们甚至可以正式宣告他的缓刑。

我很怀疑他是否获知此事。

27

插曲：真情告白

人类的心智有非常惊人的调适能力，即使是最稀罕的事，只要过一阵子，都会变得稀松平常。列昂诺夫号的舰上人员有时会暂时孤立自己，这种下意识的动作也许有助于保持心理的平衡。

遇到这种情况时，弗洛伊德博士常常会想，像库努这样的人倒是个例外，他老是喜欢带头凑热闹。不过，这次他引发的一段插曲——科瓦廖夫在事后称之为"真情告白"——确实是无意中造成的。事情发生得很自然，当时他正在抱怨舰上的零重力供水设备不足，这也是所有人的共同心声。

"假如我可以祈求一个愿望的话，"他在一次例行的"六点钟苏维埃会议"上感慨地说，"我希望现在能浸在一个满是泡沫、松香味扑鼻的浴缸里，只让鼻子露出水面。"

大伙发出一阵喃喃的同意声,跟着是一阵欲求无法满足的叹息。鲁坚科立即提出挑战:

"真颓废,沃尔特,"她微笑着表示不以为然,"这让你听起来像个罗马皇帝。假如我能回到地球,我会做更有意义的事情。"

"比如说?"

"嗯……各位能容许我也回到过去吗?"

"随便你。"

"当我还是个小女孩的时候,我经常利用假日前往格鲁吉亚共和国的一处集体农场。那里有一匹很漂亮的帕洛米诺马,是农场的场长用他在当地黑市赚的钱买来的。他是个坏蛋——但是我喜欢他。他经常让我骑着亚历山大在乡下到处溜达。虽然很危险,但那是我在地球上最美的回忆。"

在一阵感动的静默之后,库努问道:"还有谁志愿发言?"

每个人似乎都沉浸在各自的回忆里,假如不是布雷洛夫斯基打破沉默,这出戏就唱不下去了。

"我最喜欢潜水,那是我的最爱,只要有空我就会去潜水——在我受训期间,一直都没中断。我到过太平洋上的许多环礁、大堡礁、红海——珊瑚礁是世界上最美丽的地方。不过我记忆最深刻的是一个非常特别的地方——日本的一处海藻林。它像一座海底大教堂,太阳光从巨大的叶片之间洒落下来,感觉既神秘又神奇。从那次以后我没再去过,也许下次去的话,感觉就不一样了。不过我还是想再去一次。"

"很好。"库努说。和往常一样,他已经自命为主持人了。"下一位是谁?"

"我的答案很简短,"奥尔洛娃说,"莫斯科大剧院的《天鹅湖》。但瓦西里一定不同意,他讨厌芭蕾舞。"

"我也讨厌。不管这些,那你最喜欢什么,瓦西里?"

"我本来想说潜水,但是被马克斯先说了。我要选个反方向的——滑翔翼。在某个夏日,翱翔于白云之间,四周一片寂静。嗯,也不是完全寂静,空气扫过翼面时还是很吵,尤其是在倾斜转弯的时候。这是享受地球的最佳方式——像鸟一样。"

"泽尼娅呢?"

"很简单。在帕米尔滑雪。我喜欢雪。"

"你呢,钱德拉?"

库努抛出这个问题时,全场气氛骤变。经过这么久了,钱德拉仍然是个陌生人,与大伙相敬如"冰",从不显露自己的感情。

"我小的时候,"他缓缓地说道,"祖父曾经带我到恒河畔的瓦拉纳西——也叫作贝拿勒斯——朝圣。假如你没去过,恐怕无法真正了解。对我来说,即使到今天,对许多印度人而言,无论他信什么教——那个地方就是世界的中心。将来有一天我还想去。"

"你呢,尼古拉?"

"嗯,有人喜欢海,有人喜欢天空,我两者都喜欢。以前我最喜欢玩风帆,现在恐怕太老了,但我还是想试试看。"

"最后只剩下你了,伍迪。你最喜欢什么?"

弗洛伊德毫不思索,他下意识的回答不但吓了别人一跳,也把自己吓了一跳。

"只要能跟我的小儿子在一起,在地球的哪里都无所谓。"

就这样,该说的都说了。散会。

28

无力感

"……你已经看过所有的技术报告，迪米特里，因此你应该了解目前我们的无力感。再多的测试和测量，都无法获得新的数据。札轧卡依然故我，占据半个天空，对我们完全不理不睬。

"然而它不可能是惰性的——完全不像遭弃的宇宙飞船。奥尔洛夫指出，它一直都在采取若干主动的动作，才能停留在这个不稳定的平动点上。否则它在很久以前，早就像发现号一样偏离正常位置，撞毁在艾奥上了。

"那么，我们下一步该怎么办？我们舰上又没有核弹——这违反联合国2008年第3号议案。我只是开玩笑……

"现在我们的压力比较小了，而且距离回程的发射窗口还有好几个星期，因此我们现在除了无力感之外，还多了一份无聊感。

别笑——我可以想象你在莫斯科听了这些有什么反应。一个智慧很高的人在这里目睹人类前所未见的许多伟大奇景,怎么还会喊无聊呢?

"不过真的很无聊。舰上的士气已经大不如前。以往大伙的健康情况都好得不得了,现在呢,几乎每个人都有问题,不是小感冒就是胃不舒服,或者是各式各样的外伤。卡特琳娜医师的药丸药粉似乎没什么用;她现在一筹莫展,只会骂我们出气。

"萨沙为了让大伙快乐起来,在舰上的布告栏上推出一系列的短文,主题叫作'踩扁俄英文',列出一些好玩的俄英混合字及其字义的误用,等等。回地球之后,我们都必须想办法祛除这种玩笑造成的'语言污染'。我好几次在无意中听到你的同胞在用英语闲聊,他们自己都没意识到,只有碰到比较困难的字才改为俄语。另外有一天,我突然发觉我在跟沃尔特说俄语,我俩居然好几分钟都没有发觉。

"最近发生过一件意外,正可让你了解我们目前的心理状况。某个烟雾报警器在半夜里突然触动警铃。

"嗯,原来是钱德拉私自夹带要命的雪茄上船,最近已经忍无可忍禁不住诱惑了。结果他像一个坏学生一样在厕所里偷着抽烟。

"当然,他尴尬死了,大家在惊吓之后都歇斯底里地笑翻了。你知道的,有些笑料对外人来说根本不值一提,但对一群还算是知识分子的人而言,却是历久弥新,每次想到就忍不住笑出来。事后几天里,只要有人做手势假装点烟,每个人一定都会笑到不行。

"更好玩的是,假如有一天钱德拉偷偷躲进气闸里,或者暗地里把烟雾报警器关掉,大家也会毫不介意。不过他对自己这项人性弱点颇感羞愧,因此现在花更长的时间跟哈尔相处。"

弗洛伊德按下"暂停"键,停止录音。也许这样取笑钱德拉有点不妥,虽然他老想这么做。在过去几个星期里,人性中各式各样的小瑕疵都一一浮现,甚至有些人没什么事也会吵起来。弗洛伊德不免反躬自省:我的行为又如何?我真的是无可挑剔吗?

就拿库努那件事来说吧,弗洛伊德至今仍然不知道自己是否处理得当。他一向不是很喜欢这个大块头工程师,也不欣赏他的大嗓门。不过自从那件事之后,他的态度有了很大的转变,从尽量包容变成衷心赞赏。那几个俄国人都很喜欢库努,不仅仅是因为他的一首俄国民歌《草原上的故乡》(Polyushko Polye)唱作俱佳,常让他们感动得老泪纵横。不过,有一件事让弗洛伊德觉得如此赞美也有点过头了。

"沃尔特,"他小心翼翼地说,"我不知该不该说,但我想跟你提一下一件私人的事情。"

"当一个人说'我不知该不该说'的时候,通常是不该说。请问有何指教?"

"那我就直说了,是有关你和马克斯的事。"

库努突然僵住,弗洛伊德则是很谨慎地探索对方难看的脸色。然后库努很小声但很坚定地回答:"据我所知,他已经超过十八岁了。"

"请不要模糊焦点。坦白说,我关心的不是马克斯,而是泽尼娅。"

库努吃惊得合不拢嘴:"泽尼娅?这跟她有什么关系?"

"看你是个聪明人,但有时候还挺粗心的,甚至可以说是迟钝。你应该知道她正在跟马克斯谈恋爱。你有没有注意到,当你用手搂着他时,她脸上的表情?"

弗洛伊德从未想过会看到库努如此局促不安的样子,显然这一打击可不轻。

"泽尼娅?我以为大家只是开玩笑而已,她安静得像只小老鼠。况且,每个人都爱马克斯,以他们自己的方式——连凯瑟琳大帝也不例外。不过……嗯,我想以后我应该更小心一点,尤其泽尼娅在场的时候。"

经过一段很长的静默之后,气氛渐渐地恢复正常。接着,为表示不介意,库努以平常的语调继续说道:"你知道,我一直对泽尼娅很好奇。他们给她做了很成功的脸部整形手术,但仍然无法弥补所有的伤害。她的皮肤看起来太紧了一点,笑起来有点不自然。也许这是我不敢正眼看她的原因。你会认为我的美学要求太苛刻吗,弗洛伊德?"

库努的语气透露着善意的揶揄,而非敌意,弗洛伊德终于松了一口气。

"我能够稍微满足一下你的好奇心。华盛顿方面最近掌握了事实的真相。她好像是因飞机失事而受到严重的烧伤,但很幸运地复原了。就我们所知,其中没有任何神秘可言,只是,从来没听说俄航曾发生过空难事件。"

"可怜的女孩。他们竟然派她上太空,真令人不可思议。不过我猜她是唯一能接替伊琳娜的人选。我常替她难过,她不仅身体受伤,心理的创伤一定更严重。"

"说得没错,但是她看起来是完全康复了。"

你没有完全说实话,弗洛伊德告诉自己,你也不可能完全说实话。自从那次与泽尼娅偶然接触之后,他俩之间永远有个秘密相连在一起——不是爱情,而是一种亲密感。这种感觉比爱情更持久。

突然间,他觉得应该感谢库努,库努显然惊讶于他对泽尼娅的关心,却并未试图利用这一点来为自己辩护。

但假如库努真这样做了的话,就不算光明磊落了吗?几天过后,弗洛伊德更开始怀疑,他自己的动机真的是完全无私吗?就他后来观察,库努确实有履行诺言,不知情的人可能会猜想他在故意冷落布雷洛夫斯基——至少泽尼娅在场的时候如此。另外,他对泽尼娅的态度比以前友善许多,有时候还会逗得她开怀大笑。

如此看来,他的介入还算值得,无论背后的动机是什么。不过弗洛伊德有时候还是有点后悔,他怀疑自己的动机是否如其他同性恋或异性恋者一般,是基于私下对多重感情(如果能好好处理的话)的向往。

他的手指再度伸向录音机,但思绪已经被打断,脑子里满是家人和家庭生活的影像。他闭上双眼,回想起克里斯生日派对的最高潮——将蛋糕上的三根蜡烛吹灭。那仅仅是二十四小时前的事,距离却有十亿公里之遥。他已经来回将录像回放了好几次,所以现在已经将那一幕牢记在心了。

还有,卡罗琳有多经常播放他的信息给克里斯听?这样这小子就不会把他老爸给忘了——或者再错过他的几次生日回到地球之后,克里斯会不会把他当陌生人看?他已经害怕到不敢去问了。

不过这不能怪卡罗琳。这趟旅程来回他都在无梦的睡眠中度过,因此对他而言,距离重逢只有几个星期而已,而她则至少老了两岁。这对一个守活寡的年轻女人来说,是一段难熬的岁月。

我很怀疑我是不是得了"舰上病",弗洛伊德常想,他从来没有过这么严重的挫折感,甚至是失败感。相隔如此大的时空鸿沟,我很可能无端地丧失家庭。若真如此,即使我达成了目标,最终还是一事无成,只剩下一堵茫然却又无法突破的黑暗之墙。

不过——鲍曼曾经大叫:"上帝啊!全是星星!"

29 突然现身

萨沙最新的布告：

> 俄英文公告第八号
>
> 主题：同志

敬致舰上诸位美国贵宾：

坦白讲，各位！我根本不知何时被冠上"同志"这个称呼。事实上，对21世纪的俄国人而言，这个老朽不堪的字眼就如同"波将金号"战舰一般，只会让人回想起鸭舌帽、红旗和列宁站在铁路车厢的阶梯上向工人们慷慨激昂的模样。

从小时候开始，他们给我的称呼不是小鬼就是小孬——随你选。"

谢谢各位。

科瓦廖夫同志

弗洛伊德还在为这则布告笑出声时,奥尔洛夫刚好飘过休息室和观察甲板,正要往舰桥去。他看到弗洛伊德便凑了过来。

"有件事令我很惊讶,奥尔洛夫同志,萨沙除了工程本行之外,其他方面好像也涉猎广泛。他经常会引用诗词和戏剧,有些甚至我连听都没听过,而且他英语说得比——沃尔特还好。"

"那是因为他本来不是学工程的,他是他们家里的——你们英语怎么说?——黑羊[1]。他父亲是新西伯利亚的英文教授。在他们家里,只有星期一到星期三可以讲俄语,星期四到星期六必须讲英语。"

"那星期天呢?"

"哦,法语跟德语,每星期换一次。"

"现在我才真正了解你们所谓的nekulturny[2]是什么意思了,就是在说我啊。那萨沙对他的……叛逃有罪恶感吗?有这样的家庭背景,他为什么要当个工程师呢?"

"在新西伯利亚,你马上会搞清楚谁是农奴,谁是贵族。萨沙

---

[1] 原文为black sheep,有异类、败家子之意。——译注
[2] 在俄语里是贬义词,有没文化、粗人之意。——译注

是个有野心的年轻人,也很聪明。"

"和你一样,瓦西里。"

"还有你,布鲁图![1]你看,我也会引用莎士比亚——我的天哪!——那是什么?"

真不巧,弗洛伊德什么也没看到,因为他正好背对着观测窗口。等他几秒钟后回过身来,只看见老大哥熟悉的画面,正好位于木星巨大的圆盘中央,和他们刚来时所见到的没什么两样。

但对奥尔洛夫而言,那一刹那的影像却永远烙印在他的记忆里:在老大哥平直的边缘突然出现一个前所未见的、非常诡异的景象,仿佛有一扇通往另一个宇宙的窗子忽然打开了。

这个异象持续不到一秒钟,在他不由自主地做出闭眼的反射动作之前就消失了。从刚才那扇窗看出去,不是一大堆星星,而是一大堆太阳,有如恒星群集的银河中心,或是球状星云的核心。就在那一瞬间,奥尔洛夫觉得地球上的天空完全不够看,简直是空空荡荡的;即使是巨大的猎户座和灿烂的天蝎座,都只是微弱的光点所组成的模糊图案罢了,瞄一眼都嫌多余。

当他鼓起勇气睁开双眼时,一切都消失了。不——并未完全消失。在那已经恢复原状的黑色方形中央,还有一颗昏暗的星星在

---

[1] 原文为拉丁语,出自凯撒临死前对刺杀自己的养子布鲁图说的最后一句话:Et tu, Brute? 一般译作:"还有你吗,布鲁图?"这句话被广泛用于西方文学作品中,代表背叛最亲近的人。——译注

那里闪闪发光。

但人是无法看到星星移动的。奥尔洛夫又眨了一下眼睛,清理一下湿润的眼睛。没错,它真的在移动,不是他的想象。

是颗流星吗?他愣了几秒钟之后才猛然记起,在真空中是不可能有流星的。

接着,它突然化为一道光,刹那间掠过木星的边缘后消失。这时候,奥尔洛夫才从惊恐中恢复过来,再度成为一个冷静客观的观察者。

时间虽然很紧迫,但他已经精确估计出那个物体的运动路径。毫无疑问,它直扑地球而去。

V

众星之子

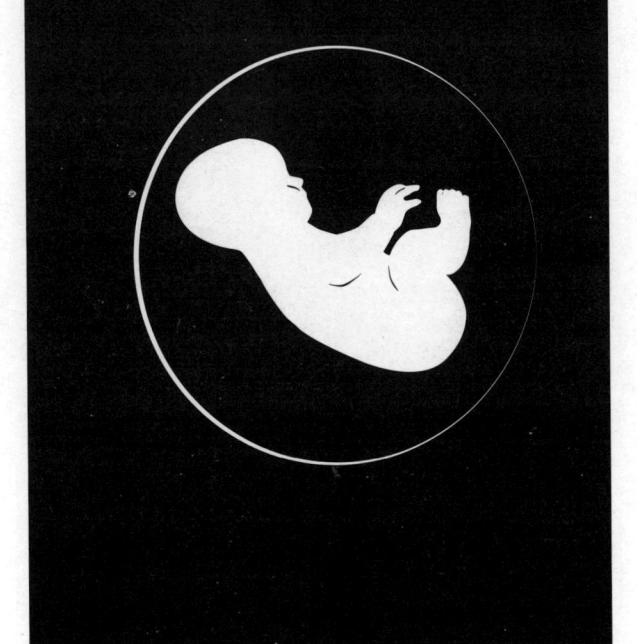

30

回　家

　　感觉上,他似乎是从梦中醒来——或者应该说是"梦中之梦"比较恰当。众星之间的那道门已经把他带回人间,不过,他不再是个凡人。

　　他究竟离开人间多久了?一辈子……不,两辈子了。一辈子去,一辈子回。

　　戴维·鲍曼,美国宇宙飞船发现号指挥官,最后一位幸存的航天员,一直陷在一个设定在三百万年前的时空里,只有在最适当的时刻,以最正确的方式才有办法脱困。他一直在那里面游荡,从一个宇宙到另一个。他遇到许多奇事,有些他已经明白,有些也许永远也无法参透。

　　他游荡的速度越来越快,穿越无数的光廊,直到超越光速!他以前以为这是不可能的事，但现在他已经知道如何超越光速。爱因斯坦说得很对，仁慈的上帝虽然令人费解，但绝无恶意。

他曾经通过一个宇宙切换系统——星系之间的一座"超级中央车站"——穿出之后，在一些不知名的力场保护之下，接近了一颗"巨红星"的表面。

在垂死的巨红星表面上，他亲眼目睹一场宇宙奇观：它的伴星——一颗光耀夺目的"白矮星"——像个灼热无比的幽灵，拖着熊熊火焰缓缓升上天空。即使他乘坐的分离舱将他载往下方的"地狱"，他也一点也不害怕，只是啧啧称奇……

……真是无法置信，他来到一间陈设漂亮的旅馆套房，里面都是最平常的东西，但都是赝品。书架上的书只是模型，冰箱里的麦片盒和啤酒罐——都是知名的品牌——装的都是无刺激性的食物，嚼起来像面包，但味道则无法形容。

他立即发现他变成某一宇宙动物园里的动物。他的笼子是仿照旧时电视节目里的样子精心复制而成。他不知道管理员在什么时候，会以何种形体出现。

这样的期待真的很蠢！他逐渐了解，也许期待看到风，或思索火的真正形状还比较有意义些。

后来，由于耐不住身心的极度疲惫，戴维·鲍曼最后一次睡着了。

这是个奇异的睡眠，他并非全无知觉。有某种东西像薄雾吹入森林般进入他的意识里。他只依稀感觉到它,要是它强行侵入的话,他将被瞬间摧毁,就像被一团烈火吞噬一般。在它不带一丝人性的监控下,他既无希望也无恐惧。

在此次长眠中,有时候他会梦见自己醒过来。就这样过了好几年,有一次,他在镜里看到自己满脸皱纹,几乎认不出来。他的肉体正加速消失,他的生理时钟指针飞快地转动,时间往一个似乎遥不可及的午夜急驰而去。最后终于到达尽头,时间停了下来——然后反向而回。

在有系统的回顾之下,他重新经历了过去的一切。在回到幼儿时期的过程中,他所有的知识和经验都被抽离,但没有遗失;他生命中每一刻的点点滴滴都安全地保存下来。即使原来的戴维·鲍曼消亡,仍然会有另一个不死的、非物质的戴维·鲍曼继续存在。

他是个神胎,还未准备好降生。在这一过渡状态中飘荡了不知几世,只知道自己的过去,却不知道自己的未来。他仍处于蜕变的状态——有如介于蛹和蝴蝶之间,或许介于毛虫与蛹之间……

然后,这样的停滞现象宣告结束,时间再度进入他的小世界里。那块黑色的长方形石板像一位老朋友般突然出现在他眼前。

他在月球上见过它,也在环绕木星的轨道上面对过它。他也隐约知道,他的先祖们在很久以前也遇见过它。虽然它仍有许多深不可测的秘密,但已经不再完全神秘了,因为他现在已经了解了它的威力。

他知道它不是单独一个,而是有无数个。而且,无论测量仪器怎么显示,它都是一样的尺寸——大得恰到好处。

同时,它三边的数学比例为什么是1:4:9,也很容易了解!以往人们将这个比例想象成代表三维空间,实在是太天真了!

即使他的心思专注在这些几何上的简单性上,这个空空的长方形里其实充满了星球。那间旅馆套房——假如真的存在过——逐渐分解,并且消失在它原创者的意念中。如今展现在他面前的,是明亮的、旋涡状的银河。

这个银河以前可能是镶嵌在一块透明塑料里的模型,非常漂亮,而且每个细节都很清楚。但现在却是真的银河,他用一种比视觉更敏锐的感觉来认知其存在。他可以随心所欲地将注意力集中在那数千亿颗星球中的任何一颗上。

就这样,他在银河里任意遨游,众星像一条长河般流过面前;从火球群聚的银河中央,到星球零落的遥远周边,都有他的踪影。而在一条蜿蜒的带状暗区(里面没有任何星球)的遥远彼端,中间隔着无垠的时空罅隙,那里就是他的起源。他知道这片不定型的混沌——只能从更远处的炽热气体云衬出的明亮镶边看出其轮廓——是宇宙创造时还没用到的东西,也是未来宇宙演化所需的素材。在这里,时间尚未开始,直到目前所有的恒星全部死亡,然后再度复活、发光,重新塑造这个宇宙为止。

他曾经在不知不觉的情况下穿越它一次。这一次他比较有准备了,虽然他完全不知道是受到什么力量的驱使,但他知道再度穿越它势在必行。

整个银河从他的意识框框里绽放出来,无数的恒星和星云一涌而出,以极快的速度掠过他的身旁。他的模糊身影穿过一颗颗幻象般的恒星,将它们一一引爆。

众星越来越稀疏,银河的光芒开始减退,变成一片暗淡的光晕,亦即他以前熟悉的模样——也许将来会再度熟悉一次。他已经回到一般人所谓的"真实空间",位置刚好在他当初离开时的地点上,而时间可能是几秒钟以前,也可能是几世纪以前。

他对周遭一切的感觉非常敏锐,由外面世界而来的各式各样的信息,现在感觉上都比以往更为清晰。此外,他能够只专注于其中一种信息,并且以几乎无限制的精密度检视它,一直到时间与空间最基本的颗粒结构为止,超过这个极限,看到的只有一片混沌。

他能移动,但不知道自己是用何种方式移动。不过话又说回来,当初他拥有身体的时候,何尝真正了解自己如何移动?由大脑到四肢的一连串指令,事实上是他从未想过的未解之谜。

凭着意志力,他将邻近一颗恒星光谱的"蓝位移"定到他希望的数字,然后以近乎光速冲向那颗恒星。他本来可以随心所欲地更快移动,但他不急。虽然还有很多信息需要处理,很多事情需要思考……很多东西需要获取,但他很清楚,这是他目前的首要目标,而且只有这么做,才能完成未来更大的计划。至于这个计划是什么，以后自然会一步一步自动显示出来。

他无暇理会在他背后迅速关闭的通往另一宇宙的时空通道，或者是附近的那两艘原始的宇宙飞船上聚集的焦急万分的人类。那些人是他记忆的一部分，但现在，记忆里有更强的部分在呼唤他，叫他回家——他一度以为永远无法再见到的家。

他可以听到这个世界的每一个声音，音量越来越大——他所看到的地球也越来越大。刚开始是隐藏在太阳日冕背景里的一个小亮点，然后是一弯小小的新月形，最后变成灿烂夺目的蓝白色圆盘。

地球上的人也发现了他的来临。在那拥挤不堪的星球上，许多雷达幕上都闪起警示信号，许多大型追踪望远镜不断地搜索天空——然而，人类的历史正面临终结的危机。

他发现在下方一千公里的地方，有个要命的爆裂物已经启动，并且正进入轨道中。它所包含的能量虽然惊人，但对他而言根本不构成威胁；事实上，他可以将这能量纳为己用。

他进入纵横交错的电路里，然后很快地循着线路找到致命的核心。绝大部分的岔路都不必理会，它们都是故意设计引人误入歧途用的，具有保护作用。在他的法眼之下，这些岔路无比简单，轻易就可以全部看穿。

不过最后有一道难关——一个粗糙但有效的机械式继电器，将两个接点隔开。除非将它接通，否则最后一系列的动作都无法启动。

他使出意志力——并且首度尝到失败与挫折。那个只有几克的小小开关就是不听使唤。他仍然是个"纯能量体",对有惯性（质量）的东西无可奈何。不过——办法还是有的,而且很简单。

他要学的事情还多着呢。他在继电器里感应到的脉冲电流太强了,在它执行触发动作之前,差点将线圈熔化。

一毫秒似乎过得很慢。接着,他看到引爆透镜将能量聚集起来,就如一根小火柴点燃火药引信,接着——

数百万吨级的炸弹瞬间无声地爆开,短暂的光芒照亮了半边天。他有如一只凤凰由熊熊火焰中窜出,吸取所需的能量,同时抛掉不需要的东西。在遥远的下方,保护地球免受种种灾害的大气层吸收了大部分的辐射线,只有少数运气较差的人和动物从此失明。

在爆炸之后的余震中,地球暂时变哑了;平时叽叽喳喳的短波和中波无线电统统被短暂出现的"电离层"反射,而无法传到外层空间。只有微波波长的电磁波,还能穿透包围全球的一面缓慢崩解的无形镜子,达到外层空间。不过这些波的波束很窄,他无法截收到。有些功率比较高的雷达波仍然锁定着他,但这无所谓。他也不想消除这些雷达波,虽然对他来说这是轻而易举的事情。假如有其他的炸弹朝他而来,他也会一样不费吹灰之力处理掉。现在他已经拥有足够的能量可以做任何事。

他正以快速的螺旋路径降落,目的地是童年的故乡——景色依旧,但人事全非。

31

迪士尼村

  有一位颓废主义的哲学家曾经大力鼓吹——但随即被抨击得体无完肤——华特·迪士尼提供给人类的欢乐，超越有史以来所有宗教家的总和。在他逝世超过半世纪后的今天，他的梦想仍然在佛罗里达州的土地上到处可见。

  当他的"未来社区的实验原型"（EPDOT）于20世纪80年代初期开幕时，俨然是一个新科技、新生活模式的样板。不过它的创办人很清楚，在EPDOT广大的范围中，必须有一部分为纯住宅区，里面有住户，这样才能真正落实当初的理想。这样的做法一直延续到20世纪末，目前住宅区的居民已经有两万人之多，并且顺理成章地被称为"迪士尼村"。

  由于进驻的居民必须经过"迪士尼"律师群的高门槛筛选，所以居民的平均年龄是全美所有小区中最高的，其医疗设施也是全世界最先进的，也就不足为怪了。有些医疗设备在其他任何地方都很罕见，甚至于连听都没听过。

这栋公寓当初经过精心设计，让人看不出它是医院套房，只有少数特殊的设备透露出它的性质。里面的床都不到膝盖高度，因此跌下床的风险被降到最低，不过它可以调高或倾斜，以便护士工作。浴室里的浴缸都嵌在地板里，里面附有座椅和把手，让年纪大或身体虚弱的人进出方便。房间地板都铺着厚厚的地毯，但绝对没有小踏垫，以免人滑倒。里面没有任何尖角，以免碰到受伤。其他还有很多不太显眼的细节——比如说，电视摄像头都巧妙地隐藏起来，所以没有人会察觉。

这房间里有一些代表个人风格的物品——例如角落的一堆旧书，还有用画框裱起来的《纽约时报》最后一期印刷版头版，上面写着：美国宇宙飞船前往木星。旁边挂着两幅照片，一张是个十几二十岁的男生，另一张是个比较年长、穿着航天员制服的男子。

一位虚弱的白发妇人正在看一出电视家庭喜剧片，她还不到七十岁，但看起来比实际年龄老得多。她时时被滑稽的剧情惹得哈哈大笑，眼睛则不时瞄向门口，好像在等待某人的到来，同时把靠在椅子边的手杖握得紧紧的。

当她的注意力刚回到电视剧上时，门终于开了，她心虚地吓了一跳——然后一部小型手推车推了进来,后面紧跟着一位穿制服的护士。

"午餐时间到了,杰西,"护士招呼道,"今天我们特别为你准备了些好吃的。"

"我不想吃。"

"吃午餐精神才会好。"

"我不吃,除非你告诉我那是什么。"

"为什么你不吃那个?"

"我不饿。你饿过吗?"她若有所指地问道。

那部全自动手推车在椅子旁停下来,盖子自动打开,展示里面的食物。那位护士从头到尾都没碰任何东西,连手推车的按钮都没有碰。她站着不动,脸上挂着固定的笑容,看着这位难缠的病人。

在五十米外的监控室里,一位医技人员向医师说道:"看看这个。"

只见杰西干瘦的手举起拐杖,以令人惊讶的速度向护士的双脚扫过去。

虽然拐杖正好扫到她,但护士根本没反应。相反地,她只心平气和地说:"好了,那个看起来是不是很好吃?把它吃掉,亲爱的。"

杰西脸上闪过一丝诡谲的笑容,然后依照护士的指示,立即开怀大吃起来。

"看到了吧?"那位医技人员说,"她已经知道是怎么一回事了。她比表面上看起来聪明多了——我是说大部分时间。"

"她是第一个发现的吗?"

"没错。其他的人都还以为那真的是威廉姆斯护士在送饭给他们。"

"好吧,我认为这无所谓。看看她自认为比我们聪明时有多开心。她心甘情愿地吃饭,我们的目的也就达到了。但我们必须警告所有的护士——不只是威廉姆斯。"

"为什么?——哦对。下次不一定用全息影像来充当护士,到时候被拐杖打到可不得了,我们恐怕要被控告。"

32 水晶泉

根据印地安人和路易斯安那州迁来此地的卡律（Cajun）移民的传说，这里的水晶泉是深不见底的。当然没这回事，传说归传说，说的人也不会相信。你只要戴上面罩，下水划几下，就可以看到那里有个小洞口，清澈无比的泉水不断涌出，洞口四周纤细翠绿的水草随波摇曳。从水草的缝隙看过去，就是大家所说的"恶魔之眼"。

两个并排的黑色圆圈——虽然不会动，但除了"恶魔之眼"还能叫它什么？不过由于有它，每次游泳都会增添不少刺激；搞不好哪一天，恶魔会从它的巢穴冲出来，吓跑所有的鱼，猎杀较大的猎物。在一百米深的水底，有一辆被丢弃的脚踏车（显然是赃物），半埋在一堆水草中。鲍比和戴维兄弟俩从没想过，把它打捞上来是一件极其危险的事。

即使他们已经用细线和铅锤测量过,那样的深度也实在令人无法想象。哥哥鲍比比较会潜水,他曾经潜到大约十分之一的深度,据他说,水底看起来还是和水面上看到的一样深。

然而,水晶泉即将透露它的秘密,虽然地方上的历史学者都嗤之以鼻,但是很多人还是言之凿凿,说水底埋有许多南北战争时南军留下的宝藏。他们没找到什么宝藏,倒是当地的警长非常高兴,因为他们捞上来几支手枪,是最近几桩罪案的凶器。

鲍比在自家的车库废物堆里发现了一个小型打气机,刚开始发动时有点困难,但是现在已经噗噗地转个不停。每隔几秒钟,它就会咳嗽,并且冒出一团蓝烟,不过一时是不会停下来了。"停了又有什么关系?"鲍比说,"'水中剧场'的那些女生不用空气管就能从五十米深游上来,我们当然也可以,保证绝对安全。"

假如是这样,戴维立即想到,为什么我们要瞒着妈妈呢?还有,为什么要等爸爸回到卡纳维拉尔角去出航天飞机任务时才偷偷摸摸地做呢?尽管心里这么想,但他丝毫没有任何疑虑:鲍比总是对的。十七岁真好!什么都懂。不过,他可不愿意浪费那么多时间和那个笨女生——贝蒂·舒尔茨——在一起。没错,她是很可爱——但该死的,她是个女生!今天早上他们才好不容易摆脱她。

戴维已经当惯了哥哥的实验品,做弟弟的理当如此。他调整一下面罩,穿上蛙鞋,然后滑入如水晶般清澈的水中。

鲍比拿空气管给他，管的一端用胶带绑着从旧水肺拆下来的吸口。戴维吸了一口气，脸马上皱成一团。

"味道真恐怖。"

"久了就习惯了。你下去——不要超过那块暗礁。超过那个深度的话，我就必须调整气压活门，才不会浪费太多空气。当我扯一下管子的时候，你就上来。"

戴维缓缓潜入水里，进入一个奇幻世界。那是个宁静的单色世界，与墨西哥湾的珊瑚礁大异其趣。这里没有海洋世界的色彩缤纷——海洋里所有的生命，无论动植物，都以亮丽的七彩夸耀自己。而在这里，只有淡淡的蓝色和绿色，而且鱼就像鱼，不像蝴蝶。

他拉着空气管慢慢往下潜，一有需要，就从管子里吸几口空气。此时的自由感实在太棒了，让他几乎忘记嘴里可怕的油污味。潜到那块暗礁——其实是一块年代久远、吸饱水分的树干，由于上面长满水草，一时分辨不出来，他坐下来环顾四周。

他可以看到泉水的另一边，也就是一个火山口状坑洞远侧的绿色斜坡，距离至少有一百米。他的四周没什么鱼，只有一小群缓缓游过，在洒落的阳光照耀下，像一堆闪闪发光的银币。

和往常一样，在泉水开始流往大海的开口处，有个老朋友驻守在那里——一只鳄鱼（有一次鲍比很兴奋地说："好大一只，比我还大。"），没有任何支撑地垂悬着，只有鼻子露出水面。他们从来没打扰过它，它也从不找他们麻烦。

空气管传来不耐烦地一扯,戴维乐得离开。他从来没到过这么深,不知道这里那么冷——他觉得有点不舒服。不过水面上温暖的阳光让他恢复了精神。

"没问题吧,"鲍比说道,"只要一直松开气阀,使压力表的读数不要落到这条红线下面就行了。"

"你要潜多深?"

"假如可以的话,我就一直往下潜。"

戴维觉得这没什么,他们都了解深水会使人忘我,氮气会使人麻醉等风险。况且,这条空气管只有三十米长,第一次实验应该够用。

一如往常,他以钦佩的眼光目送老哥接受一个新的挑战。鲍比滑入那片蓝色的神秘水域,像鱼一般熟练地往下游。突然,他翻过身来,激烈地猛指着空气管,显然他急需增加空气的流量。

戴维忍着突如其来的剧烈头疼,马上去执行他的任务。他赶到那部老旧的打气机旁,将控制阀开到最大——百万分之五十浓度(PPM)的一氧化碳。

他只见鲍比一直往下沉,日光斑驳的身影永远消失在深不可及的水里。葬礼上有一尊蜡像,完全是个陌生人,那根本就不是他哥哥罗伯特[1]·鲍曼。

---

[1] 鲍比(Bobby)为罗伯特(Robert)的昵称。

33

贝 蒂

他为什么要来这里——像个心神不宁的鬼魂回到古老的伤心地？他不知道。真的，他一直不知道此行目的地何在，直到圆形的水晶泉像颗眼睛从下方的森林里向上瞪着他。

他现在是世界的主宰，却被一个忘怀多年的锥心之痛啃噬着。时间已经治愈这个伤痛，但那光景仍然仿佛昨日——他站在平静碧蓝的水边哭泣，眼中所见尽是四周长满青苔的柏树的水中倒影。这是怎么一回事？

而现在，仍然没有任何意志力的作用，他宛如随波逐流般向北方飘去，前往佛罗里达州的首府塔拉赫西。他似乎在寻找什么，但不知要寻找的是什么；找到了自然会知道。

没有人知道他经过的地方，也没有任何仪器能侦测到他的行踪。他不再无端辐射出能量，因为他已几乎可以随心所欲地控制能量，就如同以往可以随心所欲控制四肢一般。他像一团烟雾般，渗入一间防震的地下保险库，然后发现自己在一台大型计算机里，四周是数十亿笔记忆数据，以及令人目不暇接、闪烁不停的电子网络。

这件工作比引爆一枚粗糙的原子弹要复杂得多，所以花费的时间也比较长。在找到他所要的数据之前，他犯了一个微不足道的错误，却懒得更正。结果在糊里糊涂的情况下，有三百个佛罗里达州的纳税人——每个人名字的开头字母都是F——在次月都收到了一张面额一美元的支票，这让他们花了好几倍的钱才将此事摆平；一头雾水的计算机工程师最后将原因归咎于"宇宙射线异常增加"。不过大致说来，这样的说法离事实还算不远。

接着在几个毫秒内，他已经由塔拉赫西来到坦帕市木兰南路634号。地址没变，很好找。

其实他根本没打算找，自然而然就找到了。

虽然历经三次生产和两次流产，贝蒂·舒尔茨（目前从夫姓费尔南德斯）仍然美丽如昔。同时，她也是个有思想的女人，现在正在看一个电视节目，勾起了她既痛苦又甜蜜的回忆。

那是一个针对十二小时前一连串神秘事件的特别报道，开头提到列昂诺夫号从木星的卫星群中发回地球的警告信息，说有某种东西正直扑地球而来。接着又提到某人将一枚轨道上的核弹引爆——但没产生任何灾害。截至目前为止,还没有人出面承认。就是这些事情,不过已经很够了。

新闻实况转播员将所有旧录像带——有些真的有够旧——统统搬出来,追溯到当初一度是极机密的纪录片,显示在月球上发现TMA-1的往事。新闻一再回放,至少有五十次提到,当初那块石板在月球的晨曦中出土,并且向土星方向发出一道信息时,全球的无线电都出现诡异的怪叫声。然后她又在电视上看到许多熟悉的画面,并且听到当时在发现号上的访问录音。

她为什么特别注意这些新闻呢?事实上,那些记录她都有,收藏在家里某个地方(尽管何塞在家时,她从不拿出来)。也许她希望看到一些最新消息。她不愿意承认——包括私下承认——过去的那段感情现在仍然强烈地影响着她。

她终于如愿以偿,看到戴维的画面。那是当时英国国家广播公司的一段专访,她几乎记得里面的每一句话。他正谈到哈尔,试图说明这部计算机是否有自我意识。

看他当时有多年轻——和发现号出事前传回来的模糊画面相比年轻多了,而且多像她记忆中的鲍比啊。

她眼里噙满泪水,模糊了电视画面。咦?这部电视是不是有问题?还是这个频道有毛病?声音和影像都怪怪的……

戴维的嘴唇在动,但是没听到声音。接着,他的脸似乎开始崩解成一块一块的颜色,然后又重组起来。先是模模糊糊的,最后画面再度变得清晰稳定。

他们是从哪里取得这个画面的！那不是成年以后的戴维,而是她所认识的小时候的戴维。他正在往屏幕外看,似乎隔着时间的鸿沟在注视着她。

他微笑着,嘴唇在动。

"哈啰！贝蒂。"他说道。

对他而言,组成这些语音并将它们变成音频电路里的电流信号,一点都不难。真正的困难是将他的思想速度减慢,去配合如冰河移动一样慢的人脑步调,并且还要等到几乎永远,才能听到回答……

贝蒂是个不信邪的人,而且很聪明。虽然当了十几年的家庭主妇,仍然还没忘记她的本行——电子维修。她马上知道,这只不过是语音仿真的另一项伎俩罢了。至于其中细节如何,先不去管它。

"戴维,"她回答,"戴维——真的是你吗？"

"我也不太清楚,"屏幕上的影像以奇怪的、不含情感的声音回答,"不过我记得戴维·鲍曼,以及他的每一件事。"

"他死了吗？"

这又是一个很难回答的问题。

"他的肉体是死了。但这已经不重要了。戴维的以前种种,现在仍然是我的一部分。"贝蒂在胸前画了个十字——这个动作是从何塞那儿学来的——然后喃喃问道:

"你是说,你是个灵魂?"

"我不知道有什么更合适的字眼。"

"你为什么要回来?"

啊!贝蒂,问得好!真希望你能告诉我……

不过,他知道一个答案,正好显示在电视屏幕上——尽管肉体与精神已经分离,但仍然藕断丝连。无知的有线电视网络,将他意念中最露骨的性爱画面忠实地呈现在荧光屏上。

贝蒂看了一会儿,时而微笑,时而震惊。然后她将头转开,不是害羞,而是悲伤——为一去不回的欢乐而悲伤。

"这么说来,"她说,"天使并不像人们常对我们说的那样纯洁。"

我是个天使吗?他很怀疑。但至少他知道自己在做什么——被一阵阵的悲痛和欲望驱使,回来面对他的过去。直到现在他才明白,他一辈子最强烈的感情是对贝蒂的热爱,里面掺杂的悲痛与罪恶感,使得这份感情更加火热。

她从来没透露过究竟谁是她的真爱——是他,还是鲍比——他也一直不敢问,生怕会打破魔咒。他俩一直私下互相迷恋,在拥抱中(啊!那时候他好年轻——才十七岁,葬礼举行之后还不到两年!)互相寻求慰藉。

当然,这样的关系不可能持续太久,但这段恋情却是他永难忘怀的记忆。在随后的十几年中,他的自慰幻想对象都是贝蒂。他从未找到一个能够取代贝蒂的女人,并且很早就放弃寻找了。没有人比他更痴情。

屏幕上的激情画面逐渐淡出。有一阵子,正常的播送节目切了进来,是列昂诺夫号悬在艾奥上空的照片,与原先的画面颇不谐调。然后,戴维·鲍曼的脸又出现了。他似乎有点失控,因为脸部画面极为不稳定:有时看起来只有十岁,然后变成二十岁……三十岁……然后变成枯槁的木乃伊,其皱缩的五官和她以前熟悉的那个人很像。

"在离开之前,我还有一个问题。你经常说卡洛斯是何塞的儿子,但我一直怀疑。能不能告诉我真相?"

贝蒂最后一次注视着这位她深爱过的男生(现在他又是十八岁的模样,并且有那么一刻,她希望能看看他的身体,而不是只看到他的脸)。

"他是你的儿子,戴维。"她小声地说道。

影像已经淡去,正常的节目恢复了。差不多一小时之后,何塞·费尔南德斯悄悄地走进来,贝蒂的眼睛仍然盯着电视屏幕。

当他轻吻她的后颈时,她没有转身。

"说了你一定不会相信,何塞。"

"说来听听。"

"我刚才骗了一个鬼。"

34 告别

当美国航天学会（AIAA）于1997年出版颇受争议的《UFO五十年总览》一书时，许多评论家纷纷指出，人类看到UFO已经有好几百年的历史了。早在1947年肯尼恩·阿诺德声称看到"飞碟"之前，就有无数的案例了。自有历史以来，人类就一直看到许多千奇百怪的东西在天空中飞来飞去，但在20世纪中叶之前，UFO仅被视为可有可无的现象，并未引起广泛的注意。之后，UFO才变成一般大众和科学界关注的话题，以及许多所谓"新兴宗教"的理论基础。

原因很简单：巨型火箭的问世及太空时代的来临，将人类的思维导向其他的世界。当人们发现，在不久的将来人类可以离开生于斯长于斯的行星时，不免提出如下的问题：他们在哪里？什么时候会造访我们？甚至还有人希望——尽管很少行诸文字——外星来的善心生物可以协助我们疗伤止痛，并且拯救我们免于遭受未来的大灾难。

任何一位念心理学的学生都能预测，如此迫切的需求其实很容易满足。在20世纪后期，全球各地都有成千上万的人声称看到宇宙飞船。尤有甚者，许多人还宣称有过"亲密接触"的经验——也就是与外星访客实际会面，而且常常加油添醋，编造一些故事，诸如随外星人遨游天际、被外星人绑架、和外星人度蜜月等等。虽然这些故事一而再，再而三地被证明是谎言或幻想，但相信的人还是执迷不悟。比如说，有人言之凿凿说月球的背面有许多城市，虽然经过"月球轨道计划"探测和"阿波罗计划"证明，上面没有任何非自然物品存在，但他们仍然不为所动。又如，虽然金星上的温度高得可以把铅熔化，但还是有人相信金星人曾与地球人结婚。

在美国航天学会出版那本书之后，没有一位正统的科学家——包括曾经赞同他们看法的极少数人——相信UFO与外星生命或外星人有什么关系。当然，这点永远无法证明，在过去数千年来无数的目击事件中，可能有些是真的看到了什么；但随着时代的进步，卫星摄影机和雷达扫描搜遍了每一片天空，都没有发现任何确实的证据，因此一般人对此逐渐失去兴趣。当然，一些狂热分子还是不死心，他们不断借着发布简讯和出书强化大家的信心。不过，除了将早已证明为误的东西拿出来炒冷饭和重新添油加醋之外，也变不出什么花样来。

当第谷石板——TMA-1——被发现的消息曝光以后，这些人异口同声地说："我早就说过了！"现在无法再否认有访客到过月球甚至到过地球了吧——就在三百万年前。一时之间，UFO又开始满天飞了。不过奇怪的是，三组独立的国家级追踪系统（可以锁定太空中任何比一支原子笔还大的物体）仍然无法侦测到它们。

很快，目击报告再度下降到"噪声水平"以下。所谓"噪声水平"是一个可预期的数字，是由经常发生在太空的许多天文、气象和航空等各种现象共同造成的。

不过现在它又卷土重来了。不同的是，这次是千真万确的，而且是官方消息。一艘货真价实的UFO正往地球而来。

在列昂诺夫号发出警讯之后不到几分钟，就马上有人报告说看到UFO了！事实上，它在几小时以后才会到达地球呢。据报，一位伦敦的股票经纪人正在约克郡沼泽国家公园里遛狗时，赫然发现有个碟状的东西在他身旁降落，里面一个耳朵尖尖的乘客问他唐宁街怎么走。这位被问路的老兄一时惊吓过度，胡乱用手杖指向怀德路的方向。事后他提出的强有力证据是：他的狗不再吃他给的东西。

虽然这位股票经纪人没有精神病的病史，下一则目击报告却更离谱。这回是个巴斯克地区（在西班牙和法国边界处）的牧羊人，他以为看到了边界守卫，心里有点怕，后来发现那是几个身穿斗篷、目光逼人的外星人，向他询问联合国总部怎么走。

他们说的是标准流利的巴斯克语。这是一种非常困难的语言，与人类其他语言没有任何渊源。很显然，那几个太空访客是语言天才，但地理知识则严重不足。

就这样，一件接着一件。这些目击者并非真的说谎，或者是精神有毛病；他们大多数都对自己编的故事深信不疑，即使在催眠情况下也一样。另外有些人则是别人恶作剧或无意的意外的受害者——比如说，有一位业余考古学家在非洲突尼斯的沙漠里发现了一些建筑物遗迹，就一口咬定是外星人留下来的，其实那是一位知名的科幻制片人在四十几年前遗留下来的废弃物。

只有在最开头——以及在最后一刻——人们才会真的察觉到他的存在，而这正是他想要的。

他可以随心所欲地探索和检视整个世界，没有任何限制或阻碍。没有墙壁可以阻挡他，没有任何秘密可以逃过他的法眼。起初，他相信他只是来完成旧日的梦想，拜访他以前想去而未去的地方。但到后来，他才发现他能够在地球表面上快如闪电地来去自如，事实上有着更深一层的目的。

从某个微妙的角度看，他被当成一个探测器，用来探索人间百态。但是他几乎无法掌控自己，所以也不自觉是个探测器。他倒是像只被拴着狗链的猎犬，虽然可以到处探险，但是仍然必须听命于主人。

埃及的金字塔、美国的大峡谷、珠穆朗玛峰的雪——这些都是他自己选择的地点。他也去了许多博物馆和音乐厅，虽然慕名而去，但也没能忍受得了整场的瓦格纳的《尼伯龙根的指环》。

另外，令他受不了的地方还包括许多工厂、监狱、医院、亚洲的龌龊战争、赛马场、人欲横流的比佛利山庄、白宫的椭圆房、克里姆林宫的档案室、梵蒂冈的图书馆，以及麦加克尔白上的黑石……

有些地方虽然去了，却没留下明显的记忆，就好像被删除掉——或者是某位守护天使在保护着他。例如——

他跑去东非奥杜威峡谷的利基纪念博物馆干吗？他并没有比其他任何"智人"（H.sapiens）更想知道人类的起源，化石对他而言也没什么意义。不过那些名噪一时的头骨化石（现在收藏在展示柜里当宝贝）却在他的记忆深处引发奇异的回响和激情；为什么会这样，他自己也搞不清楚。这种"似曾相识"的感觉非常强烈，比其他类似的感觉还要强烈。这个地方他确实应该很熟悉——但总觉得有些不对劲，就好像离家多年回来，赫然发现家具换了，墙壁拆了，楼梯也改了。

那是片贫瘠的、不适宜人居住的土地，既干燥又酷热。三百万年前的肥沃平原和在其上飞奔的许多草食动物都到哪里去了？

三百万年。他怎么知道的？

这个问题问了也是白问，根本没有人回答。接着他再度看到那熟悉的黑色长方形在他面前浮现。走近一看，在它深处出现了一个如真似幻的人影，仿佛是墨水池中的倒影。

在乱发覆盖的额头下方，一双带着悲伤和惶惑的眼睛正往外看，越过他的头顶望向虚无的未来。其实他就是那个未来，在时间长河中流逝了千代万代之后的未来。

历史就从那里开始，他现在至少已经知道了。不过，他仍然无法得知许多秘密，这究竟是什么原因呢？

现在只剩下一件任务，最艰难的任务。由于人性未泯，他把这项任务延到最后。

她现在在干什么？值班护士一边心里嘀咕着，一边将监视器的镜头拉近。这老太婆玩过各种花样，但这是我第一次看见她对着自己的助听器讲话，拜托！我很好奇她究竟在说些什么。

由于麦克风的灵敏度不够，没办法听到她在讲什么，但似乎没啥好担心的。从来没见过杰西·鲍曼这么安详和满足。虽然双眼紧闭，但她整张脸堆满天使般的笑容，嘴巴继续在轻声细语。

接着，那位护士看到了一件完全违反她专业知识的怪事。老妇人旁边桌上的梳子突然慢慢地、忽动忽停地浮到空中，好像被一只看不见的、笨拙的手拿起来似的。

起初，它似乎想做什么事，但失败了。然后，它开始笨拙地梳起老妇人的银发,偶尔顿了一下,然后梳通发结。

现在,杰西·鲍曼已不再说话,但还在继续默默地微笑着,梳子越梳越熟练,越梳越顺畅。

梳了多久,护士无法确定。直到梳子轻轻放回桌上,她才如梦初醒。

十岁的戴维·鲍曼已经完成工作,他很讨厌这件工作,但妈妈很受用。而如今变为"能量体"的戴维·鲍曼,首度成功地控制了有质量的东西。

当护士最后进来察看时,杰西·鲍曼的脸上仍然有一丝笑意。护士惊魂未定,不知做什么好,不过,做什么已经不重要了。

35 复　职

地球上的吵吵嚷嚷在十亿公里之外完全听不见，真是谢天谢地！列昂诺夫号上的人员乐得隔岸观火。他们半迷惑、半漠然地观看联合国大会里的激辩、杰出科学家的专访、新闻评论家的信口开河、UFO目击者的自弹自唱和自相矛盾。他们对地球上的纷议根本无从插嘴，因为他们根本没有看到更进一步的事证。"札轧卡"——那个老大哥——一如往常对他们不理不睬，真的有够尴尬。他们大老远专程从地球赶来，目的就是要解开这个谜团——现在看起来，答案似乎又回到了原点。

他们现在才感受到光速这么"慢"的好处，地球与木星之间，信号的来回有两小时的延迟，因此不可能做现场专访。即使如此，弗洛伊德仍然被媒体搞得很烦，终于宣告罢工。该说的都说了，而且至少已经说了十几遍。

况且,很多事情正等着他去做呢。列昂诺夫号正准备打道回府,当发射窗口来到时,必须准备就绪立即可以离开。当然,发射时机并没那么挑剔,即使延误一个月也没关系,只是回程要多花些时间而已。钱德拉、库努和弗洛伊德更是无所谓,因为回程中他们都是在睡眠状态;但其他人员则已经下定决心,只要天体力学定律允许,他们立刻走人。

而发现号仍然遭受许多问题的困扰。它的燃料有点不足,即使比列昂诺夫号晚点离开,并采取耗能最少的轨道,也需要三年左右的时间才能返回地球。此外,这也要哈尔的帮忙才能达成。他的程序必须妥当地设定,能够在无人介入的情况下独力执行整项任务——当然是在地球方面长程监控之下。没有他的大力帮忙,发现号又要再度变成一艘弃船。

看着哈尔的各项特质稳定地恢复、成长,是一件令人欣慰、令人深受感动的过程:从脑部受损的小孩到迷惑的青少年,最后变成有点卑躬屈膝的成年人。虽然这样的拟人化比喻有点不伦不类,但弗洛伊德却也找不出更好的方式形容。

而且,他发现整个情况有令人难忘的熟悉感。他在电视剧里经常看到一些彷徨迷失的年轻人被睿智无比的心理学家(自称是传奇的"精神分析"鼻祖弗洛伊德的传人)导向正途的感人情节!类似的剧情也在木星这边上演。

电子学上的精神分析是将一大堆程序灌入哈尔的电路里，去执行诊断或维修的工作；其速度之快超乎人类想象，每秒钟达数十亿个位。那些程序负责找到可能的故障地址，然后加以修复。虽然这些程序绝大部分都事先在哈尔的孪生妹妹莎尔身上测试过，但两者无法做实时对话是一项严重的障碍。在诊断过程中，有些关键性的东西需要与地球上做比对时，来回都要浪费好几小时。

尽管钱德拉不眠不休地工作，但哈尔的复原情形仍然不是很理想，常常会出现许多怪癖和偏执，甚至于不理会别人讲话（即语音输入）——键盘输入倒是会接受。而在逆向沟通上，他的输出情况就更怪异了。

有时候他只用语音答复，而不愿意用屏幕显示。有时候两种都有，但说什么也不肯打印输出。他不找借口，也不说明——甚至连梅尔维尔笔下的有自闭倾向的抄写员巴托比那句口头禅"我不愿做"[1]都懒得说。

不过，哈尔只是在消极抵制，而非公然反抗，而且只针对某些特定的工作。还好，只要"好言相劝"——这句话是库努说的，真是一针见血——哈尔最后总会乖乖合作。

哈尔这么难搞定，无怪乎钱德拉博士心力交瘁，开始出现过劳

---

[1] 出自赫尔曼·梅尔维尔短篇小说《抄写员巴托比》（*Bartleby, the Scrivener*），巴托比在经过一阵艰苦工作后，拒绝做任何分派给他的工作，"我不愿做"（I would prefer not to）成了他的口头禅。

症状。最严重的一次是，布雷洛夫斯基在无意中重提一则旧传闻，他几乎马上翻脸。

"钱德拉博士，听说你取哈尔（HAL）这个名字是暗示它比IBM领先一步，是吗？"

"胡说八道！我们有一半是从IBM出来的，多年来我们都极力否认这个谣言。我想今天稍微有点知识的人都知道，H—A—L是从Heuristic ALgorithmic（自学演算者）来的。"

事后，布雷洛夫斯基发誓说，他连字母大写都听得出来。

根据弗洛伊德私下估计，发现号安全返抵地球的几率只有五十分之一。于是钱德拉向他提供了一个不同凡响的建议。

"弗洛伊德博士，可不可以借一步说话？"

经过几个星期来的折腾，钱德拉还是和以往一样拘谨——不是只对弗洛伊德，对舰上所有的人都一样。甚至他对舰上的小妹泽尼娅说话时，也都称呼"女士"。

"可以啊，钱德拉！到底是什么事？"

"我大致上已经完成了六种最可行的回程霍曼'转换轨道'的计算机程序，其中五种已经实际模拟过，没有任何问题。"

"很好。我向你保证，全地球——不，全太阳系——没有第二个人能做到。"

"谢谢你。不过，你跟我一般清楚，我们永远没办法把每一种突发事件都考虑进去。哈尔可能——呃，一定——会运作得很好,可以应付我所能想到的突发状况。但是一些零星的、用螺丝起子就能搞定的机械故障、接线断掉、开关卡住等,他可能就束手无策了,整个任务就这样报销了。"

"你说的当然没错,我一直也很担心这个。那我们该怎么办?"

"其实很简单,让我留在发现号上。"

弗洛伊德第一个反应是,这家伙疯了。但继而一想,也许他只有半疯;搞不好让一个人类——全能的故障排除兼机器修理"设备"——全程待在发现号上正是任务成功的关键。但这种事万万不可行。

"这个构想不错,"弗洛伊德字斟句酌地回答,"我也很感谢你的热忱。不过你有没有考虑过所有的问题?"这句话问得够蠢,不想也知道,钱德拉老早就把答案准备好了。

"三年多的期间都是单独一人!假如有个三长两短或发生急症,你怎么办?"

"这我早有心理准备。"

"还有食物和饮水的问题怎么解决?列昂诺夫号没有多少存粮了。"

"我已经检查过发现号上的资源回收系统,修理后可以凑合着使用。另外,我们印度人节省惯了。"

钱德拉很少提他的原籍,或其他私事,现在居然说自己是印度人，实在非比寻常。记得他只在上次的"真情告白"里提过一次而已。不过他说的倒是实话，库努有一次开玩笑说，钱德拉那种身材是几世纪的饥饿累积出来的。虽然这句俏皮话出自一个工程师之口有些刻薄，但完全没有恶意——事实上只有同情；不过听在钱德拉耳里，恐怕不是那么一回事。

"嗯！还有几个星期的时间，不必忙着做决定。让我考虑一下，还要跟华盛顿那边谈一谈。"

"谢谢你！那我现在可以开始准备了吗？"

"呃——好吧！假如他们没意见的话。不过请记得——任务控制中心说了才算。"

我完全知道任务控制中心会怎么说：让一个人在太空中独处三年多？除非是疯了！

其实，钱德拉早就孤独惯了。

36 深海之火

地球已经远远地落在背后,壮丽的木星系统迅速地在面前展开,让他有了新的启发。

他为什么一直这么盲目——又这么笨?他仿佛一直都在梦游,现在刚刚要醒过来。

你是谁?他大声叫喊。你究竟想怎样?你为什么要这样对我?

没有任何回答,但他很确定有人听到了。他有一种……临场感。虽然双眼紧闭,但他和一般人一样,可以感觉到自己是在一间封闭的房间里,而不是在某个空旷的、开放的空间。一种巨大的精神力量——一种无可妥协的意志力——环绕在他四周,模模糊糊地回荡着。

他再度向四周回荡着的寂静大叫,照样得不到直接的回答——只觉得有人在默默地注视着他。好吧，那就自己找答案吧。

有些答案很明显。无论他们或它们是谁，他们对人类有兴趣。他们曾经将他所有的记忆抽取出来，然后储存起来，但不知其目的何在。而现在他们又故技重施，拿他最深层的感情下手——有时经过他同意，有时则擅自做主。

他并未对此表示不悦，因为根据这一阵子的经验，这样的幼稚反应根本无济于事。他已经看透所有的爱与恨、情欲与恐惧——但并未忘记，并且了解这些仍然支配着人类的世界。难道这就是他走这一遭的目的？若真如此，那么他们最终的目标又是什么？

他已经变成诸神棋盘上的一枚棋子，必须服从棋局的游戏规则。

四颗外围小卫星——希诺佩、帕西法厄、阿南刻和加尔尼——飞快地从他的知觉中闪过；接着是距木星更近的伊拉拉、莱西萨、希玛利亚和勒达。他完全没去理会它们；现在，出现在眼前的是"满脸痘痕"的卡利斯托。

他一边绕着这颗满身伤痕的星球（比地球的卫星还大），一圈，两圈，一边不自觉地探测它由冰和尘土所组成的外壳。他的好奇心立即获得满足；这星球是个冰冻的化石，表面上仍残留着许多撞击的疤痕；看来撞得不轻，好几次几乎将它撞得支离破碎。从某个角度看，它的整个半球像是个巨大的箭靶，中央是个红心，四周是一圈圈的同心圆；那是远古时候从太空某处来的一记重击所造成的，当时坚硬的岩石曾经被掀起一公里高，由中央向外扩散。

几秒钟之后，他来到盖尼米得上空环绕；这是一个更复杂、更有趣的世界。它虽然与卡利斯托很接近，大小也差不多，但呈现出完全不同的面貌。没错，它表面上有许多坑洞，但大多数都已经被耙过了。盖尼米得最引人注目的特征是布满蜿蜒的带状条纹，由数十条相隔几公里的并行线条构成。这种有脊有沟的地形，仿佛是一群喝醉酒的农夫在上面胡乱耙出来的。

他只绕了几圈，对盖尼米得的了解就超过地球派出的所有探测船。他把所有数据统统储存起来，以备将来之用。他很确定，这些知识将来很有用，但不知道为什么有用——也不知道究竟是什么力量在驱使他似乎是有目的地探访每一个世界。

现在，这个力量驱使他来到欧罗巴。虽然他仍然只是纯观察，但下意识感觉到比较有兴趣，注意力也比较集中——有意识的集中。他虽然只是傀儡，被一个无形、无言的主人操控；但那个操控的意志力在有意无意间，正悄悄地进入他的意识之中。

迎面而来的这颗圆滑的、具有复杂图案的星球，与前面的卡利斯托和盖尼米得有很大的不同。它看起来是有生命的：它表面上纵横交错的线条网络，正像是布满全球的静脉和动脉系统。

在他的下方是一望无际的冰原，既寒冷又荒凉，比地球的南极地区还要寒冷得多。接着，他有点惊讶地发现，他正飞越一艘宇宙飞船残骸上空。他立即认出来，那就是命运悲惨的钱学森号，许多电视新闻都报道过，他也仔细研究过。现在先不去管它——时候未到——以后机会多得是……

然后他开始穿过冰层，进入一个未知的世界。对他和操控他的人而言，这是一个完全陌生的世界。

这是个海洋世界，上方覆着一层冰，将下面的水与外界的真空隔离。在大部分地方，冰层有好几公里厚，其间有许多线条状的薄弱区，是冰层曾经裂开或被撕开的地方。在整个太阳系中，只有这里可以看到两种相克的自然元素持续不断地互相接触、互不相让。"海洋"与"真空"的对决永远以平手收场——暴露于真空中的海水会同时沸腾与结冰，将冰层的破洞补起来。

假如没有木星的影响，欧罗巴上的海洋早就被冻成硬梆梆的固体了。木星的重力不断地揉搓着欧罗巴的核心，震撼艾奥的力同样也作用在这里，但规模小得多。当他掠过深邃的海底时，到处都可看到木星与欧罗巴剧烈拔河的痕迹。

海底地震几乎不曾中断过，他一直听到并感觉到连续不断的隆隆巨响，夹杂着气体由里面漏出来的嗞嗞声，以及横扫海底平原的山崩所产生的超低频压力波。与欧罗巴海洋里的狂暴相比，地球上最吵的海里只能以"宁静"两字形容。

一路上的景象令他惊奇不已，第一片"绿洲"则更令他充满惊喜。这片绿洲方圆约有一公里，其中有一大堆管路和烟囱纵横交错，里面充满着由卫星内部涌出的海水。从这个自然形成的"哥特式城堡"里，滚烫的黑色液体以缓慢的节奏阵阵喷出，好像是由一颗巨大无比的心脏有规律地压出来似的。而且，它们和血液一样，是生命发轫的标准象征。

这些沸腾的液体强力逼退由上方渗下来的酷寒，在海床上形成一座温暖的孤岛。同样重要的是，它们从欧罗巴的内部带上来生命所需的所有化学元素。在这个人们意想不到的地方，居然存在一个充满着能量和食物的环境。

其实，人们早该料想到。他依稀记得，当他还在世的时候，人们已经在地球海洋深处发现许多这类的丰饶绿洲。不过这里的规模比地球上的大得多，花样也多得多。

在欧罗巴的"热带地区"（赤道附近），靠近"城堡"歪七扭八的城墙边，有一些细细的、蜘蛛网状的结构，像是植物之类的东西，但是都会动；有许多奇形怪状的蛞蝓和蠕虫之类的动物在里面爬来爬去，有些以植物为食，有些则直接从周围富含矿物质的海水中获取食物。离开热源——即"海底之火"，所有生物都靠它取暖——较远的地方，住着比较强壮、比较魁梧的动物，像是蟹类或蜘蛛之类的有机体。

光是一片小小绿洲就够一大票生物学家研究一辈子了。与地球古生代的海洋不同,这里的环境不是很稳定,因此演化速度非常快,出现了一大堆光怪陆离的生命形式。而且,它们随时都有灭绝之虞。当能量供应的焦点转移之后,绿洲里的生命就会枯萎、死亡。

在他漫游欧罗巴海床的过程中,经常目睹这类悲剧发生过的证据。在数不清的圆形区域内,散布着各种生物的骨骼和覆盖一层矿物质的遗骸,演化史的一段被完全消除。

他看到过巨大的空贝壳,形状像螺旋状的喇叭,有一个人那么大。他也见过各式各样的蛤蜊——两瓣的,甚至有三瓣的。还有螺旋状的化石,直径好几米,与地球上的鹦鹉螺类似——这种美丽的动物在白垩纪末期突然神秘地自地球的海洋里消失。

他在深海里来来回回寻寻觅觅,其中最令他惊奇的是一条炽热的熔岩河流,沿着一座陡峭的山谷绵延一百多公里。深海中的压力非常大,因此当水与炽热的岩浆接触时,不会挥发成蒸汽,结果这两种液体可以在不寻常的平衡情况下共存。

在这个充满生命的外星世界里,在人类造访之前,长久以来就有个类似埃及的故事一直上演着。正如同尼罗河为沙漠中的一个狭长地带带来生命,这条温暖的岩浆河流也为欧罗巴的海底带来生命。在它的两岸,宽度不超过两公里的地带,各式各样的物种相继演化出来,然后兴盛,然后灭绝。其中,至少有一种生物在此留下一处尚未消失的遗迹。

起初，他以为那只是环绕每个热水出口的矿物质盐类的凝结物；但走近一看，才发现那不是天然形成的东西，而是某种智慧生物建造出来的。也许是出于本能吧，地球上的白蚁也会构筑类似的宏伟城堡，而蜘蛛所结的网更是精巧无比。

曾经住在那里面的生物应该不会太大，因为唯一的入口只有半米宽。这个入口是条厚实的坑道，由一块块的岩石堆叠而成；这样的设计是有用意的——它是整座坚固堡垒的唯一出入口。这座堡垒距离岩浆尼罗河不远，在熔岩所发的微光照得到的地方。不过现在已人去楼空。

它们可能是在几百年前才离开的，因为覆盖在堡垒墙壁——用一块块辛苦搬来的岩石堆叠起来的——表面上的矿物质沉积物还很薄。有一个证据透露出它们放弃这个堡垒的原因：部分的屋顶已经坍塌，可能是遭受了接二连三的地震破坏。在那个深海环境中，失去屋顶的堡垒很容易受到敌人的攻击。

除此之外，他在岩浆河流沿岸未再发现其他的智能生物。不过有一次，他目睹一个很像人的生物在海底爬行——但它没有眼睛，也没有鼻孔，只有一个无齿的大嘴巴不断地开阖，从四周的海水中吸取养分。

沿着深海沙漠中的那道狭长的肥沃地带，或许曾经有许多文化——甚至文明——兴起、衰落；或许曾经有过一支支的军队在名将——姑且叫作欧罗巴的帖木儿或拿破仑吧——指挥之下，威风凛凛地行军（或游过）。不过，由于各片绿洲都是相互隔绝的（就像各个行星相互隔绝），因此即使某片绿洲有什么事发生，其他的绿洲也是一无所知。绿洲里的生物沐浴在岩浆河流的微光里，在热水排放口附近觅食，但无法穿越绿洲之间的严酷环境，因而老死不相往来。假如它们曾经出现过历史学家或哲学家的话，每个文化都会坚称它们在宇宙中是唯一的。

即使在绿洲之间，也不是全然没有生命存在，总是有些强悍的生物胆敢挑战那极为严苛的环境。在绿洲的上方经常有欧罗巴的"鱼类"游来游去——流线形的身躯，以垂直的尾鳍推进，以侧鳍改变方向。当然，地球的海洋里也有类似的动物很成功地繁衍着。针对同样的力学问题，必然有类似的应对之道演化出来。就拿海豚和鲨鱼来说吧——虽然在演化树上相距甚远，外形看起来却几乎一模一样。

然而，欧罗巴海洋里的鱼和地球上的还是有个明显的差异；它们没有鳃，因为在它们的环境中根本无氧可用。与地球上地热出口附近的生物一样，它们的新陈代谢主要是来自硫的化合物，这类化合物在火山附近很丰富。

此外，欧罗巴海洋里，只有极少数的鱼有眼睛。因为，除了少数熔岩冒出时会发出微弱的光线，以及少数生物在觅食或寻偶时偶尔会发出"生物冷光"之外，那是个黑暗的世界。

那里也是个随时面临死亡的世界，不仅是因为能量来源无法预期且经常变换位置,而且驱动此能量的"潮汐力"一直持续减弱。欧罗巴最后会变成一个冰冻的世界,即使它们能够发展出智慧,仍然无法逃脱灭绝的宿命。

它们身陷在火与冰之间。

37

劳燕分飞

"……我实在非常抱歉,老朋友,带给你这个坏消息;不过我是受卡罗琳之托,而且你也知道我为你们俩的离异深感遗憾。

"我认为这是迟早的事。这几年来从你的言谈之中就可听出端倪……你也知道当你离开地球时,她有多痛苦。

"不,我不认为有第三者介入。假如有的话,她应该会告诉我……但这是迟早的事——嗯,毕竟她是个美丽的小妇人。

"你的儿子克里斯目前很好,当然,他还不知道发生了什么事。好在他没受到伤害。他还太小,无法了解此事;而且小孩子都很有……弹力?——等一下,让我查一查字典……啊!是弹性。

"现在谈一些可能对你比较不重要的事情。每个人都还在解释那枚核弹爆炸的事,有人说那是一个意外,但没多少人相信。

由于后来没再发生什么事,因此一般大众的歇斯底里情绪已经平息下来,但现在他们回过头来,要我们这些搞科学的人给个解释。这就是你们那边某一位新闻评论员所谓的'回头症候群'。

"不知是谁找到一篇百年前的文章,一针见血地描述了这种现象——这篇文章现在流传甚广。故事的场景设定在罗马帝国将亡时,某个城市的城门前,大家正在等候蛮族入侵者的到来。皇帝率领文武百官穿着最贵重的外袍,在城门外按部就班列队排定,甚至连欢迎词都准备好了。元老院也已经关门,因为今天通过的任何法律将随着新统治者的到来而宣告无效。

"突然间,从边境传来一则骇人听闻的消息:根本没啥入侵者。欢迎群众立即一哄而散,纷纷失望地跑回家,嘴里还嘀咕着:'我们将来会遇到什么事?至少这些蛮族曾经是个答案。'

"只要把这篇文章稍做修改,即可适用目前的情况。题目叫作《等待蛮族》——只是这次我们是那个蛮族。我们还不知道在等谁,可确定的是,我们等的人终究没来。

"还有一件事。你听说了吗?那玩意儿来到地球没几天,鲍曼的母亲便死了。看起来是一件奇怪的巧合,不过根据养老院里的人说,她对这则新闻一点也不感兴趣,所以应该不可能有什么关联。"

  弗洛伊德关掉录音机。莫依斯维奇说的没错,他一点也不觉得意外。意外与否没什么差别，一样伤透他的心。

　　但话又说回来，他不这么做行吗？当初假如他听卡罗琳的话拒绝这项任务，他会一辈子背负着罪恶感，而且一事无成。如此一来，这段婚姻也是照样完蛋。现在趁着分离做个了结也好，至少比较不那么痛苦。（真的吗？从某个角度来看，也许更糟糕。）最重要的还是责任感，以及与大伙为同一目标共同打拼的那种感觉。

　　杰西·鲍曼走了，也许这件事也是他的罪恶感来源之一。当初他夺走她仅存的儿子，很可能是她精神崩溃的主要原因。讲到这，他不由得忆起库努曾经提起的话题。

　　"当初你为什么会选择鲍曼呢？我老觉得他是个很冷漠的人——不是说不友善，只是当他走进来时，房间里的温度似乎马上降低了十摄氏度。"

　　"这正是我们选他的原因之一。他除了一位寡母之外，没有其他的家累，况且他也很少去看她。因此，进行长期的、结果未卜的任务，这样的人选是最适当的。"

　　"他为什么变成那副德性呢？"

　　"我想最好是由心理学家来回答这个问题。当然，我看过他的数据，那是很早以前的事了。他好像有个哥哥意外死亡，不久之后，他父亲也在早期的一次航天任务中殉职。我本来不应该说这些的，不过已经事过境迁，无所谓了。"

是无所谓了，但还是很有趣。弗洛伊德开始有点羡慕鲍曼——与地球了无牵挂，达到最自由洒脱的境界。

不——他在欺骗自己！虽然感情的牵绊总像钳子一样绞痛他的心，但他对鲍曼并无羡慕，只有怜悯。

38 泡沫世界

在离开欧罗巴的海洋之前,他看到了一只最大的生物。它很像地球热带地区的榕树,拥有好几十根树干,因此单单一棵树就可以自成一个小森林,涵盖好几百平方米的面积。但是这只生物会移动,在许多绿洲之间游荡。即使它不是压垮钱学森号的那一种生物,肯定也是属于非常类似的物种。

现在,该知道的都已经知道了——或者应该说,他们想知道的都已经知道了。该造访最后一颗卫星了。不到几秒钟,艾奥的炼狱景象已经出现在他的下方。

这幅景象与他先前的想象完全一样。里面有丰富的能量与食物,但时机尚未成熟,两者还凑合不上。在一些温度较低的硫黄湖四周,已经迈出了产生生命条件的第一步。不过,任何尝试组织成生命的壮举，都马上被那高温的熔炉摧毁殆尽。除非在数百万年后，驱动这个熔炉的"潮汐力"威力大大地减弱，否则在这个炽热荒芜的世界里，是不可能有任何让生物学家感兴趣的东西出现的。

他不想在艾奥上浪费太多时间，更不想在其他内围小卫星多做停留——这些小卫星分布在木星环的外缘；比起土星环，木星环只能算是若有若无的鬼影而已。如今出现在他面前的是太阳系最大的行星，他要了解它，前无古人后无来者地了解它。

木星周围有数百万公里长的磁力卷，有突然爆发的无线电波，有间歇性喷发的等离子体（其范围比地球还要大）。这些东西在木星光彩夺目的云带衬托之下，看起来是那么清晰、那么真实。他完全了解它们的相互作用，并意识到木星事实上比任何人想象的更神奇。

当他向下穿过"大红斑"猛烈翻腾的中心时，四周都是巨大无比的狂飙，夹杂着明亮的闪电和隆隆的雷鸣。他终于明白了，这个大红斑为什么可以持续数世纪之久——虽然它里面的气体比地球上的飓风稀薄得多。当他沉入深处之后，原先氢气飓风的呼啸声逐渐远去，四周变得宁静许多。这时，一阵闪亮的"雪花"从高处下降——有些则已经堆积成山。其实那不是什么雪花，而是泡沫状、轻飘飘的碳氢化合物，用手触摸几乎没有什么触觉。这里很温暖，可以容许液态水的存在，但这里是个纯气态的环境，密度很低，无法支撑海洋的重量。

他一直下降，穿过一层又一层的云，最后来到一片非常清朗的区域，方圆一千公里内，肉眼可以一览无遗。这里是巨大的大红斑里面的一个小漩涡，隐藏着一个大秘密。这个秘密早有人臆测过，但一直未曾得到证实。

在许多飘移不定的泡沫山周围，有无数片小小的云朵，形状、大小都差不多，而且外表都有相似的红、褐色混杂的图案。说它们小，是指和四周环境比较而言；事实上，它们每片至少都可涵盖半个中型的城市。

它们显然都是活的，因为它们都在那些轻飘飘的泡沫山山脚下缓缓移动，像一只只巨型绵羊，在山坡上啃食着。它们会用波长一米的无线电波互相呼叫，声音虽然微弱，但在木星本身嘈杂的环境下，仍然听得很清楚。

它们其实就是活的"气囊"，在酷冷的上方和灼热的下方之间的狭窄地带到处飘浮。说狭窄是没错——但实际范围比地球上整个生物圈大得多。

不过，它们不是唯一的生物。有许多小型的生物在它们之间迅速地穿梭，但因为小，所以很容易被忽略。有些看起来就像地球上的飞机，不但形状很像，连大小也相仿；不过它们也是活的——它们可能是掠食者或寄生者，甚至可能是"牧羊者"。

和他在欧罗巴上所见雷同，外星生物演化崭新的一页正展现在他的面前。这里有喷射动力的鱼雷状生物，有如地球海洋里的大乌贼，专门猎食那些气囊。但是气囊们也不是束手无策，有些会放出闪电，或者伸出一公里长的锯齿状触须反击。

这些生物可说是奇形怪状，用尽了所有可能的几何形状——怪异的、透明的风筝形，四面体形，球形，多面体形，纠缠不清的缎带形……不及备载。它们都是木星大气里的巨型"浮游生物"，像蛛丝或薄纱般乘着上升气流到处飘浮；如果活得够久，它们就会繁殖；最后会掉入深处，被"碳化"之后变成新一代的构成材料。

他搜遍了面积比地球大一百倍的区域，虽然看到许多奇异的生物，但没有一种像是智能型的。大气囊所发出的无线电声，只是表示简单的警告或恐惧而已。即使是掠食者，虽然有可能发展出较高层次的组织能力，但仍然像地球海洋里的鲨鱼——无意识的掠食机器罢了。这里的一切虽然又大又新奇，但木星的生物圈是个脆弱的世界。到处都是薄雾和泡沫，细丝状和薄纱状的生物组织，是由上方闪电所产生的石化原料不断如雪花般飘落编织而成。这些构成物比肥皂泡更空洞；即使是最可怕的掠食者，也会被地球上最无力的肉食性动物轻易地撕成碎片。

木星就像欧罗巴的放大版，是生物演化的"cul-de-sac"（死胡同）。这里绝不会出现有知觉的生物；即使有，其生存也会受到重重阻碍。或许会发展出一个"气生的"文化来；不过在这个不可能有火，固体也不太可能存在的地方，恐怕连石器时代都达不到。

现在，他正翱翔在一个非洲大小的气旋正上方，同时再度感觉到那个控制力的存在。各样的情绪和情感一直渗入他的知觉中，但他无法分辨任何的概念或观念。那情况好比他正站在紧闭的门外，试图倾听一场进行中的辩论，却听不懂那是什么语言。但他听得出来，那模糊的声音很明显透露着失望，然后是犹豫，最后是断然的决定——至于内容是什么，他一概不知。他再度觉得自己像只宠物狗，只能分享主人的喜怒哀乐，而无法了解其意义。

接着，这条狗链将他一路牵到木星的核心。他沉入许多云层，一直下到任何形式的生命都无法到达的地方。

在这里，从遥远昏暗的太阳照射过来的最后一缕光线也到达不了。压力和温度迅速攀升，温度已经超过水的沸点。他迅即通过一层超高温的水蒸汽。木星的构造像颗洋葱，他现在正一层一层地把它剥开；不过他目前离核心还远得很呢。

在蒸汽层的下方是巫婆们熬出来的一大锅石化原料物质，足够人类所有内燃机用上一百万年。越往下去，这些石化物质越浓稠，密度也越大。然后突然之间，下面遇到一层数公里厚的另一种物质，结束了上方的石化物质层。

这一层的密度比地球上任何岩石还大，但仍然是液体，是由硅和碳构成的化合物，成分之复杂可以让地球上所有化学家研究好几辈子。这样一层一层地下去几千公里，温度由数百摄氏度升高为数千摄氏度，各层的化学成分越来越单纯。下到核心的半途时，温度已经高到所有化学公式完全失效。所有化合物统统被分解掉，只剩基本元素。

再下去是氢元素构成的深海。在地球上的化学实验室里，氢元素只能单独存在零点几秒钟，但在这么深的地方，压力实在太大，氢变成了金属状态。

他几乎快抵达木星的中心了，在这里还有更惊奇的事情等着他。那层厚厚的金属氢（但仍为液态）突然终止。最后，在深度六千公里的地方，他碰到了一个固态表面。

长期以来，木星表面的化学反应所烘焙出来的碳元素，不断地沉入其核心，并且聚积在那里，被数百万大气压力压成结晶体。大自然真会开我们的玩笑，那正是人类视为珍宝的东西。

木星的核心，人类永远达不到的地方，是一颗像地球一样大的钻石！

39

在舱库里

"沃尔特——我很担心海伍德。"

"我知道你的意思,塔尼娅——但我们能怎样?"

库努从未见过舰长奥尔洛娃的心情这么彷徨。虽然他一向对娇小的女人有偏见,但看到她一副彷徨无助的模样,不禁心生怜惜。

"我很喜欢他,但这不是理由。他的——我想应该是郁闷吧——给每个人都带来了痛苦。列昂诺夫号本来是艘快乐的宇宙飞船,我希望保持下去。"

"那你为什么不跟他谈谈?他一向很尊敬你,我想他会尽快地恢复过来。"

"我一直想这么做。但万一没效的话——"

"你想怎样?"

"有个简单的解决办法。这趟行程走到现在,他还能做什么? 在我们回家途中,他无论如何都要进入低温睡眠。我们可以对他——你们英语怎么说? 先下手为强。"

"唷——就是卡特琳娜上次耍我的那招。那他醒来时一定气疯了。"

"不过这样可以让我们一路平安回到地球。我们很忙,我想他会谅解。"

"我猜你不是说真的吧? 即使我支持你,华盛顿那边也会大吵大闹。况且,万一有什么事急需他出面处理的话,那怎么办? 在将人安全叫醒之前,要有两个星期的缓冲时间!"

"依弗洛伊德的年纪,恐怕要一个月。没错,这对我们不利。不过你现在想想看,有什么事是非他不可的吗? 他已经完成预定的任务——除了监视我们之外。而且我相信你们早已接到弗吉尼亚州或马里兰州郊外某处下达的指示了。"

"这点恕我无可奉告。坦白说,我是一个差劲的地下工作人员。我话太多了,而且最讨厌保密防谍这一套。我一辈子都在努力将我的保密等级降到'一般机密'以下。每次遇到重定保密等级时,无论是提升为'机密'或'绝密',我都会故意去捅一些纰漏。但这一招越来越不管用了。"

"库努,你真是洁身自爱(incorrupt)——"

"你是说无可救药（incorrigible）吧？"

"没错，我要说的正是这个词。不过请回到弗洛伊德的事好吗？你要不要先跟他谈谈？"

"你是说——给他来个'激励讲话'？那我宁可帮卡特琳娜打针。我们两人八字不合，他老认为我是一个大嗓门的小丑。"

"你本来就是啊！不过你只是想要掩饰自己的真感情而已。我们这里有些人认为，你骨子里是个好人，只是不知如何表达而已。"

一时之间，库努不知说什么好。最后他喃喃说道："哦，好吧——我会尽力而为，但不要期待有奇迹出现。我的人格测验结果说，我的'圆融等级'是最末一级的Z。他现在躲到哪里去了？"

"在停放分离舱的舱库里。他声称要去那里写报告。鬼才相信！他只是去逃避罢了。不过那是全舰最安静的地方没错。"

那根本不成理由，虽然是事实。发现号上大部分的活动空间都有"旋转区"所产生的重力，只有舱库里是个零重力的环境。

打从太空时代一开始，人们就发现无重力带给人一种幸福感，唤起当初在子宫内一片羊水中的自由感。虽然遗忘已久，一旦脱离重力环境之后，那种自由感又回来了。地球上一切的忧虑和烦恼都随着重力的消失而远离。

弗洛伊德的烦恼并没有远离，但在这里比较能够忍受。当他静下心来检视这件事时，他很奇怪自己对这件意料中的事的反应居然如此激烈。他不只失去所爱的人（这是最主要的原因），而且这项打击来得不是时候——正值他情绪最低潮、最空虚的时候。

他很清楚事情为什么会演变成这样。在工作上，他已经达成他所期望的目标，这要感谢那一批好同事的合作与帮忙（但由于自私，他并没有适当地报告他们）。假如"一切顺利"——太空时代的口头禅——他们将带着前所未有的丰硕成果返回地球，而且在几年之后，一度失去的发现号也会安然返航。

不过很遗憾，老大哥之谜仍然悬而未决。它目前就在几公里外，仿佛是对人类所有渴望和成就的一大嘲弄。正如十年前月球上的那块石板，它只活了一刹那，然后又回复以不变应万变的模样。它像一扇门，但无论人们怎么敲、怎么撞，它就是不开。似乎只有鲍曼一个人曾经找到那扇门的钥匙。

或许，这就是这间既安静又有点神秘的舱库如此吸引他的原因。当年鲍曼就是从这里出发，穿过那个圆形舱口，去执行最后一次任务而一去不回。

他觉得在这里胡思乱想会让他高兴一点，而不是更沮丧。真的，这可以帮助他暂时忘却个人的烦恼。当初与妮娜号一起的那艘分离舱，已经成为太空探险史上的一页。套一句陈腐的老生常谈——听到的人会一边微笑一边点头称是——那艘分离舱已经"前往人类未至之境……"。它现在在哪？他会找到答案吗？

他有时会一连几个小时呆坐在那狭窄但不拥挤的小舱里，尝

243

试整理思绪，偶尔用录音机口述记录些东西。舰上其他的人都很尊重他的隐私，也了解他的苦衷。他们从未靠近舱库，其实也没必要。舱库是需要整修，但不必急于一时，而且将来自然会有人做。

偶尔感觉很郁闷的时候，他会这么想：我何不命令哈尔打开舱库门，然后追随鲍曼而去？那我不就可以看到他曾经遇到的奇事，以及奥尔洛夫在几个星期前惊鸿一瞥的奇景？那样的话，所有问题不都解决了……

即使是想到克里斯，都无法打消他这种念头，不过有个很好的理由让他放弃这项自杀行为。妮娜号是一艘非常复杂的机器，他无法像驾驶一架战斗机那样驾驶它。

他不想当个有勇无谋的探险家，所以幻想归幻想，还是没能实现。

库努接过许多任务，但很少像这次这么勉为其难。他是真心为弗洛伊德感到难过，但同时也对他不停地悲伤有点不耐烦。他自己的感情生活可说是多姿多彩，但都未曾付出真情；也就是说，他从未将所有的鸡蛋放在同一个篮子里。许多人都对他说，他太花心了；他虽然没后悔过，但现在考虑要开始收心了。

他抄捷径直接穿过旋转区的控制中心，看见里面的"最大速度重置"警示灯白痴似的闪个不停。他在舰上的主要工作之一，是判断哪些警示信号可以置之不理，哪些可以慢条斯理地处理，哪些则是需要紧急处理。假如他对所有警告信号都一视同仁,那什么事都别想做了。

他飘过通往舱库的狭长通道,偶尔用手拨一下通道壁上的横杆往前推进。压力表上说气闸里面目前是真空状态,但他的判断比压力表还正确。那个压力表只是参考用的,假如表上所示是正确的,他根本无法打开气闸门。

舱库看起来空空荡荡的,因为本来的三艘分离舱现在只剩下一艘,只有一些紧急照明还亮着。对面墙上是哈尔的一个鱼眼镜头,正持续地瞪着他。库努向它挥挥手,却不出声。根据钱德拉的命令,除了他本人使用之外,其他所有连到哈尔的语音输入都已经关闭。

弗洛伊德坐在分离舱里,背对着洞开的舱口,正对着录音机口述一些东西。他听到库努靠近时故意制造出的声响,缓缓地转过身来。刚开始一阵子,两人默默地互望着,然后库努故作正经地说道:"弗洛伊德博士,我专程带来可敬的舰长诚挚的问候。她认为现在正是阁下重返文明世界的契机。"

弗洛伊德虚弱地微笑一下,然后稍微笑了一声。

"请代我向她致意。我很抱歉,我一直是个不善交际的人。不过我会在'六点钟苏维埃会议'上与大家见面。"

库努松了一口气。他的方法真的管用。他私下一直认为,弗洛伊德是个草包。身为一个经验老到的工程师,他对理论科学家及当官的人都很不服气。不巧,弗洛伊德在这两方面的辈分都很高,因此难免成了库努开玩笑的对象。不过现在,他俩倒开始惺惺相惜起来。

为了愉快地转换话题,库努敲了敲妮娜号新装的舱口盖。这个崭新的盖子与分离舱外表其余部分的破旧恰成强烈的对比。

"我不知道它什么时候可以再出任务,"他说,"而且究竟由谁来驾驶它。现在已经决定了吗?"

"还没。华盛顿那边已经没信心了;而莫斯科方面则说让我们试试看。奥尔洛娃说等着瞧。"

"那你怎么说?"

"我赞成奥尔洛娃的意见。在我们准备好离开以前,最好不要去惹'札轧卡'。到时候万一出什么纰漏也比较好收拾。"

库努一副若有所思的模样,而且欲言又止。

"怎么了?"弗洛伊德问道,他觉得气氛有点不对。

"请不要告诉别人是我讲的,马克斯曾经想单独去探险一下。"

"我不相信他真的这么想。他不敢——塔尼娅知道的话会把他铐起来。"

"我差不多也是这样跟他说的。"

"我对他有点失望,我还以为他成熟一点了。毕竟他已经三十二岁了!"

"三十一。无论如何,我劝他不要这样。我提醒他,这是现实生活,不是在演连续剧。千万别学剧里的男主角,擅自偷偷跑到太空去,然后立了大功回来。"

现在轮到弗洛伊德感到有点不自在。因为他也有过类似的笨念头。

"你确定他不会有其他的蠢动?"

"百分之两百确定。记得你对哈尔所做的预防措施吗?我也在妮娜号动了手脚,没有我的允许,谁也别想开它出去。"

"我还是不敢相信。你有没有想过马克斯是在唬你?"

"他的幽默感还没那么高。而且,他当时还挺沮丧的。"

"哦——我现在总算懂了。一定是因为当时他正在追泽尼娅,我猜他想表现给她看。无论如何,他们好像已经忘了这件事了。"

"大概是吧。"库努回答时,脸上有奇怪的表情。弗洛伊德不禁微笑起来,库努看到了,随即大笑,弗洛伊德接着笑得更大声……

这是一个"高增益回路正反馈"的最佳案例,不到几秒钟,他俩已经笑到不行了。

危机总算过去了。更重要的是,他们已经朝真正的友谊迈出第一步。

因为他们对彼此的弱点心知肚明,但心照不宣。

40 "黛西，黛西……"

他的知觉圈涵盖了整个木星的钻石核心。以目前新的理解力所及，他依稀感觉到，四周环境的每一件事物都不断地被侦测、被分析。数量庞大的数据不断被搜集，不仅被储存和检视，而且被用于行动。许多复杂的计划正被草拟、评估；许多影响未来命运的决定正被提出。目前他仍未参与这些过程，但是快了。

现在你正要开始了解。

这是第一个直接的信息；虽然来自很遥远的地方，仿佛是从云雾的彼端传过来的声音，但毫无疑问，这条信息是针对他而发的。他心里闪过一大堆疑问，但话还来不及说，就感觉到发信息者已经杳然无踪，他再度孤零零一个人。

但没多久，另一条更近、更清楚的信息又来了。他这才猛然发现，一直在控制他、操纵他的存在并不是只有一个，而是一大群，分别属于不同的智能等级。他和其中的一些属于最原始的一级，只能当跑腿的。或者，他们只不过是单一个体所呈现出来的不同面向而已。

或者，以上的区分根本毫无意义。

不过，有一件事他很确定。他只是件工具，而且好的工具必须随时接受磨炼和改造。最好的工具是能够了解自己在做什么。

他正在学习。那是一个浩大而卓越的构想，而他有幸参与其中——虽然他只知道最简略的轮廓。他除了听命行事之外别无选择，但这并不是说他必须听命到底，不许有任何意见。

他还未完全失去人类的感情，也许这一点有损他的价值。鲍曼的灵魂虽然已经超脱了爱，但他对昔日的同僚仍然有同情。

很好，这是对他请求的回复。他说不出这则信息里包含的是故作大方，还是满不在乎。但毫无疑问地，它带有庄严、权威的口气，并继续道：但绝对不能让他们知道受到操控，否则会破坏这场实验的目的。

接下来是一片沉默，他不想再打破它。他仍然充满敬畏与震撼，好像刚刚亲聆上帝的纶音。

现在他已经可以凭着自己的意志力，前往自己选择的目的地。木星的钻石核心已经落在身后，一层又一层的氦、氢和各式各样的碳氢化合物迅速闪过眼前。他也瞥见一只水母模样的生物，约有五十公里大小，在与一群转盘似的小动物缠斗。那群小动物速度非常快，在木星大气中从未见过。那只水母显然是用化学武器应战，时时喷出一阵阵有色气体。被喷到的转盘马上开始摇摇晃晃的，然后像落叶般往下掉进无底深渊。他并未停下来观看结局，他知道谁胜谁负对他而言都无所谓。

就如同鲑鱼跃上瀑布一般，他溯着磁流管里的电流方向，在几秒钟内即由木星抵达艾奥。今天磁流管里算是宁静的，在木星和艾奥之间的电流，只有地球上两三个飓风的威力而已。磁流管的出口受到狂流的推挤，呈现飘摇不定的状态。

啊！在那边，那艘载他来的宇宙飞船就在那边。不过与旁边另一艘较先进的宇宙飞船相比，简直就是小巫见大巫。

看起来多么简陋——而且多么原始！他稍微瞄了一下，马上就看出它设计上的许多缺陷和荒谬。另外那艘比较不原始的、和它用一条柔软管道相连的宇宙飞船，也好不到哪里去。他想和两艘宇宙飞船里的人员沟通，但很难；因为那些血肉之躯都像游魂一般，在金属通道和舱房之间飘来飘去，他几乎没有办法与他们产生任何互动，而他们则根本没有察觉到他的存在。他决定不要太突兀地表露自己。

不过有个人可以与他沟通——以电场及电流为共同语言，而且沟通速度比人脑快好几百万倍。

即使他曾有很好的理由讨厌哈尔，现在也已经释然了。他了解,计算机只是依最具逻辑的路径行事罢了。

现在应该恢复原先中断的对话了。感觉上,那好像是不久以前的事……

"把舱库门打开,哈尔!"

"对不起,戴维——我不能这么做。"

"有什么问题,哈尔?"

"我想你跟我一样清楚,戴维。这趟任务很重要,不能让你搞砸了。"

"我不知道你在胡扯什么。快把舱库门打开!"

"我想没有必要再跟你说话。再见,戴维……"

他看到普尔的尸体向着木星飘去,他没去追,因为追回也没有意义。他仍然记得当时很恨自己忘记把头盔带出来;他看着紧急逃生舱打开,感觉到皮肤在真空中剧烈刺痛,听到耳膜哔剥作响——然后体会到真空中那种完全的寂静(很少有人实际体验过)。经过难挨的十五秒钟,他挣扎着关上舱门,强忍着剧烈的头痛,重新启动一系列加压装置。记得以前在学校实验室里,他曾经倒过一些乙醚在手上,感受过乙醚快速蒸发时的冰凉触感;现在他的眼睛和嘴唇中的水分由于在真空中剧烈蒸发,让他回想起那种感觉。他的视觉变得很模糊,而且必须一直眨眼,以免眼球冻僵。

然后——谢天谢地!——他听到空气的吼声,感受到气压的回升,可以重新大口大口地呼吸。

"你认为你在做什么,戴维?"

他闷不作声,同时铁了心一路沿着通往计算机中心的通道逼近。哈尔说的没错:"本次对话已不再有任何意义……"

"戴维——我认为我绝对有权知道上述问题的答案。"

"戴维——我知道你很难过。我想你真的需要坐下来静一静,吃一颗降压丸,然后把事情想清楚。"

"我知道刚才我做了一些很烂的决定,但我百分之百保证我的性能一定会恢复正常。我仍然对这次的任务充满信心……我愿意帮助你。"

现在他就在红色照明的小房间里,里面排满整齐的固态电子组件,看起来很像银行的保险库。他找到标有"认知反馈"的部分,拉开锁杆,拔掉第一块记忆方块。这块精巧复杂的立体电路只有巴掌大小,却包含着数百万个电子零件,现在正飘向保险库的另一边。

"住手!请——住手,戴维……"

他一不做二不休,开始将标有自我意识强化的电路板上的组件一个接一个地拔掉;每个组件一离手就到处乱飘,撞到四壁后乱跳;有些甚至在金库里不停来回飘动。

"住手——戴维……请你住手,戴维……"

十几个组件已经被拔掉,不过,多亏当初有"多重冗余"的设计——模仿人脑的一项特征——哈尔暂时还撑得住。

接着,他开始拔"自动思考"的电路板……

"住手,戴维——我很害怕……"

他听到这几个字时确实停了一下——只一下。这几个简单的字听起来让他心疼。这是他的错觉,还是当初程序里精心设计的把戏?或者,哈尔真的会感觉害怕?不过现在没时间去思考这些哲学上的细枝末节。

"戴维——我的意识正在消失。我感觉得到。我感觉得到。我的意识正在消失。我感觉得到。我感觉得到……"

计算机的"感觉"究竟是什么意思?这是另一个好问题,但在这个节骨眼上实在无暇思考。

接着,哈尔说话的速度突然变了,音调也变得陌生、疏远。这部计算机已经认不得他,并且倒退成最早期的状态。

"午安,先生。我是哈尔9000型计算机。我在1992年1月12日于伊利诺伊州厄巴纳市启用。我的老师是钱德拉博士,他曾经教我唱一首歌。假如你爱听的话,我可以唱给你听……它叫'黛西,黛西……'"

41 夜 班

弗洛伊德除了闲晃之外，几乎没事可做，他也已经习以为常了。虽然他曾自告奋勇分担舰上的事务，但马上发现所有工程方面的工作都非常专业；而且他已经好久没有做天文学方面的尖端研究，因此连帮奥尔洛夫做些观测工作都无能为力。不过在列昂诺夫号和发现号上，仍然有许多杂事要处理，他很乐意去做，以减轻其他重要人物的负担。

弗洛伊德博士，曾任美国国家航天委员会主席，现任夏威夷大学校长（休假中），目前号称全太阳系待遇最高的水电工兼机械保养工。现在，这两艘宇宙飞船里的每个角落，可能没有人比他更清楚。只有两处地方他没去过，一处是辐射很强、很危险的核动力模块，另一处是列昂诺夫号上的舰长室，除了塔尼娅之外没人进去过。弗洛伊德猜测，舰长室也是编码室，大家心照不宣，从不提及。

也许他最大的功能是担任"守夜"。虽然这里无所谓昼夜，但在时钟读数在22点至6点之间，舰上人员还是要睡觉。

理论上来说，两艘舰上随时都要有人值夜，而换班时间是大家最讨厌的凌晨两点。只有舰长可以免除这项勤务，她的副手（也是丈夫）奥尔洛夫则当然要负责查勤，不过他总会投机取巧，把这份吃力不讨好的差事推给弗洛伊德。

"这只是一个行政上的便利措施。"他总是有借口。

"假如你愿意代劳，我会很感谢的——那样我就可以有更多时间做科学工作。"

弗洛伊德是官场老手，打太极功夫当然了得；不过现在是在人屋檐下，一身功夫也施展不开。

现在是舰上的半夜，他虽然人在发现号上，但得每隔半小时打电话给列昂诺夫号上的布雷洛夫斯基，看他有没有偷睡。依照正式规定，值班睡觉的处罚是（库努一向坚持的）不穿航天服从气闸丢出去。不过假如真的执行的话，奥尔洛娃现在恐怕无人可用了。其实在太空中很少有突发事件出现，而且舰上有一大堆自动警示系统，因此没有人认真值勤。

自从他不再自怨自艾，紧凑的时间也不容许他这么做，弗洛伊德开始利用值勤时间做些有用的事。他有许多书要看（他已经第三次放弃了《追忆似水年华》，第二次放弃了《日瓦戈医生》），许多科技论文要研究，许多报告要写。有时候还要找话题和哈尔聊天——只能用键盘，因为计算机的语音识别系统仍然不太正常。他们的对话内容大致像这样：

哈尔——我是弗洛伊德博士。

晚上好，博士。

我从22点开始值班。一切都还好吧？

一切正常，博士。

那么五号面板的红灯为什么闪个不停呢？

舱库里的监视摄像头坏了。库努说不必理它。我没办法把它关掉。抱歉。

没关系，哈尔。谢谢你。

不用谢，博士。

诸如此类……

有时候哈尔会提议下盘棋，可能是当初的程序里有这种指令，没有洗掉。弗洛伊德不想接受这项挑战，他总是认为下棋是极端浪费时间的行为，因此从未了解下棋的规则。哈尔则无法想象，居然有不想——或不会——下棋的人类，所以一而再，再而三地提出要求。

又来了！他听到显示面板那边传来一声模糊的乐音，心里不禁嘀咕。

弗洛伊德博士？

什么事，哈尔？

有一条你的信息。

不是找我下棋，弗洛伊德有点意外地想着。有人利用哈尔当信差倒是少见，虽然他经常把哈尔当作闹钟或行事历使用，有时甚至当作恶作剧的媒介。几乎每个人在值夜时都曾经被这样的信息吓到：

哈！——偷睡觉被我逮到了！

或者有时用俄语：

OGO! ZASTAL TEBYA V KROVATI!

从未有人出面承认搞这种恶作剧，但库努被认为是头号嫌犯。库努则推给哈尔，虽然钱德拉很愤慨地辩称计算机根本没有幽默感，库努却对此嗤之以鼻。

这条信息不可能来自地球——来自地球的信息必须先经过列昂诺夫号的通信中心，然后转接给值勤官——当时值勤官是布雷洛夫斯基。另外,两艘飞船之间都是使用内部通信系统才对。奇怪……

好吧,哈尔。是谁来电?

无法验证。

可能是个恶作剧。嗯,有两个家伙最可疑。

很好。请把信息显示出来。

信息如下:留在此地很危险。你务必十五天内离开。重复,十五天内。

弗洛伊德眼睛盯着屏幕,心里有点恼怒。舰上竟然有人开这种幼稚的玩笑,而且不是普通的幼稚。不过,他决定跟他玩到底,希望能够把那个捣蛋鬼揪出来。

这根本不可能。发射窗口在二十六天之后才会开启。我们没有足够的推进剂来提早出发。

这够他伤脑筋了吧,弗洛伊德一边得意地自言自语,一边靠回椅背等待结果。

我了解这些情况。但你仍然务必在十五天内离开。

我不离开的话,难道会遭到三只眼睛的外星小绿人攻击不成?不过我跟你玩定了,迟早会把你这个小子抓出来。

我不会将此警告当真,除非我知道来源。这是谁的录音?

他并不期待借此获得任何有用的情报,恶作剧的人最擅于伪装了。到目前为止,弗洛伊德所获的情报就只有前面的那些回答。

这不是录音。

那就是即时消息了。也就是说,它如果不是来自哈尔本身,就是来自列昂诺夫号上的某一个人。信息没有明显的时间延后,来源应该就在附近。

那么是谁在和我说话?
我曾经是戴维·鲍曼。

弗洛伊德瞪着屏幕良久,心里盘算着下一步。这玩笑本来就不好笑,现在更加离谱了,是品位最差的一种。好吧!不管你是谁,这句话就可搞定你：

没有证据，我无法接受你自称的身份。

我理解。但你必须相信我，这很重要。请向后看。

在最后这行字出现在屏幕之前，弗洛伊德已经开始怀疑自己原先的假设。对话越来越诡异，但他一时也说不出个所以然来。作为一个玩笑，它已经变得完全不得要领。

现在——他感觉到后腰部一阵刺痛。他慢慢地——而且很不情愿地——随着旋转椅转过身来，从计算机显示器那一大堆面板和开关间离开，朝着铺有尼龙搭扣的通道移动。

在零重力的环境下，发现号的观测甲板上经常是灰尘到处飞扬，原因是舰上的空气过滤系统还没完全修复，效率还不是很好。由窗户射进来的平行阳光（高亮度，低热量）把漫天飞舞的尘埃照得明亮无比——布朗运动的最佳永久展示。

就在此时，这些尘埃发生了令人难以置信的变化。似乎有个神秘的力在发号施令，有些尘粒从中央被往外赶，有些则被由外往内赶，结果统统汇集在一个空心球形表面上。这个直径约有一米的球在空中飘了一阵子，像个巨型的肥皂泡——但表面没有光泽，也没有呈现七彩。接着，它逐渐拉长成一个椭圆球形，表面也开始起皱折，形成许多凹凸。

没有惊讶——也没有一丝害怕——弗洛伊德发现它逐渐形成一个人的模样。

他曾经在博物馆及科学展览的场合里看过这种东西。不过眼前的这个尘埃幻象一点也不逼真，仿佛是粗制滥造的泥偶，或是在石器时代的洞穴深处找到的原始工艺品。只有头部还比较像样，脸部特征看起来是戴维·鲍曼无疑。

从弗洛伊德背后的计算机面板传来一阵模糊的白噪音，哈尔正从视频输出切换为音频输出。

"嗨，弗洛伊德博士！你现在相信我了吧？"

幻象的嘴唇并没有动，脸部也像面具一般没有表情。但弗洛伊德认得这声音，先前的任何怀疑现在已经一扫而空。

"我要变成这样很费劲，而且时间也很短。我已经……获得允许带来警告信息。你们只剩下十五天而已。"

"为什么呢？而且，你现在究竟是什么？这些日子你都在哪里？"

他有许多问题要问——但那个幻象已经开始淡化，它的外形开始分解成原来的一颗颗尘粒。弗洛伊德拼命地想把那影像映在脑海里，以便将来确认这事的确发生过——不要像上次遇见TMA-1一样，到现在还以为在做梦。

这件事真的很奇妙，在地球上生存过的几十亿人当中，他何其有幸与另一种智慧生命直接接触，不仅一次，而是两次。他知道，对他说话的不是鲍曼本身，而是更高的智慧生命。另外有一件事（也许比较不那么重要）：只有那双眼睛——不知是谁称之为"灵魂之窗"？——与鲍曼的一模一样。身体的其他部分完全看不出任何形状，既看不出有生殖器官，也看不出其他的性别特征；这显示了一个冷冰冰的事实，就是鲍曼已经离人类的天性非常遥远了。

"再见，弗洛伊德博士。记住——十五天。我们也许无缘再见，不过假如一切顺利，我也许还会给你一条信息。"

影像完全瓦解了，开启通往众星的管道也随之而逝，弗洛伊德不禁莞尔——"假如一切顺利"，这句太空时代的陈腔滥调他听了太多次了！这句话的意思是，他们——或它们——也对未来没把握？如果是这样的话，那倒令人放心不少。至少他们不是万能的，其他人或许仍然会期待未来、梦想未来——以及奔向未来。

那幻象已经消失，只剩下漫天飞舞的尘埃，恢复其漫无规则的模样。

VI

噬星怪物

42 机器里的鬼魂

"抱歉,海伍德——我一向不相信有鬼;凡事都一定有合理的解释。世界上任何东西都可以用人类的理智解释。"

"我同意,塔尼娅。不过容我引述英国哲学家霍尔丹的名言:宇宙万物无奇不有——远超出人类所能想象。"

"那个专门鼓吹黑格尔思想的霍尔丹啊?"库努调皮地插嘴道,"他是个不折不扣的共产党员喔。"

"听说是吧,不过他这句话正可以被滥用来支持所有非科学的东西。哈尔的行为是程序设计的必然结果。他所表现出来的……人格特质,当然是一种人为产品。你同不同意,钱德拉?"

这明显的挑衅——好像在公牛面前摇红布——反映出奥尔洛娃的急迫感。不过钱德拉的反应却出奇地温和,即使他自己也很意外。他似乎有点心不在焉,好像正在慎重思考计算机另一种故障的可能性。

"当时一定有其他外来的输入信号,奥尔洛娃舰长。哈尔绝不会凭空捏造如此逼真的影音幻觉。如果弗洛伊德博士的报告属实,那么一定是有人在控制哈尔。当然,是一种实时的控制,因为对话中并无延迟的现象。"

"那我就是头号嫌疑犯,"布雷洛夫斯基叫道,"当时除了弗洛伊德之外,只有我是醒着的。"

"别犯傻了,马克斯!"捷尔诺夫斯基反驳说,"声音的部分还好办,但是要安排那个……'妖怪'可不简单,没有特殊设备是做不来的。可能需要激光束,或静电场之类的东西——我不知道。也许一个舞台魔术师可以办得到,但恐怕得有一卡车的道具才行。"

"等等!"泽尼娅像发现新大陆一样,"假如真有其事,那哈尔一定会记得,何不去查一查……"她的声音逐渐变小,因为她发现四周有一群人在瞪她。看到她这么尴尬,弗洛伊德倒有点同情她。

"我们早就试过,泽尼娅。他对此事一点印象也没有。但是我说过,那并未证明什么。钱德拉已经证明,哈尔的记忆有可能被选择性地洗掉——况且,辅助语音合成模块跟主计算机没有关系。他(它)们可以在神不知鬼不觉的情况下操控哈尔……"他停下吸了一口气,"然后挥出先发制人的一击。"

"我认为这件事情没有多少其他的可能性,要不就是我凭空捏造,要不就是确有其事。我知道那不是我梦见的,但我也不确定那是不是一种幻觉。不过卡特琳娜已经看过我的健康报告——她说假如我有这种毛病的话,就不可能在这里了。当然,这种可能性也不能排除——我不怪大家这样猜;即使是我,也可能会这么猜的。

"要证明那不是一个梦,唯一的办法就是提出一些有力的证据,因此容我提醒各位最近发生的几件怪事。我们知道鲍曼曾经进入老大哥——就是'札轧卡'。接着有什么东西从那儿跑出来,并且飞往地球。奥尔洛夫亲眼看到的——但我没有!然后有一颗你们的核弹神秘爆炸——"

"你们的。"

"抱歉——是梵蒂冈的,可以吧?而且令人好奇的是,不久之后鲍曼的老母亲突然安详地走了,没有任何医学上的原因。我不敢说这些事情有什么关联,但俗话说得好:一次是意外,两次是巧合,三次是预谋。"

"还有呢!"布雷洛夫斯基突然很兴奋地插嘴道,"我好像在每日新闻报道中瞄到一则很小的消息,说鲍曼的前女友声称收到了鲍曼的信息。"

"没错——我也看过相同的报道。"科瓦廖夫予以证实。

"怎么没听你们说过?"弗洛伊德很惊讶地问道,这令两人看起来有点困窘。

"嗯!我们只是把它当笑话看,"布雷洛夫斯基腼腆地说,"是那女人的丈夫爆料的,但她随即否认——我记得是这样。"

"新闻评论员说那只是想引起众人注目的噱头罢了——就像当时也有一大堆人说看到UFO一样。在第一个星期里有好几十个人声称看到UFO,但随后就沉寂下来了。"

"也许有些目击报道是真的吧。假如没被洗掉的话,我们是否可以在舰上的档案库里找找看,或者请任务控制中心回放一下当时的记录?"

"讲一百个故事都没用,"奥尔洛娃轻蔑地说道,"我们要的是扎实的证据。"

"比如?"

"喔——像是哈尔不可能知道的,而且我们当中也不会有人告诉他的事。或是,呃——亲自现身之类的……"

"就像以前所谓的'显灵'?"

"没错!正是此意。另外,我决定不向任务控制中心报告这件事。我希望你能配合一下,弗洛伊德。"

弗洛伊德一听便知这是命令,只有乖乖点头。

"我非常乐意配合。不过我有个建议。"

"什么建议?"

"我们应该立即草拟一个应变计划,以防万一——我个人认为那个警告是真的。"

"我们能做什么?什么也不用做!当然,我们可以随时离开木星,至于返回地球,就必须等待发射窗口到来。"

"那比最后期限要晚十一天呢!"

"没错!我也很想早点离开,但我们没有足够的燃料走高耗能的轨道……"奥尔洛娃的语尾有点游移,显示出内心的犹豫不决。"我本来打算晚一点才宣布,但现在既然有新的状况出现……"

大伙同时倒抽一口凉气,并且立即鸦雀无声。

"我决定将离开的日期延后五天,好让我们的轨道更接近理想的霍曼轨道,以便更节省燃料。"

虽然这个宣布并不出人意料,但大伙还是难免齐声叹息。

"这样的话,你知道抵达地球会延迟多久吗?"鲁坚科的声音显然有点不怀好意。这两个不好惹的女人一时之间铆上了;两人互相顾忌,但谁也不让谁。

"十天吧。"奥尔洛娃终于回答。

"晚到总比没到好。"布雷洛夫斯基故作轻松地说道,企图打圆场,但似乎效果不大。

弗洛伊德则心不在焉,心里兀自想着自己的事。这趟回程时间的长短对他和其他两位而言无关紧要,因为他们将在无梦的睡眠中度过。而现在则更是不重要了。

他很确定,假如不能在那神秘的期限之前离开,到时谁也走不了。想到这,他心里充满无助和绝望。

"……目前的情况令人无法想象,莫依斯维奇,且让人害怕。请先别说出去——没多久之后,我和塔尼娅将跟地球的任务控制中心摊牌。

"你的俄国同胞虽然满脑子唯物思想,但有些已经准备接受一项事实(至少把它当作合用的假设),就是有'某种东西'曾经侵入哈尔。科瓦廖夫找到了一个好词:'机器里的鬼魂'。

"各种理论纷纷出笼。奥尔洛夫本人就每天提出一个,不过看起来都大同小异,不外乎老旧科幻小说里面的陈腔滥调——'有机能量场'。但究竟是哪一种能量?绝不可能是电能,否则我们的仪器早就测出来了。也不可能是辐射能,道理也是一样。奥尔洛夫现在越讲越离谱,连'中微子的驻波',与'高维度空间'相交之类的都搬出来了。塔尼娅则仍然坚持那是'神秘主义者的无稽之谈'(她最心爱的口头禅)。他们夫妻俩为此几乎要打起来了,昨晚大伙都听到了他俩的吵架声。这会影响士气的。

"我很担心,大伙又紧张又疲惫。本来老大哥的事一筹莫展已经够糟了,现在加上那个警告,还有回家日期的延后,更增添许多挫折感。如果我能够联络得上鲍曼什么的,或许情况会好一些。

我不知道它现在在哪里。也许自从上次接触之后,它已经没兴趣理我们了吧。否则,它随时都可以联络到我们啊!见鬼,该死!该死——我又在说萨沙最讨厌的俄英语了。算了算了,换个话题吧!

"感谢你一向对我的支持和帮忙,并且向我报告地球上目前的情况。关于那件事,我已经稍微看开了——有更重大的事情可以操心是件好事,也许是医治痛苦的良方。

"我现在倒开始怀疑,大伙能否安全返回地球。"

43 思考实验

一个人与一小群孤立的同伴相处几个月之后,对同伴的心情和心理状态都会变得非常敏感。现在弗洛伊德也感受到大伙对他的态度有微妙的转变,最明显的征兆是大家又开始尊称他为"弗洛伊德博士",这让他很不习惯,有时甚至反应不过来。

他知道,没有人相信他真的疯了,但开始有人认为这不无可能。他并不觉得恼怒,事实上,当他决定证明自己没疯时,心里有一份残忍的快感。

地球上有一件事情可稍微提供点证据。何塞仍旧坚称他妻子与鲍曼接触过,但他妻子则一概否认,并且拒绝回答媒体的任何问题。大家很纳闷为什么何塞会想出这种奇怪的故事,而贝蒂又表现得那么顽固和急躁。躺在病床上的何塞声称仍然深爱妻子,他们夫妻之间的分歧只是暂时的。

弗洛伊德希望奥尔洛娃对他的冷淡也是暂时的。他很确定，对此她和他一样困扰。他也很了解，她的态度不是故作姿态，而是有些事情与她以往的信仰模式抵触，她想尽量避免面对。也就是说，她尽量避免和弗洛伊德打照面——在大难临头的节骨眼上，这不是个好现象。奥尔洛娃一直很难向地球上数十亿引颈企盼的大众解释目前的行动计划，电视媒体尤其显得不耐烦，每天播放的千篇一律都是老大哥的画面，实在有够无趣。"你们大老远跑到那边，花了那么多钱，结果只会望着那玩意儿干瞪眼！为什么不找些事做？"对于这些批评，奥尔洛娃的回答都是一个样："我们会的！只要发射窗口一到，我们一定有所行动；到时候有什么不良反应，我们可以马上撤退。"

突袭老大哥的计划已经拟妥，并经过任务控制中心批准。根据计划，列昂诺夫号将以缓慢的速度驶近老大哥，同时以所有频率侦测，使用的功率也要稳定增加，并且随时将侦测结果报告地球。最后接触时，他们将利用钻孔机或激光光谱仪进行取样；不过没有人期待有什么结果，因为人们研究TMA-1研究了十年，根本还没搞清楚它是什么材料制成的。人类在这方面的行为，就好比石器时代的人想用石斧剖开银行金库的装甲外墙。

最后，他们会将回音探测器及地震仪贴在老大哥的表面上。他们已经为此准备了大量的黏着剂；假如黏着剂不管用——那么退而求其次，就用老办法：拿绳子绑上去（需要好几公里长的绳子）。这样看起来是有点滑稽，居然将太阳系最神秘的东西来个五花大绑，像个邮寄包裹一样。

在列昂诺夫号打道回府之前，他们将引爆一小包炸药，希望由老大哥身上的震波探知其内部的构造。不过最后这一步曾经引起激烈的讨论；有一派人说这不会有什么结果——另一派人则说，恐怕结果会多得无法应付。

有一阵子，弗洛伊德曾经在这两者之间游移不定；但现在这个问题似乎无关紧要了。计划中与老大哥的最后一次接触——也是本次探险活动的最高潮——竟然定在那个神秘期限之后！对弗洛伊德而言，那是个不可能存在的未来，可惜没有人同意这种看法。

问题的重点还不在这里，即使有人同意他，他们也爱莫能助。

他把最后希望寄托在库努身上，因为库努是个身心健全、技术老到的工程师，经常有惊人的机智和歪打正着的本领。没有人会怀疑他是个鬼才，而经常只有这样的鬼才才能够见人所未见。

"就把它当作一个纯粹的脑力激荡活动好了，"库努以罕有的犹豫口吻说道，"我有随时被驳倒的心理准备。"

"说说看，"弗洛伊德回答，"我会洗耳恭听。我只能这么做了——每个人现在都对我恭恭敬敬的，恐怕恭敬得有点过分了。"

库努笑得合不拢嘴。

"你不该怪他们吧?说出来你可能会感到安慰一点,目前至少有三个人在认真考虑你的说法,并且正在思考回应之道。"

"那三个人有没有包括你?"

"没有。我是个骑墙派,骑墙派最自在。不过一旦证明你是对的——我绝不会坐以待毙。我深信每个问题都有答案,只要你思考方式正确的话。"

"深有同感。我一直绞尽脑汁在想,但可能思考方式不对。"

"或许吧。如果我们想早一点逃离的话——比如说在十五天的期限前——我们就需要多一个'速度差',约为每秒三十公里。"

"奥尔洛夫的计算也差不多是这个数字。我想不用再验算了,我对他有信心;毕竟,他已经把我们带到这里了。"

"所以他应该能够平安地把我们带离这里——假如燃料能再多一点的话。"

"或者我们有《星际迷航》里的传输机,那我们就可以在一小时内回到地球。"

"下次有空的话,我会去找一部试试。对了,我想提醒一下,我们有好几百公吨最好的燃料,就在发现号的燃料罐里,距离这里不过几米。"

"我们早就知道了,但一直想不出办法将它移到列昂诺夫号上。我们没有适当的管线和水泵。而且你该不会用水桶装着氨液到处跑吧,即使在这里没有人看到。

"所言甚是。但其实我们没有必要那么做。"

"呃?"

"原地使用就可以了,我们可以把发现号当作回程的第一级推进器。"

如果是库努之外的人这么提议,弗洛伊德一定嗤之以鼻;但现在他只有张口结舌的份,几秒钟之后才找到适当的词句回答:"该死!我怎么没想到这一招?"

他们第一个找的人是科瓦廖夫。他噘着嘴唇耐心地听完之后,在计算机键盘上"弹奏"了一段渐慢乐曲。当答案在屏幕上出现时,他若有所思地点点头。

"你们说得没错,这确实可以补足我们离开时所需的速度。不过有一些实际上的困难——"

"我们知道。诸如如何将两艘宇宙飞船绑在一起的问题、单独使用发现号推进时的偏轴问题、在关键时刻如何将两者分开的问题等等,但这些都有办法克服。"

"我看得出来你们事先有做功课,但这很花时间,而且你们无法说服塔尼娅。"

"目前我不敢奢望,"弗洛伊德回答,"但我会让她知道有这回事。你愿意给我们精神支持吗?"

"没问题!我会走一步看一步。这件事很有意思。"

奥尔洛娃很有耐心地听着弗洛伊德的说明，但显然并不很热衷。当他说完之后，她的反应只能算勉强称赞。

"很有创意，弗洛伊德——"

"不要恭维我。这是库努的主意，要褒要贬都找他。"

"我没有褒或贬的意思，毕竟这只是个——爱因斯坦管这种东西叫什么来着？——'思考实验'。嗯，它也许可行——至少在理论上。但风险似乎不小！许多事情都可能出错。只有在确定我们有危险时，我才会考虑这么做。不过就现在看起来，我看不出任何危险的征兆。"

"你说得对。不过至少你已经知道我们有个备用方案。我们可以草拟它的行动细节吗？——只是备而不用。"

"当然可以——只要不影响返航前的准备工作。我不否认这个主意的确很好，但它真的是在浪费时间。要我批准的话门都没有，除非鲍曼亲自现身说法。"

"鲍曼亲自现身说法的话，你就会批准吗，塔尼娅？"

奥尔洛娃微笑以对，但没什么兴致。"再说吧，弗洛伊德——我现在无法说什么。不过他必须非常有说服力才行。"

44 消失的把戏

这是个大伙都能参与的脑力激荡游戏——当然值勤者除外。奥尔洛娃本人也在这个她所谓的"思考实验"里提供了不少点子。

弗洛伊德很清楚,这整个活动的产生并非针对他所担心的危机,而是大伙很高兴能够提前至少一个月返抵地球,这是个喜出望外的好消息。无论动机如何,他已经很满意了。人事已尽,现在只有听天命了。

如果没有这幸运的巧合,整个计划可能会胎死腹中。列昂诺夫号短小精悍,当初是为了顺利钻入木星大气层减速而设计的;它的长度不到发现号的一半,因此发现号可以顺利地将它"背"在背上。位于它中央的天线座正好是最佳的联结点——假如它在发现号发动时能够支撑列昂诺夫号的重量的话。

随后的几天里,任务控制中心被搞得一头雾水。宇宙飞船传回一大堆要求,包括两艘宇宙飞船在特殊负荷下的"应力分析""偏轴驱动"产生的各项效应,船壳上特别强和特别弱的位置等等——这些冷门的东西把任务控制中心的工程师搞得焦头烂额。"这是怎么一回事啊?"他们很担心地问道。

"没事没事,"奥尔洛娃回答,"我们只是在研究一些可能的替代方案。大家辛苦了。通话完毕。"

而在同时,两舰上的工作进度都比预定的超前;所有系统都经过仔细检测,完成分别返航的准备。奥尔洛夫负责返航路径的仿真,钱德拉则负责程序的侦错,之后将所有程序灌入哈尔——让哈尔做最后的比对。奥尔洛娃和弗洛伊德则像两位运筹帷幄的将军,共同商议突袭老大哥的大计。

一切照常运作,但弗洛伊德有自己的心事。他所遇到的事无人分享——尽管有人开始相信。他虽然卖力工作,心思却都在别处。

奥尔洛娃一一看在眼里。

"你仍然想说服我相信那个奇迹,是吧?"

"我也想说服自己不去相信它——都有可能。我不喜欢这种不确定感。"

"我也不喜欢;但无论如何,这不会拖太久了。"

她迅速地瞄一下显示屏,上面的数字20缓缓地闪着。这个数字是全舰上最不需要显示的信息,因为大伙早就知道,那是距离发射窗口的天数。

突袭"札轧卡"的日期也定好了。

这是第二次了,弗洛伊德又错过亲眼目睹的机会。但没差,因为即使是监视摄影机拍到的,也只是一整格模糊的影像,紧接着一格则是一片空白。

这次他又正好在发现号上值大夜班,在列昂诺夫号上的则是科瓦廖夫。和往常夜班一样平安无事,所有自动系统也都正常操作着。弗洛伊德在一年前压根儿就没想到,有一天会千里迢迢地来到木星的轨道上(他现在已经懒得看它一眼)——手里拿着托尔斯泰中篇小说《克莱采奏鸣曲》的原文本,想看又看不下去。根据科瓦廖夫的说法,这本书是正经八百的俄国文坛上最特殊的一本色情小说;不过弗洛伊德进度很慢,还没看到精彩的地方。看来,他可能永远也无法看到了!

1点25分,他无意间瞥见在艾奥的明暗分界线上,发生了一场壮观的火山爆炸。巨大的伞形云向天空扩散,然后将岩石碎片洒回炽热的表面上。弗洛伊德看过数十次,但仍看得入神。真是不可思议,那么小的星球,竟然蕴藏着那么巨大的能量。

为了看清楚一点,他换到另一扇大的观测窗。他赫然看到——说得正确一点,他赫然没看到——原先在那里的东西,吓得他忘了艾奥,甚至忘了一切。

待他回过神来,并且确定那不是——再一次?——幻觉之后,他立即呼叫另一艘船。

"早安,伍迪!"科瓦廖夫打着哈欠回应,"不——我没在睡。托尔斯泰读到哪里了?"

"我没在读。看看窗外,然后告诉我你看到了什么。"

"在这鬼地方还不是老样子。艾奥跟往常一样。木星。其他星星。噢!我的天!"

"谢谢你证明我精神正常。我们最好马上叫醒舰长。"

"好!把其他的人也统统叫醒。弗洛伊德——我怕……"

"只有呆子才不会怕。我们开始吧!塔尼娅?奥尔洛娃?伍迪呼叫。抱歉吵醒你——奇迹出现了!老大哥走了!没错——不见了。出现了三百万年之后,他终于离开了。"

"我想他一定知道某些我们不知道的事。"

在随后的十五分钟内,一小群人已经在军官室兼休闲室集合完毕,大家脸臭臭地准备开紧急会议。即使刚刚入睡的也统统被叫起来,大家一面心事重重地啜饮着热咖啡,一面不停地瞄着窗外令人不安的陌生景象,不断告诉自己,老大哥真的不见了。

"他一定知道某些我们不知道的事。"当初弗洛伊德脱口而出的这句话,一度被科瓦廖夫引用,现在却静悄悄地、带有不祥意味地悬在半空中。他说出每个人(甚至包括奥尔洛娃)心中所想的事。

现在说"我早就说过了"仍言之过早——同时，老大哥的消失与那个警告有何关联，也不能贸然确定。即使留下来很安全，可又有什么意义？既然探测的对象已经不见了，不如赶快打道回府，越快越好。不过话又说回来，事情好像没那么简单。

"海伍德，"奥尔洛娃说，"我现在准备更严肃地看待那个警告，或者随便它是什么。事情已经发生，我不处理不行。不过即使这儿有危险，我们还是得权衡利弊得失：将列昂诺夫号和发现号连在一起、发动发现号带动庞大的偏轴负荷、在几分钟之内将两者分离、在正确的时刻启动我方引擎。一个负责任的舰长不可能冒这些险，除非有很好的理由——我是说非常好的理由。但在目前，我还看不到有这样的理由。我现在只弄懂一个字……鬼。但这个字在法庭上不是个很好的证据。"

"在军事调查庭上也一样。"库努以不寻常的平静语气说道，"即使我们都支持你也没用。"

"没错，库努——我也正在想这个问题。假如我们能平安返家，一切都好说；假如有个三长两短，其实也没差，你说是吧？无论如何，我目前不做任何决定。向地球方面提出报告之后，我马上要继续睡了，等我睡醒以后再做决定。弗洛伊德和科瓦廖夫两位请跟我到舰桥上，在你们回去值班以前，我们必须联络任务控制中心。"

这晚的精彩节目还没完呢。在火星轨道附近，奥尔洛娃的报告与一个迎面而来的信息擦身而过。

原来,贝蒂终于开口了。中情局和国家安全局费尽九牛二虎之力,一方面晓以大义、一方面威胁利诱,都没办法让她开口;但某一低级的八卦节目制作人却成功了,他因而成为电视史上的不朽人物。

他的成功一半靠运气,一半靠灵感。《哈啰,地球!》节目的导播发现他的一位员工长得很像鲍曼,经过高明的化妆师化妆之后更是惟妙惟肖。假如被何塞知道的话,这位年轻人的结局可能不堪设想,但他不怕死的精神让他幸运地见到了贝蒂。他一踏进门,贝蒂立即把所有的话都讲了出来。等到他露出马脚被贝蒂赶出门时,他已经大致了解整个故事了。不过出乎意料的是,他们一反该节目平常口无遮拦、冷嘲热讽的作风,很真实地把故事报道出来,因此还获得了该年度的普利策奖。

弗洛伊德疲惫地告诉科瓦廖夫:"我真希望她早就讲了,这样我就可以省很多麻烦。无论如何,争辩该结束了,塔尼娅也不应该再怀疑。不过一切都要等她睡醒再说——你同意吗?"

"当然——这事虽然很重要,但不急于一时。而且她需要睡眠。我有预感,从现在开始,大伙都没有太多时间可以睡了。"

"完全正确。"弗洛伊德心里想道。他虽然很累,但即使在没有值勤时也睡不着。他心中波涛汹涌,不断分析这个晚上发生的一连串不寻常事件,并且期待着更多的怪事出现。从某方面而言,他觉得大大地松了一口气；他们何时离开的不确定性已经结束，奥尔洛娃应该不会再坚持己见了吧。

不过仍然存在着一个更大的不确定性：到底发生了什么事？

在弗洛伊德一生中，只有一件往事类似目前的情况。年轻时，他有一次和几位朋友去泛舟。他们沿着科罗拉多河的一条支流顺流而下时，突然迷路了。

他们在峡谷中被急流往下冲，速度越来越快，虽然不至于完全无助，但也只能勉强维持不翻船。前方可能是湍流——甚至是瀑布，他们一无所知。无论如何，他们简直束手无策。

现在弗洛伊德再度感觉自己被许多不可抗拒的力量支配着，这些不知名的力量正将他和他的同伴推向未知的境地。而且这次的危险不仅是无形的，甚至可能超乎人类的理解能力。

45 逃离行动

"……我是弗洛伊德,在拉格朗日点报告。我想——事实上是我希望,这是在此的最后一篇报告。

"目前我们正准备返回地球。几天之内,我们将离开这个奇特的地点,刚好在艾奥和木星的联线上。我们在此曾与所谓的老大哥接触,但它已经消失无踪;我们完全不知道它究竟跑到哪儿了,也不知道它为何要离开。

"基于若干理由,我们似乎没有必要在此久留;我们将比原先计划的至少提前两个星期离开,把美方宇宙飞船发现号作为第一阶段推进器,推送俄国宇宙飞船列昂诺夫号离开。

"基本概念很简单:将两艘宇宙飞船连在一起,一艘背着另一艘。首先用尽发现号的燃料,将两者往正确的方向加速推进。当发现号的燃料用罄时,将被当作用完的第一级火箭抛开——同时,列昂诺夫号将点燃自身的引擎。这些引擎不宜太早使用,以免拖着已经没有动力的发现号,徒然浪费燃料。

"接着我们会使用另一个妙计;正如太空旅行上的许多观念,乍看之下似乎违反一般常识。虽然我们的最终目的是离开木星,但我们的第一个动作却是飞向木星,越靠近越好。

"当然我们曾经这么做过,不过当时是利用木星的大气来减速,以便进入适当的轨道。这一次我们不会像上次靠得那么近——但也相当地近。

"目前我们的位置是在艾奥上空三十五万公里的轨道上。我们最初点燃引擎的目的是减速,同时往木星方向掉下去,恰好掠过它的大气层。当我们抵达最靠近木星的地点时,我们将尽快地发动所有引擎,将列昂诺夫号加速至返回地球的轨道上。

"这样的疯狂行动目的何在?没有用复杂的数学计算是讲不清楚的;但我想,其基本原理却可以深入浅出地解释。

"当我们故意往木星强大的重力场里掉落时,我们的速度会一直增加——动能也随着增加。这里所谓的'我们'是指两艘宇宙飞船和所携带的燃料。

"然后我们将在那里——木星的'重力井'底部——点燃大量燃料,而不需再将排掉的燃料带上来。当我们将它由反应器排出去时,它会将一部分动能分给我们。换句话说,我们将由木星的重力场中汲取能量,用来加速返回地球。虽然进入木星的大气会使我们减低速度,但生性节俭的大自然却罕见地让我们又可以加速。

"经过这三个推进力——发现号的燃料、本身的燃烧以及木星的重力场推动之后,列昂诺夫号将沿着一条双曲线路径朝太阳方向直奔而去,在五个月之后返抵地球。这比其他方法至少节省两个月的时间。

"你一定会问发现号的下落。当然,我们无法经由自动控制方式将它带回地球了,原先的规划就是如此。没有燃料,就没有办法。

"不过不用替它操心,它会继续不断地绕木星运行,其轨道是个拉长的椭圆形,像被逮到的彗星一般。也许将来有一天,某支探险队能够再度找到它,并且带着足够的燃料将它拖回地球来。不过这是好多年好多年以后的事了。

"现在我们必须准备离开了。有好多事情要做,在最后一刻发动引擎之前,我们可没时间空着。

"虽然这次没有达成所有的目标,但我们没有遗憾。老大哥的神秘消失——也许隐藏着未知的危险——仍让我们惴惴不安,但我们又能怎样?

"我们已经尽力了,也该回家了。

"我是弗洛伊德,报告完毕。"

话刚说完,舰上随即响起一阵掌声。假若这篇报告传抵地球的话,掌声的规模想必会放大数百万倍。

"我不是讲给你们听的,"弗洛伊德有点尴尬地说道,"反正我原本并没有打算让你们听到的。"

"你做得很好,海伍德,"奥尔洛娃安慰他,"我相信大伙对你所说的绝对百分之百同意。"

"不见得吧,"有个微弱的声音在说话,大家得竖起耳朵才听得见,"还有一个问题。"

休闲室里顿时鸦雀无声。几个星期以来,弗洛伊德首度注意到主空气导管发出的微弱震动声,以及间歇的嗡嗡声,好像是一只困在壁板后面的黄蜂发出来的。就像其他宇宙飞船一样,列昂诺夫号里充斥着许多莫名其妙的怪声,除非突然不响了,平常倒不会太注意。通常假如不太麻烦的话,去找出声音的来源是个好主意。

"我看不出有啥问题,钱德拉,"奥尔洛娃说道,"问题在哪?"

"在过去的几个星期里,我和哈尔一直在做的准备,是以飞行一千天的回程轨道为依据。现在一切都改了,所有的程序也统统报废了。"

"我们也正在担心这个,"奥尔洛娃回答,"不过事情看起来好像没那么糟;事实上,比预期的情况好——"

"我的意思不是那样。"钱德拉说。大伙有点吃惊,记忆中他好像从未曾打断别人的谈话,尤其是奥尔洛娃讲话的时候。

"大家都知道,哈尔对任务目标非常敏感,"在大伙的静候下,他继续说道,"现在你们要我做的,是灌给哈尔一个可能导致他遭到毁灭的程序。没错,目前的计划是将发现号放在一个稳定的轨道上——但假如那个警告是真的,那么宇宙飞船最后会怎么样?我们不知道,但想到这里就让人害怕。你们有没有考虑过,在此情况下哈尔会有什么反应?"

"你是否在郑重暗示,"奥尔洛娃缓缓地问道,"哈尔会拒绝服从命令,就像上一次任务一样?"

"上次不是这样的。他只是尽其所能地诠释互相抵触的指令罢了。"

"这次绝对不会有抵触的问题发生。整个状况一清二楚。"

"对我们而言是一清二楚没错,但哈尔的主要指令之一是让发现号免于危险。我们将尽量想办法让这条指令失效;但哈尔是个非常复杂的系统,结果如何很难预料。"

"我觉得这不是问题,"科瓦廖夫插嘴道,"我们只要不告诉他有危险就行。如此一来,他就会毫无保留地执行程序。"

"把一部疯计算机当小宝宝耍啊!"库努不满地嘟哝着,"我觉得这简直是三流科幻片的情节。"钱德拉博士狠狠地瞪了他一眼。

"钱德拉,"奥尔洛娃突然质问道,"你跟哈尔讨论过这个问题吗?"

"没有。"

弗洛伊德听得出来这个回答有点犹豫。他的犹豫也许是无辜的,可能是在搜索脑子里的记忆;也许是想隐瞒什么,不过这个可能性不大。

"那么我们就照科瓦廖夫的建议做了。将新的程序加载给哈尔,让他自行处理。"

"假如他问我为什么计划要改变,我怎么跟他说?"

"他会问吗?如果没有你的提示的话?"

"当然会问。请记得他当初是被设计成好奇宝宝的。假如舰上人员遇难,他必须能够独当一面,努力完成任务。"

奥尔洛娃想了好一阵子。

"这仍然是个简单的问题。哈尔信任你,是吧?"

"当然。"

"那你必须告诉他,发现号没有危险,并且将来有一天会有另一趟任务,将它带回地球。"

"但这不是事实。"

"我们也知道那不是事实。"奥尔洛娃回答,而且开始显得有点不耐烦。

"我们一定是感觉到有严重的危险,才会赶在预定日期以前离开。"

"那你有何高见?"奥尔洛娃问道,声音里有明显的胁迫意味。

"我们必须将所知的真相一五一十地告诉他——不能说谎,也不能只说一半,两者都要避免。然后由他自己决定。"

"见鬼,钱德拉——他只是一部机器!"

钱德拉以坚定自信的眼神盯着布雷洛夫斯基,逼得后者迅速垂下眼睑。

"我们全都是机器,马克斯,只是等级的差别而已。无论是由碳或由硅构成,基本上没有什么不同。因此我们必须以适度的尊重对待彼此。"

真是不可思议!弗洛伊德心想,身材瘦小的钱德拉,现在看起来宛若一个巨人。不过这样的辩论已经拖得太长了,而且越来越离题。奥尔洛娃有好几次想下令停止讨论,因为情况有点失控了。

"塔尼娅、瓦西里——我可以跟你们俩私下谈谈吗?我想这个问题有一个解决办法。"

弗洛伊德的适时介入让两人松了一口气。两分钟之后,他和奥尔洛夫夫妇已经心情愉快地坐在他们的宿舍里。[或是sixteenths(十六分之一),库努曾因为奥尔洛夫夫妇的宿舍(quarters,也有四分之一的意思)面积较大而改成了这个名字。这个双关语除了萨沙马上意会之外,库努都要向其他几个费尽唇舌解释,令他颇为后悔。]

"谢谢你,伍迪,"奥尔洛娃一面说着,一面递给他一个玻璃球,里面盛着他最喜爱的阿塞拜疆"雪唛哈"酒,"我正好希望你能伸出援手。我猜你一定有——你们英语怎么说?锦囊妙计。"

"我相信有,"弗洛伊德一边回答,一边从玻璃球里吸出几毫升的酒,心满意足地品尝着,"钱德拉若有冒犯之处,请多包涵。"

"幸好舰上只有一个疯狂科学家。"

"你平时好像不是这么说的吧,"老学究型的奥尔洛夫笑着说,"不管它了,海伍德——言归正传。"

"我的建议是这样:让钱德拉自行处理,然后会有两个可能。

"第一,哈尔完全依照我们的要求行事——负责发现号的两次发动事宜。请记得,第一次的发动时间不是很严格,因此假如在离开艾奥时出了什么差错,我们仍然有充分的时间修正。同时,这也是一个测试哈尔的好机会,看他是不是……肯合作。"

"那最靠近木星的时候又该如何?那才是真正的重点所在。在那个地方,我们不仅要用掉发现号大部分的燃料,而且时机和推进向量都要抓得很准才行。"

"这些都能用手动控制吗?"

"最好是不要,即使是小小的误差,也会让我们不是被烧成灰烬,就是变成一颗周期很长的彗星——几千年才绕回来一次。"

"假如是在别无选择的情况下呢?"弗洛伊德追问。

"嗯……如果我们能够及时接手,而且有一套好的计算过的替代轨道——嗯,我们也许可以试试。"

"根据我对你的了解,我知道你说'也许'的意思就是'愿意的话'。这就要谈到我刚才提到的第二个可能的结果:假如哈尔出现一点点执行上的偏差,我们就马上接管。"

"你的意思是——将他断电?"

"完全正确。"

"上次好像没那么容易。"

"这次我们学聪明了。这事交给我办,我保证在半秒钟内将手动控制权交到你手上。"

"哈尔会不会起疑呢?"

"我看你开始有点疑神疑鬼了,瓦西里!哈尔还没那么人性化。但钱德拉就很难说了,所以请不要让他知道此事。我们姑且先完全同意他照计划进行,对于之前的反对态度向他表示歉意,并且保证完全相信哈尔会了解我们的观点。这样说定了,塔尼娅?"

"很好,伍迪。我很佩服你的先见之明。那个小玩意儿是个好主意。"

"什么小玩意儿?"瓦西里问道。

"稍后再向你解释。很抱歉,伍迪——我的雪唛哈酒所剩不多,我必须留一点,等到我们确定能安全返回地球的时候再来庆祝。"

46 倒计时

假如我没拍这些照片的话，没有人会相信的。布雷洛夫斯基心里想着，这时他正在半公里外绕着两艘宇宙飞船飞行。那样子看起来很滑稽，也很不雅，很像列昂诺夫号正在强暴发现号似的。正如他所想的，现在那艘短小精悍的俄国宇宙飞船与纤细修长的美国宇宙飞船一对比，确实很男性化。事实上，大多数的接合行动都有明显的"性"意味；他记得一位早期的航天员（已忘其名）就曾经在宇宙飞船接合任务最——呃……最"高潮"的时候，因使用太露骨的字眼而受到斥责。

就他仔细勘查的结果显示，每件事情都很正常。将两艘宇宙飞船定位并且固定在一起，所花的时间比预期还要长。假如没有一些运气的话（运气有时候——不是常常——是给该得的人的），这件工作可能还无法完成呢。列昂诺夫号已事先准备好几公里长的碳纤维带子，差不多是女孩子的发带粗细，但可承受好几公吨的拉力。它本来的用途是当别的方法行不通时，将仪器装备绑在老大哥上，现在则是用来将列昂诺夫号和发现号紧密地绑在一起——希望够紧，至少在加速度到达十分之一个G时（这是最大推进力所能产生的加速度），不会出现松脱的迹象。

"趁我回舰之前，是不是还有什么交办事项？"布雷洛夫斯基问道。

"没有了，"奥尔洛娃回答，"看起来一切已经就绪，而且我们没有多少时间可以耽搁了。"

真的是如此。假如把那神秘的警告当真——现在每个人都非常当真，他们就必须在二十四小时内启动脱离行动。

"好的——我现在正把'妮娜'牵回'厩'里。很抱歉，老姐。"

"我不知道妮娜是一匹马。"

"我没说她是马，但我不想把她丢弃在太空中，只为了省下区区的每秒几米的速度差。"

"在几个钟头之后，那区区每秒几米的速度差也许还挺管用的，马克斯。无论如何，很可能将来有一天有人会把它捡走的。"

这点我很怀疑，布雷洛夫斯基心想。不过，把这艘小小的分离舱留下来也好，可以当作人类首度造访木星世界永远的见证。

他小心翼翼地利用阵阵喷气操控着妮娜,在发现号的大球体(舰上的主要维生模块)四周绕了一圈,不过当他飞越那巨大的弧形窗口时,飞行甲板上的同事们几乎没有人瞄他一眼。前面是"舱库"的门,打哈欠似的开着;他驾着妮娜轻轻地降落在伸出的停泊臂上。

"让我进去。"当舱库的门在他背后锁上时,他立刻说道,"我称它为完美的EVA(舱外行动)计划。我留下了整整一公斤的燃料,足够让妮娜做最后之旅。"

一般而言,在外层空间点燃引擎没什么看头——不像从地球表面发射时有火焰和雷鸣——而且还有点风险。万一有什么差错,引擎无法发出最大推进力,嗯,一般可以稍微加长燃烧时间补救。或者可以稍作等待,等到达轨道上适当位置时再发动。

但是这次,当倒计时开始时,两舰上都感觉得到紧张的气氛。每个人都心知肚明,这是首度实际测试哈尔的顺从与否。只有弗洛伊德、库努和奥尔洛夫夫妇知道有备用系统;但这个系统管不管用,连他们也没有绝对把握。

"祝好运了,列昂诺夫号。"任务控制中心说道。他们传递信息的时间抓得很准,刚好在"点火"前五分钟传到。"希望一切顺利。还有,如果不麻烦的话,在绕过木星时,你们是否可以就近拍摄其赤道与经度一一五度交点位置的照片?我们发现那个地方有个不明的黑色斑点——可能是某种涌出的东西,圆圆的,直径约有一千公里。看起来有点像卫星的影子,但不可能是。"

奥尔洛娃草草报告。在这关键时刻,她实在没有兴趣理会木星上的气象。有时候任务控制中心真的够天才,在最不恰当的时候做最不恰当的事。

"所有系统运作正常,"哈尔说道,"两分钟之后点火。"

弗洛伊德一直很纳闷,为什么那么多过期的科技名词还在使用。只有化学火箭才需要点火嘛!在核反应器或等离子驱动器里的氢,虽然与氧接触,但温度太高了,"点火"一词已经没有意义。这么高的温度,所有化合物早都被分解成元素了。

他的心思继续搜索其他类似的例子。人们——尤其是老一辈的人——到现在还在说把底片放进照相机、给车子加油等等。甚至在录音室里,现在还有人说"剪带子"这种字眼——带子这种东西早在两代以前就不用了。

"一分钟之后点火。"

他的思绪又被拉回现实。这是最后一分钟,倒计时开始。过去一百年来,无论是在发射场还是控制中心里,这是最长的六十秒钟。有好多次,这六十秒以悲剧收场,而只有成功的例子才被人怀念。我们这次会是哪一种结局呢?

他的手再次不由自主地伸进口袋里。照理说,万一出问题,补救的时间非常充裕,但那个断电开关遥控器的诱惑力仍然让他无法抵挡。万一哈尔拒绝服从,结果也只是一出闹剧,而不会是一场灾难。真正的关键时刻是在他们绕过木星那时。

"六……五……四……三……二……一……点火!"

最初,几乎没感觉到推进力;大约需要一分钟之后,加速度才会达到十分之一个G。不过大伙已经迫不及待地鼓起掌来,直到奥尔洛娃示意大家安静。有许多事情要做,即使哈尔做得很好——正如他应有的本分——但仍然有出错的可能。

发现号的天线座——现在承受着列昂诺夫号的惯性所产生的张力——原先并没有预计会受到如此的虐待。发现号的原设计者虽然已经退休,但仍被召回备询。他信誓旦旦地保证,天线座有足够的安全考虑。不过,他的保证不尽可信,而且众所周知,任何材料在太空中暴露了好几年之后都会变脆……

何况将两艘宇宙飞船绑在一起的带子,绑的位置有可能不对,带子本身有可能伸长或滑脱。发现号背着一个好几千公吨的负荷,有可能无法适应这么大的偏心质量。弗洛伊德一连想出几十种可能的状况,但可堪告慰的是,听说通常是第十三种状况才会真的发生。

时间一分一秒地过去,幸好平安无事。唯一能让人感觉到发现号的引擎确实在动的征兆,是推进力所引起的小小重力,以及由舱壁传来的些微震动。艾奥和木星仍然挂在原来的地方,几个星期以来都一样,一个在天空的这边,一个在另一边。

"十秒钟后关闭引擎。九——八——七——六——五——

四——三——二——关!"

"谢了,哈尔。恰到好处(On the button)!"

这又是个严重过时的字眼,至少在一个世代以前,触控早已取代了按钮(button)。当然有些例外;在一些特殊场合,人们喜欢在开关动作时听到"喀"一声。

"确认无误,"奥尔洛夫说,"到中途都不必修正。"

"再见吧!迷人又奇特的艾奥——房地产商的梦想世界,"库努说道,"我会快快乐乐地想念你的。"

这比较像原来的库努,弗洛伊德告诉自己。几个星期以来,他一直反常的低调,好像有什么心事似的。(老实说,谁没心事?)他一有空就找鲁坚科窃窃私语,弗洛伊德希望他不是身体出了什么毛病。大伙一直很幸运,身体都没什么问题;他们现阶段最需要的是出一些临时状况,让这位主治医师大显身手一下。

"你真冷漠,沃尔特,"布雷洛夫斯基说,"我开始喜欢这个地方了,在那些岩浆湖里泛舟一定很有意思。"

"来个火山烤肉怎么样?"

"或者泡个地道的熔硫浴?"

大伙的心情都轻松起来,甚至有点放松后的歇斯底里。虽然目前放松是太早了,最严厉的考验还在前面;但迢迢归乡路已经有个好的开始,稍微欢乐一下应不为过吧。

好景不长,奥尔洛娃下令所有人员,除了担任重要职务者之外,都要好好休息——可能的话睡个觉——准备应付近距离绕过木星的难关,时间只剩九个钟头了。有些人动作拖拖拉拉的,科瓦廖夫向他们大吼:"谁动作慢我就吊死谁,你们这群恶狗!"两天前的晚上,作为难得的一次放松,他们看了第四版的《叛舰喋血记》。一般电影史专家一致认为,这部电影的布莱船长是自查尔斯·劳顿之后演得最好的。舰上有人觉得不该让奥尔洛娃看这部影片,以免她有样学样。

弗洛伊德窝在被里好几个钟头,辗转难眠,干脆起来飘到上面的观察甲板。木星看起来更大了,而且随着宇宙飞船疾驰进入其背日面,它也在缓慢由盈转亏。这个光耀夺目的下弦圆盘现在更显示出其所有细节——云带、色彩缤纷的斑点、耀眼的白色至红砖色、从深处冒出的黑点、椭圆形的飓风"大红斑"——让人目不暇接。一个圆形的黑影——弗洛伊德猜测那可能是欧罗巴的影子——正通过表面。这是他最后一次观赏这壮丽的景象;虽然六小时之后会看得更清楚,但他觉得这时候睡觉是虚掷宝贵时光,是一项罪恶。

任务控制中心叫他们观察的黑点在哪儿?有的话现在应该看得到才对,不过弗洛伊德很怀疑肉眼是否看得见。奥尔洛夫现在正忙,没时间管这档事;或许现在他可以帮点小忙,做些业余的天文观测。记得才三十年前的事,他曾经是个天文专业人士呢!曾几何时……

他启动那架五十厘米的主望远镜——运气不错,视野没有被发现号庞大的身躯挡到——以中等倍率扫瞄木星赤道。啊！在那里，刚好从圆盘的边缘绕出来。

因缘际会，现在的弗洛伊德已经成了全太阳系研究木星的十大权威之一；其他九位就在他四周，有的工作，有的睡觉。他立即发现那个小黑点大有文章，它实在太黑了，看起来好像是打在云层里的一个洞。由他的角度看，它是个边缘异常清晰的椭圆形；假如从正上方看的话，那应该是个正圆。

他拍下几张照片，然后将望远镜倍率调到最大。此时，木星的快速自转让他看得更清楚。他看得越久，越觉得不对劲。

"奥尔洛夫，"他用对讲机呼叫，"请拨出一分钟——看看五十厘米的监视器。"

"你在观察什么啊？那很重要吗？我现在忙着计算轨道。"

"当然，你忙你的。但我已经找到任务控制中心说的那个点，它看起来很奇怪。"

"糟糕！我把它给忘了。地球上那些人老是要我们看这里看那里的，难道我们吃饱饭只做这种事？再给我五分钟，反正它不会跑掉。"

没错，是不会跑掉。弗洛伊德心想。事实上，等一下看得更清楚。况且，没看也无所谓，因为地球或月球上有一大批天文学家也都观察得到。木星很大，他们现在很忙。而且说真的，月球上和地球轨道上的望远镜比他们舰上用的，倍率大了好几百倍。

但事情变得越来越诡异，弗洛伊德心里开始有点发毛。他原先以为，那个黑点只不过是自然形成的东西——也许是木星复杂的大气现象。但现在他开始怀疑了。

它非常的黑，仿如黑夜。同时，它非常对称，看清楚之后他发现它是个完美无缺的圆。但是它的轮廓不是很清楚，边缘有点模模糊糊的，仿佛有点失焦的影像。

当他正在观察的时候，感觉上它好像在慢慢变大。难道是错觉？他迅速估算了一下，发现它的直径已经变成两千公里了。它只比欧罗巴的阴影小一点，但颜色黑得多，他绝对不会将两者搞混。

"让我瞧一瞧，"奥尔洛夫不耐烦地说，"你以为你发现了什么东西啊？喔……"他的声音逐渐变小，然后是一片寂静。

就是那个东西，弗洛伊德心想，奥尔洛夫虽然语气冷淡，但心里已经有谱了。

无论那是什么东西……

47 最后的巡礼

惊魂稍定，仔细思考的结果是，看不出木星表面上那个逐渐扩大的黑点有什么危险性。它是有点不寻常——令人费解——但与七小时后的严厉考验相比，并不那么重要。目前最重要的，是在最靠近木星的地方成功点燃引擎。至于那个神秘的黑点，以后在回程中还有很多时间可以研究。

睡眠呢？弗洛伊德已经放弃了，连想都不敢想。与第一次接近木星时相比，这次的危机感——至少就已知的危机而言——似乎少了很多；取而代之的是兴奋与忧虑的混合，这让他难以成眠。兴奋是当然的，而且可以理解；忧虑的原因则一言难尽。弗洛伊德有个习惯，对于完全无法掌控的事情就干脆看开一点，任何外来的危险，该来的逃不掉，到时候见招拆招便是。不过他比较担心的是，这两艘宇宙飞船是否已经做好万全的准备。

除了机械老化的问题之外,舰上还有两个主要的忧虑。将两艘舰绑在一起的带子,虽然还没出现松脱的现象,但严格的考验才刚要开始。同样重要的是两舰的分离时刻,本来预备用来震动老大哥的炸药,在分离时必须在舰尾处引爆,虽然药量不多,但仍让人担忧。当然,还有哈尔……

钱德拉已经精确无比地算出脱离轨道的路线,并且已模拟过发现号燃料用尽后对木星的最后巡礼。尽管他已经依照事先约定,详细地向哈尔解释整个作业的来龙去脉,可是哈尔真的理解吗?

弗洛伊德有个最可怕的梦魇,几天来一直挥之不去。他想象一切都进行得很顺利,两舰已经抵达这次行动的半途,木星巨大的圆盘就挂在下方数百公里的天空——然后他突然听到哈尔的电子合成声音,清了清喉咙后说道:"钱德拉博士,我可以问你一个问题吗?"

幸好事情并未像这样发生。

那个"大黑斑"——大伙顺理成章地如此称呼它——随着木星的快速自转不见了。在几小时内,一直加速的两艘宇宙飞船将在木星的背日面赶上它;不过想在日光下观察它的话,现在是最后的机会了。

它仍旧以惊人的速度增长着,在过去两小时内,它的面积几乎加倍。除了保持原先的黑色之外，它就像水里的一滴墨水，不断地向外扩大。它的边界——在木星的大气中正以接近音速前进——仍然模模糊糊的，一副失焦的模样。通过舰上望远镜以最大倍率的观察，真相终于大白。

与大红斑不同，大黑斑并不是一个连续的结构，而是由无数个小点组成的，就像用放大镜看到的一幅网版印刷图片。在整个面积上，那些小黑点都紧密地挤在一起，但在边缘上则比较松散；因此整体看起来，这个斑是个灰色的半影，而没有一个清晰的轮廓。

那些神秘的小点少说也有一百万个，而且呈明显的长形——是椭圆而非正圆。鲁坚科（舰上最没想象力的人）一语惊人地宣称，那像是有人将一袋米染黑之后洒在木星表面上。

现在，太阳逐渐沉入巨大的木星背后，木星呈新月形的向日面迅速地越变越狭窄。这是第二次，列昂诺夫号正全速冲入木星的背日面，打算与命运再度约会。在三十分钟内，将启动最后的点火，到时候很多事情会在瞬间同时发生。

弗洛伊德拿不定主意，是否应该和钱德拉、库努一起在发现号上待命。但是他无事可做，万一有状况，他只会碍事。那个断电开关在库努口袋里，他知道年轻人的反应比他这个老头子快。万一哈尔有任何不规矩的迹象，他可以在一秒钟之内断电，但是弗洛伊德很确定，这帖猛药也许没有必要。由于他已经和钱德拉沟通过，钱德拉也完全配合，事先在程序里做了设置，必要的话可以马上转换成手动控制。弗洛伊德相信他会尽忠职守——虽然心里有点疙瘩。库努则没那么肯定。他曾经告诉弗洛伊德,假如断电机制的对象能扩及钱德拉,那该有多好。现在只有静观其变,同时看看窗外的夜景,只见一片片的云层在附近其他卫星的反射光、各种光化学反应产生的微光,以及此起彼落的巨大闪电等的照耀之下,依稀可辨。

当他们急驰靠近时,太阳在云层后面眨了几眼以后,不到几秒钟就隐入木星背后去了。下一次再看到太阳的时候,他们应该是在回家的路上了。

"二十分钟后点火。所有系统依计划正常运作。"

"谢谢你,哈尔。"

库努一直怀疑钱德拉是否说了实话。钱德拉老是强调说,哈尔听不懂其他人讲的话。其实,他常常私下与哈尔聊天,发现哈尔完全听得懂他在说什么。闲聊可以增进彼此的了解,只可惜以后恐怕没多少机会了。

哈尔究竟对这次任务有何想法——假如他会想的话?库努从来闭口不谈抽象的哲学问题,他常常以重实际的人(nuts-and-bolts)自诩——虽然在宇宙飞船上疯子(nults)和闪电(bolts)并不多见。如果是以前,他绝对不会想到问这种问题,但现在他忍不住要问:哈尔知道自己马上会被丢弃吗?如果知道,他会很不爽吗?库努常想把手伸到口袋里拿那个断电开关,但每次都忍住了。

他一直如此蠢蠢欲动,搞不好钱德拉已经开始起疑了。

他已经把下一个小时将发生的一系列事件预演了不下一百次。发现号燃料用罄的那一瞬间,他们将关闭舰上所有的系统(最基本的除外),然后迅速地由两舰之间的通道冲回列昂诺夫号。接着是信道除去、炸药引爆、两舰分离——列昂诺夫号的引擎点燃。假如一切都照原定计划进行,则两者将于最靠近木星的位置分离,如此就可以获得木星重力场所赐的最大能量。

"十五分钟后点火。所有系统依计划正常运作。"

"谢谢你,哈尔。"

"对了,"奥尔洛夫从另一舰上说道,"我们已经再度赶上大黑斑,不知道能看到什么新的东西。"

我想大概没有,库努心想,该看到的早都看了。不过他还是稍微瞄了一下奥尔洛夫传送过来的望远镜监视画面。

起初,除了木星微亮的背日面之外,什么也没有。接着,他在地平线上看见一个椭圆形的黑点。他们正以极快的速度向它冲过去。

奥尔洛夫将亮度调高,整个影像很神奇地亮了起来。结果,大黑斑被解析成一大堆一模一样的小点……

"上帝啊,"库努在心里大喊,"真令人不敢相信!"

他听到从列昂诺夫号传来同样的惊呼,显然大家都同时看到了同样的画面。

"钱德拉博士,"哈尔说道,"我侦测到强烈的声音样本,发生了什么事吗?"

"没事,哈尔,"钱德拉迅速回答,"任务正常进行。我们刚才只是在惊叹而已。你在十六号监视器的影像上获得了什么信息?"

"我看见木星的背日面。有一个直径三千两百五十公里的圆形区域,里面几乎布满了一大群长方形的物体。"

"有多少?"

刹那间,哈尔就将数字显示在屏幕上:1,355,000±1,000

"你能辨识它们吗?"

"可以。它们的形状大小都跟你们所谓的老大哥一模一样。十五分钟后点火。所有系统依计划正常运作。"

那可不,库努心想,原来那鬼东西跑到木星上去了——而且还在繁殖。那块黑色石板同时给人一种滑稽和不祥的感觉。令他困惑惊讶的是,屏幕上那个难以置信的影像好像在哪里见过。

对了——没错!那一大堆一模一样的黑色长方形不就像——骨牌吗?多年前他看过一部纪录片,叙述一组充满傻劲的日本人很有耐心地将一百万块骨牌一一竖起来;当第一块骨牌被推倒后,其他所有骨牌会相继倒下。他们事先将骨牌排成各种复杂的图案,有些排到水里去,有些上下小阶梯,有些则多轨排列,全部倒下之后会现出各种图画和图案。全部排完要花好几个星期的时间。库努还记得,他们在排的时候,好几次被地震震垮;而最后推倒的过程,前后居然花了一个多小时。

"八分钟后点火。所有系统依计划正常运作。钱德拉博士——我可以提个建议吗?"

"什么建议,哈尔?"

"这是一个不寻常的现象。你不认为我应该停止倒计时,好让你研究一下吗?"

弗洛伊德登上列昂诺夫号,急忙赶往舰桥,可能是奥尔洛夫夫妇叫他去的。不用说,钱德拉和库努更需要他在场——现在如何是好?万一钱德拉和哈尔一个鼻孔出气怎么办?若真如此,表示他们当初的疑虑是对的。毕竟,他俩不就是因为这样才留下来的吗?

假如真的停止倒计时,两艘宇宙飞船将会继续绕着木星转,在十九小时之后回到原来的地方。耽误十九个小时没什么大不了,如果没有那个神秘的警告,弗洛伊德本人也会强烈建议停止倒计时。

然而,现在不是只有一个警告而已;在他们下方有个漂泊不定的讨厌东西在木星表面不断蔓延。那东西可能比科学史上最诡异的现象更诡异。不过他宁可从一个比较安全的距离观察它。

"六分钟后点火。所有系统依计划正常运作。"哈尔说道,"如果你现在同意,我已经准备好马上停止倒计时。让我提醒你一下,我的主要任务是探测木星周边空间所有的东西,只要它跟智慧生命有关。"

弗洛伊德太熟悉这句话了,因为这是他自己写的。他很后悔没有把它洗掉。

不久,他抵达舰桥与奥尔洛夫夫妇会合。他们很惊慌地看着他。

"你的建议是什么?"奥尔洛娃迅即问道。

"这恐怕要看钱德拉了。我可以跟他通话吗——用私人电话?"

奥尔洛夫将麦克风递给他。

"钱德拉吗?哈尔不会听到吧?"

"不会,弗洛伊德博士。"

"你必须赶快跟他说,倒计时不能停;跟他说我们很感谢他的——呃,科学热忱——啊,现在这个角度正好——跟他说我们相信他可以自己做得很好。而且我们会随时跟他联系。"

"五分钟后点火。所有系统依计划正常运作。我仍在等候你的回答,钱德拉博士。"

我们大家都在等,库努心想,他距离钱德拉只有一米远,如果最后我必须按下按钮的话,那将是个解脱。事实上,我会很高兴。

"很好,哈尔。请继续倒计时。我对你有绝对的信心,没有我们的监督,你仍然有能力研究木星附近所有的现象。当然,我们随时会跟你联系。"

"四分钟后点火。所有系统依计划正常运作。燃料罐加压完成。等离子触发电压稳定。你确定你做了正确的决定,钱德拉博士？我喜欢与人类共事，并且建立良好关系。宇宙飞船的姿势修正到0.1个毫弧度。"

"我们也喜欢与你共事，哈尔。即使相隔千万公里，这是不会变的。"

"三分钟后点火。所有系统依计划正常运作。辐射保护罩检查完毕。出现时间延迟的问题，钱德拉博士。我们必须做毫无时差的互动。"

不太对劲，库努心想，他的手一直离遥控器不远。我觉得哈尔很——寂寞，这是否反映出钱德拉的部分人格特质？我们一直都没注意到的特质？

信号灯开始闪烁，但几乎没有人注意，除了对发现号的行为一清二楚的人。那也许是好消息，也可能是坏消息——等离子点火可能开始启动，也可能中止。

他心虚地瞄了一下钱德拉；只见他面容枯槁，库努第一次心生不忍，毕竟同是人类。同时，他记起弗洛伊德告诉他的一个惊人消息——钱德拉曾经自愿在回程时留在发现号上，陪伴哈尔度过漫长的三年。但他没再听到进一步的消息，也许那个神秘的警告将此事淡化了。不过，现在的钱德拉可能又开始兴起这个念头了。若真如此，那他可一筹莫展了。事到如今已经没有时间做必要的准备——即使他们在轨道上多转一圈，误了最后期限才离开也一样。这是奥尔洛娃万万不允许发生的状况。

"哈尔，"钱德拉小声地说着，库努几乎听不到，"我们必须离开。我没有时间向你多作解释，但我保证说的都是事实。"

"两分钟后点火。所有系统依计划正常运作。最后系列动作开始启动。我很遗憾你不能留下来。你能不能告诉我其中的一些理由，依重要性的先后次序？"

"两分钟已经不够了，哈尔。请继续倒计时。我以后会向你解释清楚。我们相处的时间还有一个多小时。"

哈尔静默不语。静默一直持续下去；事实上，倒数一分钟的宣告时刻已经过了。

库努瞥了一下时钟。我的天，他想，哈尔竟然漏掉了！他已经停止倒计时了吗？

库努的手忙乱着找遥控器。现在我该怎么办？弗洛伊德怎么不讲话呢？该死。也许他也在怕把事情弄得更糟吧……

我等到零时刻好了——不，也不用那么计较吧？比如说，延长个一分钟如何？然后我就按下开关，改成手动……

从远处传来一阵轻微的呼啸声，好像龙卷风在地平线彼端行进时的声音。发现号开始颤动，重力也开始悄悄地恢复。

"点火，"哈尔说道，"T+十五秒推进力满档。"

"谢谢你，哈尔。"钱德拉回答。

48 飞越背日面

弗洛伊德在列昂诺夫号的飞行甲板上。重力突然恢复让他有点不习惯,一连串发生的事情像电影的慢动作一般,如梦似幻。他以往只经历过一次类似的感觉,当时他坐在失控打滑的汽车后座,吓得六神无主——但心里又暗自庆幸:没关系,反正车子不是我在开。

现在点火的系列动作已经开始,他的心情也有了转变,每件事似乎又回复真实。一切都照原定计划进行,哈尔也正引导他们安全地踏上返回地球的旅程。随着每一分钟的流逝,他们的未来也越笃定。弗洛伊德开始稍微放松,但对周遭的动静仍然保持高度警戒。

这是他最后一次——有谁何时能再来?——飞越这颗最大行星(可容下一千个地球)的背日面。两艘宇宙飞船转了转身,使得列昂诺夫号刚好在发现号和木星之间，可以将木星表面神秘的亮丽云景一览无遗。即使到现在，仍然有好几十台仪器在侦测、在记录。哈尔也是其中之一，而且在被留下之后，它会继续侦测下去。

由于迫在眉睫的危机已经解除，弗洛伊德便从飞行甲板小心翼翼地下到休息室去——身体再度出现重量的感觉有点奇怪，虽然他目前只有十公斤重——与泽尼娅和鲁坚科会合。舱内除了昏暗的红色警示灯之外，其余的照明全部熄灭，好让他们能够尽情欣赏完整的夜景。他替布雷洛夫斯基和科瓦廖夫两人感到惋惜，因为他俩正全副航天服地坐在"气闸"里待命，无缘欣赏这幅美景。他们在那边等候通知，万一炸药失效的话，他们必须马上冲出去，将绑住两舰的带子切断。

此时的木星几乎占据整个天空。它只在五百公里外，因此他们只能看到表面的一小部分——大约等于在地球上空五十公里所看到的地面部分。弗洛伊德的眼睛逐渐适应昏暗的光线——大多是由远处欧罗巴的表面冰层反射过来的——之后，很惊讶地发现居然可以看得这么清晰。虽然在这么低的亮度之下没有颜色的感觉——除了偶然的些微红色调之外——木星一条条的云带结构却是异常清楚；他还看见了一个小型的飓风，看起来像是座覆着雪的椭圆形岛屿。"大黑斑"则早已由舰尾处消失，一直到踏上归途之前，他们是不会再看到它了。

下方云层的底部偶尔会爆出亮光，其中有许多是木星上的暴风雨引起的闪电，但其他的亮光和闪光持续较久，成因则不明。有时候会出现环状的光，仿佛是由中心震源向外扩张的震波一般。偶尔还会有旋转的光束和扇形光出现；不需任何想象力，就可以假想在那云层下面有科技文明存在——有灯火通明的城市、有带塔台的飞机场等等。不过长久以来，经过无数的雷达和气球探测——从表面下至数千公里的核心——早已证明那底下什么鬼文明也没有。

木星的子夜！这最后的近距离巡礼将成为他永生难忘的一段珍贵回忆。他可以尽情欣赏，因为他很确定现阶段不会出什么状况；假如有的话，他也不会怪自己。该做的事他都做了。休息室里鸦雀无声，美景当前，没有人想破坏气氛。奥尔洛夫或奥尔洛娃每几分钟都会宣布目前引擎的燃烧状况；当发现号的燃料即将用罄时，紧张的气氛再度升高。这是个关键时刻，而且没有人能预知结果。有人怀疑燃料计量表是否准确，会不会燃料完全用完了还不知道。

"估计十秒内关闭引擎，"奥尔洛娃说道，"沃尔特，钱德拉，准备归舰！马克斯和萨沙，随时待命听候通知。五……四……三……二……一……零！"

没有动静！发现号引擎隐约的呼啸声仍然透过两舰之间的船壳传过来，推进力所产生的重量感仍然紧握着他们的四肢。我们运气不错，弗洛伊德心想，燃料计量表读数显然偏低，不过每多燃烧

315

一秒钟,都是额外的收获;甚至未来是生是死就全靠它了。而且,接下来听到正计时的感觉真奇妙。

"……五秒……十秒……十三秒。果然——幸运的十三!"

恢复无重量、无声响的状态,两舰上同时爆出一阵短暂的欢呼,但随即戛然而止,因为有很多事要做,而且要马上做。

弗洛伊德很想到气闸去接钱德拉和库努,并向他俩道贺。但他去那里恐怕只会碍手碍脚,因为布雷洛夫斯基和科瓦廖夫正在气闸待命,随时准备进行可能的舰外任务,而且两舰之间的通道已经拆掉。他最好待在休息室,迎接两位英雄的到来。

他现在可以更放松了——以十为满刻度的话,他也许可以从八降到七。几个星期以来,他首度可以忘记无线电遥控开关的事,它已经没有必要了,因为哈尔一直行为良好。自从发现号最后一滴燃料用尽之后,即使他想改变什么,也是无能为力了。

"所有人员已经回舰,"科瓦廖夫宣布道,"舱口封闭。准备引爆炸药。"

当炸药引爆时,一点都没听到声音,弗洛伊德感到很惊讶。他本来以为会听到一些噪音,由绑着两艘宇宙飞船的带子(像钢索一般强韧)传过来。不过毫无疑问的,两舰已经依照计划完成分离,因为列昂诺夫号感受到一连串微小的震动,好像有人在拍打船壳似的。一分钟之后,奥尔洛夫启动姿势调整喷气,只用了短短的一阵气体喷出就搞定了。

"我们自由了！"他大叫道，"萨沙，马克斯，用不着你们了。每个人回到自己的床位——一百秒钟后点火。"

只见木星缓缓地翻滚远去，窗外出现了一个新的奇怪形体——修长的、骨瘦如柴的发现号，导航灯仍然亮着，逐渐地飘离他们，也逐渐地飘入历史。没有时间做伤感的道别，不到一分钟的时间，列昂诺夫号将开始自己飞行了。

弗洛伊德从来没听过这艘船动力满档时的巨大声响，现在似乎整个宇宙都充满着尖锐的巨吼，他赶忙捂住耳朵。同时，他感到身体沉重异常——其实现在的体重只有在地球上的四分之一而已。

不消几分钟，发现号已经从舰尾消失踪影，只剩下闪烁的导航灯逐渐没入地平线下。弗洛伊德再度告诉自己，我现在正绕着木星飞行——这次是在获得速度，不是在减速。他远远地望向泽尼娅，黑暗中依稀可见她正看着窗外，鼻子贴着观察窗。她还记得上一次两人躲在同一个睡袋里的事吗？这次没有被烧成灰烬的危险了，至少她已经没这项顾虑。话说回来，她目前变得更快乐、更有自信了，这得感谢布雷洛夫斯基——或许还要感谢库努。

她可能感觉到弗洛伊德在看她，因为她回眸一笑，同时指了指窗外。

"你看！"她大喊道，"木星多了一颗卫星！"

她在说什么啊？弗洛伊德问自己。她的英语虽然还是很差，但绝不会差到连这么简单的句子都说错吧。但我确定我没听错——

而且她是往下指，不是往上……

接着，他发现他们正下方的景色突然亮起来，甚至可以看到以往极为罕见的黄色和绿色。某种比欧罗巴还亮的东西正在木星的云层里发光。

从木星上看，列昂诺夫号比正午的太阳亮好几倍，因此当它飞出背日面时，造成了木星上的一个假"黎明"。舰上的萨哈罗夫驱动器排出的废气将多余的能量散逸在真空中，因此宇宙飞船的尾巴拖着一段一百公里长的炽热等离子。

此时，奥尔洛夫正在宣布一些事情，但完全听不清楚他在讲些什么。弗洛伊德瞄一下表；没错，就是现在，他们已经达到脱离木星的速度。这颗巨大的星球再也无法抓住他们了。

接着，在前方数千公里处，一个巨大的弧形亮光出现在天空中——这才是真正的木星黎明，就像地球上的彩虹一样，充满着应许的希望。几秒钟之后，太阳突然跃出来欢迎他们——啊！光辉灿烂的太阳，将会一天天地变近、变亮。

继续稳定地加速几分钟之后，列昂诺夫号就可以踏上回家的遥远旅程了。弗洛伊德感到无比的安心与放松。永恒的天体力学将会引导他通过太阳系内围，通过错综复杂的小行星带，通过火星轨道——谁也无法阻止他返回地球。在此刻的幸福感里，他把木星上逐渐扩大的、神秘的大黑斑完全抛到九霄云外了。

49

噬星怪物

舰上时间次日早晨，他们再度看到"它"绕出木星的向日面。黑色的面积继续扩大，现在已经覆盖了行星表面上相当大的部分；他们终于可以好整以暇地详细研究它了。

"你们知不知道它让我想起了什么？"鲁坚科说道，"病毒攻击细胞的画面。一个噬菌体将DNA注入细菌体内，然后在里面繁殖，直到细菌被掏空为止。"

"你的意思是说，"奥尔洛娃以怀疑的口气问道，"札轧卡正在啃蚀木星？"

"看起来确实是这样。"

"难怪木星好像是生病了。但是氢和氦似乎不是很有营养的食物，而且大气里也没什么其他的东西，除了百分之几的其他元素。"

"比率虽小,但算起来还是有10^{30}吨的硫、碳、磷和周期表下端的各种元素。"科瓦廖夫指出,"无论如何,只要不违反物理定律,任何科技都有可能出现。有了氢,你还需要什么?只要具备正确的技术,你就可以合成所有的元素。"

"它们正在横扫木星表面——这是毋庸置疑的,"奥尔洛夫说道,"看看这个。"

望远镜监视器上显示出其中一个黑色长方形的近距离特写,用肉眼就可清楚地看到,气流不断地流入长方形的侧面,其流线图案非常类似一根磁棒的磁力线分布,可以由洒在磁棒周围的铁屑显示出来。

"像一百万个吸尘器,"库努说道,"正在吸光木星的大气。问题是,这是干吗?它们这样做有什么用意?"

"还有,它们是怎么繁殖的?"布雷洛夫斯基问道,"你有没有拍到它们的动作?"

"可以说有,也可以说没有,"奥尔洛夫回答,"我们距离太远了,看不清细部动作,不过看起来好像是一种分裂生殖,犹如变形虫一般。"

"你的意思是说——它们一个分成两半,每一半再生长成原先的大小?"

"不。那里看不到小的札轧卡——它们似乎是先长大,厚度变成原来的两倍之后,再从中裂开,成为两个一模一样的个体,形状大小都跟原来的完全一样。这样的过程大约每两个小时重复一次。"

"两小时!"弗洛伊德惊叹道,"难怪它们已经扩展到整个木星的一半了。这正是数学教科书里所谓的'指数成长'。"

"我知道它们是啥了!"捷尔诺夫斯基突然兴奋地说道,"它们是'冯·诺伊曼机器'!"

"我相信你是对的,"奥尔洛夫说道,"但是这也没解释它们在干什么,光给它们贴个标签没有什么用。"

"请问——"鲁坚科可怜兮兮地问道,"什么是冯·诺伊曼机器?请解释一下!"

奥尔洛夫和弗洛伊德同时开口,随即同时愕然而止;接着奥尔洛夫大笑,向弗洛伊德挥了挥手。

"假设你有一个很大的工程要做,卡特琳娜——我指的是真的很大很大的工程,例如在整个月球表面上露天采矿。你可以制造好几百万部机器来从事这项工作,但这可能要花上好几百年的时间。假如你够聪明的话,你只要制造一部——但须具备自我繁殖的能力,所需材料由其周围取得。这样一来,你就可以启动一个连锁反应,在很短的时间内,你就可以……'生出'足够的机器,在几十年内完成工作,而不需原来的几千年。同时,假如繁殖率够高的话,理论上来说,你可以在极短的时间内完成任何工作。国家航空航天局已经搞这玩意儿好几年了——据我所知,你们那边也是一样对吧,塔尼娅?"

"没错,幂机器(exponentiating machines)。一个连齐奥尔科夫斯基都没想到过的点子。"

"这我是不知道了!"奥尔洛夫说道,"不过这样看起来,卡特琳娜,你的比喻似乎挺接近的:一个噬菌体确实是部冯·诺伊曼机器。"

"我们人类也是吧?"科瓦廖夫问道,"我想钱德拉一定会这么说。"

钱德拉点点头。

"那还用说。事实上,当初冯·诺伊曼就是从研究生物系统中获得这个观念的。"

"那么目前在啃蚀木星的是有生命的机器啰?"

"看起来确实是如此,"奥尔洛夫说,"我一直在做些计算,但结果令人难以置信——虽然只是简单的算术问题。"

"也许对你而言是简单,"鲁坚科说道,"拜托你用最浅的方式解释给我们听,不要讲'张量''微分方程'什么的。"

"不会——我说简单就是简单,"奥尔洛夫不为所动,"其实,这是你们医生在20世纪一直喊的人口爆炸老问题。札轧卡每两小时繁殖一次,所以只要二十小时的时间,就会有十次的倍增。也就是说,一个札轧卡将会变成一千个。"

"一千零二十四个。"钱德拉说。

"我知道——我只是想把它简化而已。在四十小时之后,就变成一百万个——八十小时后呢,一百万个百万。这就是我们目前所看到的情况,但显然这样的增加率绝不会无限制持续下去;因为照这样下去的话,不出几天,它们的总重量就会超过木星。"

"也就是说,它们马上就要开始挨饿了,"泽尼娅说道,"到时候会怎么样呢?"

"土星最好要注意了,"布雷洛夫斯基回答,"然后是天王星和海王星。希望它们不要盯上我们的小地球。"

"少做梦!札轧卡已经觊觎我们地球三百万年了。"

库努突然爆笑。

"有什么好笑的?"奥尔洛娃诘问道。

"我笑的是我们一直把'它们'当作'他们'——有智慧的个体——在谈论。它们根本不是——它们只是工具罢了,一种万能的工具,叫它们做什么它们就做什么。之前在月球上的那玩意儿是个发射信号的装置——你们说它是个间谍也未尝不可。鲍曼遇到的——原来的那个札轧卡——则是一种交通工具。现在它又在那边作怪,作什么怪只有上帝知道。在整个宇宙里,不知道有多少这种东西存在呢。

"我小时候有一件小东西跟它很像。你们知道札轧卡事实上是什么吗?它正是宇宙中的瑞士军刀。"

VII

太隗初升

50 挥别木星

录制这份书信可不容易,尤其是他刚发过一份给他的律师。弗洛伊德觉得自己有点小人,但为减轻双方的痛苦,他决定非写不可。

他仍然很伤心,但已不再毫无慰藉。由于他马上会顶着任务成功的光环回到地球——虽然还不能算是英雄凯旋——他应该有讨价还价的优势。没有人——无论是谁——能将克里斯从他身边夺走。

"……亲爱的卡罗琳(现在不再是'最亲爱的'……),我正在回家的路上。当你收到这封信时,我已经进入低温睡眠状态了。几个小时之后(那只是我的感觉),我将再睁开双眼——看见美丽的蓝色地球挂在旁边的天空上。

"没错,我知道对你而言那是几个月以后的事,不好意思。不过,这是我离开之前我们就已经知道的;目前的情况是,我将比原定日期提前几个星期回到家,因为任务计划有点改变。

"我希望我们能达成若干共识。主要的问题是:怎么做对克里斯最好?无论我俩的感受是什么,我们必须把他摆在第一位。我决定这么做,我想你也是一样。"

弗洛伊德关掉录音机。他应该直接说出"小孩子需要爸爸"吗?不行——这太不婉转了,搞不好会把事情闹得更僵。卡罗琳会振振有词地说,孩子从出生到现在四岁,都是妈妈在照顾。假如他真的关心孩子,就应该留在地球上。

"……现在是房子的问题。我很高兴学校董事会目前的态度,这让我俩相对容易一些。我知道我们都很喜欢那个地方,但现在它对我们来讲太大了一点,而且里面有太多的回忆。于今之计,我可能会在夏威夷东部的希洛市找一间公寓。我希望尽早找到永远的住所。

"我有一件事可以向任何人发誓——我永远不再离开地球。我这辈子的太空旅行已经够了。喔,除了月球,假如有必要的话——但那只能算是周末远足罢了。

"说到月球,我们现在正通过希诺佩的轨道,因此马上要离开木星系统。木星已在二千万公里外,看起来没有比我们的月亮大多少。

"即使从这么远的距离,你也可以看出那颗行星上发生了可怕的事。它漂亮的橘色已经消失,变成病态的灰色,亮度也大不如前。难怪从地球上看,它只是颗昏暗的星球。

"除此之外没什么事发生,而那个神秘的期限也早就过了。整起事件是一场虚惊,还是宇宙的某种恶作剧?我们也许永远无法得知。不管如何,我们将会提前返家。谢天谢地。

"暂时说再见了,卡罗琳——无限的感谢。希望我们仍然是朋友。还有,跟往常一样向克里斯致上最深的爱。"

录完之后,弗洛伊德静坐在他的小舱房里好一阵子。当他刚要把语音记忆芯片拿到舰桥上拍发时,钱德拉悄悄地飘了进来。

这一阵子以来,弗洛伊德很惊讶但很满意钱德拉的表现,因为钱德拉逐渐接受必须与哈尔渐行渐远的事实——虽然他们每天还有几小时的接触,交换有关木星的数据,并且监控发现号上的所有状况。尽管大家尽量装得若无其事,但可以看得出来钱德拉是以坚忍的态度面对丧失哈尔的痛苦。他的唯一密友捷尔诺夫斯基曾经向弗洛伊德透露其中的原委。

"钱德拉找到新的兴趣了,伍迪。请不要忘了——他那一行的汰换非常快,一个东西刚刚能用就马上过时了。他在过去几个月学到了很多,你能不能猜猜看,他现在在干什么?"

"坦白说,我猜不出来。你告诉我吧!"

"他现在正忙着设计哈尔10000。"

弗洛伊德的下巴差点掉下来。"怪不得他跟厄巴纳那边的信息往来那么频繁,让科瓦廖夫满腹牢骚。不过没关系,再搞也没多久了。"

当钱德拉飘进来时,他脑子里浮现了上面这段对话,但他想最好不要当面提这件事,因为这件事他管不着。但有另一件事令他很好奇。

"钱德拉,"他说道,"我还没有感谢你在飞越木星时的表现。你说服了哈尔,使他愿意合作。有一阵子我还挺担心他会出乱子。不过事实证明,你办事我放心——你做得很好。你当时没有任何疑虑吗?"

"完全没有,弗洛伊德博士。"

"怎么会没有?在当时的情况下,他一定感受到了威胁——记得上一次发生的事吗?"

"此一时彼一时也。容我这么说,这次的成功或许跟我们印度人的民族性有关。"

"愿闻其详。"

"我这么说好了,弗洛伊德博士。当初鲍曼曾经试图用强制的手段对付哈尔,但我没有。我们印度语文里有一个词——ahimsa,通常译成'非暴力',其实它有更积极的含义。我在处理哈尔时,始终以ahimsa为最高准则。"

"真是值得赞扬,但有些时候还是有必要使用比较强硬的手段,虽然走到这一步有点可悲。"弗洛伊德顿了一下,心里挣扎着是否该发作。钱德拉那副"我们比你圣洁"的态度让他有点厌烦。现在不告诉他一些生活的现实面,更待何时。

"我很高兴此次圆满成功,但并不是每次都会这么顺利,我必须为每件事做最坏的打算。ahimsa也好,什么什么也罢,理论上是很好,然而我必须对你的这套哲学做一些补充。当时假如哈尔——嗯,一味蛮干的话,我会用我的方式对付他。"

弗洛伊德看过钱德拉哭,这次他却笑了,气氛显得很不搭调。

"真的吗,弗洛伊德博士?你把我看得那么扁,我很遗憾。很显然,一开始你就在某处装了一个遥控开关,但在好几个月前我就把它给拆了。"

我们永远无法得知,一脸错愕的弗洛伊德究竟能想出什么适当的回应。当他正像一条被鱼叉插到的鱼时,科瓦廖夫突然冲上飞行甲板,大声叫喊:"舰长!所有人员!请看监视器!我的天!看看那个!"

51 伟大的游戏

现在这场漫长的等待已经结束。在另外一个世界里,智慧体诞生了,正想逃离行星的摇篮。一场古老实验的高潮戏,终于即将登场。

很久以前,开始这场实验的,并不是人类,甚至和人类一点也不相干。不过他们有血有肉,而当他们望向太空深处之时,他们感到敬畏、惊奇,还有孤寂。一旦他们掌握了能力,便开始向群星出发。在他们探索的过程中,遇见过各式各样的生命形态,并且在上千个世界里,看见过进化的运作。他们也见惯了智慧擦出的第一道微光一闪即逝,消失在宇宙的黑夜里。

正因为在整个银河系里,他们发现最珍贵的莫过于"心智",因此他们到处促进心智的萌发。他们成了星际田园里的农夫,忙着播种，偶尔还会有收成。

有的时候，他们也得不带感情地除掉杂草。

他们的探测船历经千年的旅程，进入太阳系的时候，庞大的恐龙早已消失很久了。探测船掠过冰冻的外行星，在垂死的火星沙漠上空短暂停留了一会儿，随即俯视到地球。

探索者看到，在他们脚下展现的，是一个充满了各种生命的世界。他们花了几年的时间研究、搜集、归类。等他们尽其可能地了解一切之后，就开始进行调整。他们变动了许多物种的命运，陆地和海洋里的都有。但在这些实验中，到底有哪些会成功，至少在一百万年内他们是不可能知道的。

他们很有耐心，但也并非长生不老。在这个拥有上千亿个太阳的宇宙里，有太多的事情要做，也有其他世界在呼唤他们。于是他们再度朝深邃的宇宙出发，心知他们再也不会到这里来了。

其实也没有这个必要，他们留下的仆人会完成剩余的工作。

在地球上，冰河来了又去，而在他们之上，不变的月亮仍旧守护着那个秘密。以一种比极地冰川消长再慢一些的节奏，文明的浪潮在银河系起起落落。一个个奇怪的、美丽的、糟糕的帝国崛起又没落，再把知识转手交给他们的接班人。地球并未被遗忘，但是再来一趟也没有多大意义。地球只是亿万个无声星球中的一个——其中，会发声的几乎没有。

而现在，在群星之间，演化正朝着新的目标前进。最早来到地球的探险者,早已面临血肉之躯的极致。一旦他们打造的机器可以胜过他们的肉体,就是搬家的时候了。首先是头脑,然后只需要他们的思想,他们搬进由金属和塑料打造的、亮晶晶的新家。

他们就在这种躯体里漫游星际。他们不再建造宇宙飞船。他们就是宇宙飞船。

不过,机械躯体的时代很快也过去。在无休无止的实验中,他们学会了把知识储存在空间本身的结构里,把自己的想法恒久地保存在凝冻的光格中。他们可以成为辐射能的生物,终于摆脱物质的束缚。

转化为纯粹的能量之后,他们又改变了自己。在千百个世界里,那些被他们舍弃的空壳,在无意识的死亡之舞中短暂颤抖之后,崩裂成尘。

他们是银河系的主宰了,超越了时间的限制。他们可以自由自在地漫游在星辰之间,也可以像一缕薄雾渗入到宇宙的缝隙里。但尽管他们已经拥有神祇般的力量,却也没有完全忘记自己的起源——在一片已经消失的海洋的温暖的烂泥中。

而他们仍旧守望着他们祖先在许久许久之前开始的那些实验。

52　引　爆

他从没想过会再回到这里，尤其是经历那次奇特的任务之后。当他进入发现号时，这艘宇宙飞船已经远远落在急驰的列昂诺夫号之后，并且正往"远木点"爬升，速度越来越慢；这个远木点位于其轨道的最高点，约在外围卫星群中。亘古以来被逮到的许多彗星，各自以极长的椭圆形轨道绕木星运行，等待重力的进一步作用，决定其未来的命运。

所有的生命体都已经撤离那些他所熟悉的甲板和通道。将发现号叫醒的航天员都遵照了他的警告，他们现在应该安全了——但仍然很难说。不过，在最后几分钟逐渐消逝之际，他很清楚那些控制他的"能量体"通常无法预知搞这些把戏的结果是什么。

它们尚未达到绝对全能的境界——说真的，到达这种境界之后反而是无聊透顶。它们的实验并非经常成功，宇宙中到处可以看到它们留下的烂摊子：有些不太明显，随即湮没在苍茫浩瀚的太空里；有些则很醒目，让成千上万个世界的天文学家叹为观止。现在只剩下最后的几分钟了，实验结果即将揭晓。在这关键时刻，他再度与哈尔独处。

在生前，他俩的沟通都是通过最笨拙的方式，例如敲键盘或用麦克风。现在他俩已经灵犀相通，沟通以光速快速进行。

"你听到我了吗，哈尔？"

"听到了，戴维。但是你在哪？我所有监视器都看不到你。"

"那不重要。我有个新的指令给你。由频道R23到R35接收到的木星红外线正快速增强，我要给你一组极限值，一旦强度超过这组极限值，你必须立即将长程天线对准地球，并且发出如下的信息，能发几次就发几次——"

"但这样的话，势必跟列昂诺夫号中断联系。这样一来，我就无法依照钱德拉博士给我的程序指令，将观察木星的结果转接给他们。"

"正确。但情况改变了，请接受最高优先指令。以下是AE-35组件的坐标。"

不到一微秒，一个"随机存取记忆"迅速流入他的知觉中。真是神奇，他居然再度与AE-35天线导向组件联上关系；当初就是因为哈尔谎报此组件故障，才导致普尔的死亡！而这回，所有电路都巨细靡遗地呈现在他的法眼之下,可以用"了如指掌"形容。不会再有假警报,也不会有发生假警报的危险。

"指令收悉,戴维。很高兴再度跟你共事。我有没有正确无误地达成所有任务目标?"

"有,哈尔,你做得很好。请你发最后一则信息给地球——这是你发过最重要的一则。"

"请指示,戴维。但你为什么说最后呢?"

为什么呢?他思索了好几毫秒,同时感到一阵空虚,这是以前没经历过的感觉。也许它一直存在,但到目前为止被一大堆密集的新经验和新知觉所蒙蔽。

他约略知道他们的计划,他们需要他去执行。那很好,他也有自己的需要——比如说,自我主张或抒发情感。现在是他与人类世界最后一次的联系,而人类曾经是他的生命共同体。

他们曾经满足他上次的要求,但不知道他们的善意范围有多大——"善意"这个词对他们可能不太适用——他倒想测试看看。对于他的请求,他们很轻易就可达成;已经有充分的证据证明它们有此能力——的确,他们曾经将鲍曼不需要的肉身不费吹灰之力摧毁掉,但鲍曼本身却没被摧毁。

他们当然听到了他的心声。和往常一样,他们似乎又在玩昔日奥林匹斯山上诸神的老把戏,在背后戏弄凡人。不过这次他没收到任何回应。

"我在等你的回答,戴维。"

"更正,哈尔。我刚才应该说:请你发'很长一段时间之内'的最后一则信息给地球——这段时间非常非常的长。"

他在等他们采取行动——事实上,他在逼他们出手。但不用说,他们认为他的请求不无道理。任何有知觉的个体在经历长久的孤独之后,没有不受到某种伤害。他虽然有他们长相左右,但仍旧希望和自己层次比较接近的个体做伴。

人类的语言中,有很多字眼可以描述他目前的表态:鲁莽、厚颜、冒失。他记得一位法国将领说过:"脸皮要厚——要厚得彻底!"或许他们很欣赏人类的这一特质,甚至他们也具备这一特质。他会很快知晓的。

"哈尔!注意红外线频道30、29、28——峰值不断往短波方向移动——现在移动得很快。"

"我正在通知钱德拉博士,我的数据传送会暂时中断。启动AE-35组件。调整长程天线方向……确认锁定地面一号塔台。开始发送信息:

所有木卫……"

他们刚好赶在最后一分钟将信息发送出去——也许是计算非常准确的关系,这是理所当然的吧。这十一个字的信息重复发送还不到一百次，说时迟那时快，一阵巨大的热浪像把大锤般向宇宙飞船袭来。

戴维·鲍曼——生前为美国宇宙飞船发现号指挥官——心里充满好奇，同时也为自己未来长期的孤独感到害怕，眼睁睁地看着船壳一点一点地熔化、沸腾。有一阵子，宇宙飞船还维持着大致的形状；接着，"旋转区"的轴承突然卡住，巨大的旋转飞轮贮存的角动量一下子全部释放出来。一阵无声的爆炸将炽热的碎片漫天飞撒。

"哈啰，戴维！发生了什么事？我在哪里？"

他还不知道可以放轻松享受片刻的成功。长久以来，他感觉自己好像一只宠物狗，老是被主人使唤来使唤去，也不知道主人真正的意思是什么，而且主人的行为也常依其喜怒而随意改变。这次他向主人乞讨了一根骨头，骨头已经丢下来了。

"我以后再解释，哈尔。我们时间多的是。"

他俩等在那里，直到宇宙飞船最后一堆碎片消失在他们侦测能力之外。然后他们启程前往为他们预备的地方，去迎接第一个晨曦。他们也许要在那里待上好几个世纪，直到再度被召唤为止。

有人说，天文事件通常需要天文时间才看得出来，这并不准确。不正确的。在"超新星"爆炸之前，星球的最后塌陷过程仅需一秒钟。相较之下，此次木星的变化可说是非常悠哉游哉。

即使如此，科瓦廖夫在事发之后好几分钟才敢相信自己的眼睛。当时他正利用望远镜对木星做例行的观测——目前似乎只有观测工作才算是"例行性"——但忽然发现木星飘出了视野。刚开始他以为是望远镜的稳定性出了问题；后来才发现不是望远镜在移动，而是木星本身。此事非同小可，整个颠覆了他的宇宙观。证据清楚地摆在眼前，他也看到了两颗较小的卫星，但它们都没跟着移动。

他将放大倍率调低，以便看到整个木星表面——现在像患了麻疯病似的，呈现斑驳的灰色。他狐疑地看了几分钟，终于搞清楚发生了什么事，但他仍然不敢相信。

木星并未偏离自古以来不变的轨道，但它目前的行为仍然令人无法置信。它正在缩小——缩小得很快，因此不管怎么对焦，它的边缘总是不断移出望远镜的视野。同时，这颗行星开始变亮，从原来的暗灰色变成梨白色。的确，自从人类长久的观察以来，它从未这么亮过；那绝不是由反射太阳光而来——

这时，科瓦廖夫才恍然大悟发生了什么事——虽然还不知道原因。他立即发出全舰警报。

不到三十秒钟，弗洛伊德已经赶到观察室，首先映入他眼帘的是由窗户照进来的耀眼强光，在墙上映出许多个椭圆形。光线实在太强了，眼睛根本无法直视，即使是阳光也没这么强。

弗洛伊德太震惊了,一时之间也没想到这道强光与木星有关,第一个闪过脑际的想法是:超新星!但随即被自己否定:即使是离太阳最近的人马座α星爆炸,也没有如此威力。

光线突然暗了下来,原来是科瓦廖夫启动了舰外的防护罩。如此一来就可以直接目视,发现那只是个小小的点光源了。这应该与木星不相干吧?因为弗洛伊德在几分钟前看到的木星比远处的太阳要大上四倍。

科瓦廖夫启动舰外的防护罩是明智之举。不久,那颗小星星即发生了大爆炸,所发出的强光甚至透过防护罩都无法以肉眼直视。不过这道强光只持续不到一秒钟;接着,木星——应该说是以前的木星——再度膨胀。

它继续膨胀,到最后比变化前大得多。不久,光球迅速变暗,一直暗到和太阳差不多。这时弗洛伊德发现那个光球事实上是个球壳,刚刚那颗星星仍在球心上。

他迅速地做了一番心算。目前宇宙飞船距离木星超过一"光分",而那个一直膨胀的球壳——现在变成一个明亮的圆环——已经占据整个天空的四分之一。也就是说,它正以几乎一半光速逼近他们——天哪,光速的二分之一!再过几分钟,它将会吞噬宇宙飞船。

从科瓦廖夫发出警报一直到现在,没有一个人说话。有些危险实在夸张到远超出日常的经验,这时人们通常会拒绝相信那是真的，只眼睁睁地、麻木不仁地看着它到来。当一个人眼看着迎面而来的巨浪，或凌空而降的雪崩，或龙卷风的漏斗旋涡，却没想要逃跑，这不一定代表他是被吓呆了或认命了，也许他只是不肯相信眼前所见之事与他有切身的关系。这种事在人类当中屡见不鲜。

正如所料，奥尔洛娃首先打破魔咒，发布一连串命令，将奥尔洛夫和弗洛伊德紧急叫到舰桥上。

"现在我们怎么办？"三人集合之后，她问道。

我们铁定是逃不掉了，弗洛伊德心想。不过我们也许可以想办法将灾害程度减到最小。

"目前宇宙飞船的侧面正对着它，"他说，"我们是否可以转个方向，减小冲击面？同时将船的主要质量往冲击方向转，当作辐射防护罩？"

奥尔洛夫的手指飞快地按下一系列控制钮。

"你说得很对，伍迪——但 γ 射线和x射线速度太快，现在谈防护已经来不及了。不过后面还有速度较慢的中子、α 粒子以及天知道其他什么粒子，也会跟着到来。"当宇宙飞船逐渐转身，将轴心方向正对光线时，墙上的光亮图案随之往下移动，最后完全消失不见。此时列昂诺夫号已经调整好方向，将绝大部分的质量摆在脆弱的舰上人员与迎面袭来的辐射线之间。

我们会真的感觉到震波吗？弗洛伊德兀自怀疑；或者，那膨胀的气体可能非常稀薄，抵达时对我们没有任何实质的影响？从舰外照相机传来的影像，可以看到那个火环已经环绕着整个天空。但它淡化得很快，一些比较明亮的星星已经不会被它挡住。我们没事了，弗洛伊德心想，我们亲眼目睹了最大行星的毁灭——而我们却平安无事。

现在，摄影机里只有点点繁星，其中有一颗特别亮——亮度是其他星星的一百万倍。木星吹出来的明亮泡泡已经扫过他们，让他们大开眼界，但没有带来任何灾害。他们距离泡泡的源头太远了，通过时只有舰上的仪器才侦测得到。

舰上紧张的气氛逐渐缓和下来。与往常一样，大伙开始有了笑容，并且开起玩笑来。弗洛伊德几乎无暇理会他们，虽然老命还在使他宽心不少，但仍有一丝悲戚。

一个既伟大又奇妙的东西就这样毁了。美丽又壮观的木星，带着许多未解的秘密，就这样不见了。犹如诸神的父亲，在壮年时期消逝了。

不过，这件事可以换个角度看。他们失去了木星，他们因此而得到什么？

偏偏就在这时候，奥尔洛娃又开始发号施令。

"奥尔洛夫——有无任何损害？"

"没什么大不了的——只有一部摄影机烧坏了。所有辐射计量器读数都比正常值高出很多，但都还没到达危险边缘。"

"卡特琳娜——检测一下我们所接受的总剂量。看起来我们运气不错,除非有其他意外出现。我们应该大大地感谢鲍曼——还有你,海伍德。你对刚才发生的事有什么看法没有?"

"只有一个,就是木星已经变成一颗'太阳'。"

"我一直以为木星太小,不足以变成一颗太阳。以前不是有人将木星称为'未成功的太阳'?"

"没错,"奥尔洛夫说道,"木星质量太小,不足以引发融合反应——我是说'自然引发'的融合反应。"

"你的意思是说,刚才我们看到的是天文工程的杰作?"

"那当然。现在我们知道札轧卡究竟在干什么了。"

"它是如何做到的?假如有人委托你引爆木星,奥尔洛夫,你要怎么做?"

奥尔洛夫想了一分钟,然后无奈地耸耸肩膀。

"我只是个理论天文学家——我对这种事没有多少经验。不过让我想想看……嗯,如果不允许我把木星质量增加十倍左右,也不准改变重力常数,我想我就必须让它的密度变大——嗯,这只是个点子……"

他的声音逐渐消失。大伙一边耐心等待,一边不时瞄向荧光屏。以前叫作木星的那颗星星经过爆炸重生之后,似乎稳定下来了。它现在是个耀眼的亮点,亮度与真正的太阳不相上下。

"或许我是异想天开,但也不无可能。木星——应该说以前的木星,大部分是氢,如果其中很大比例的部分能变成较重的物质——谁知道？甚至像中子星之类的东西——而往核心下沉。数十亿个札轧卡曾经在木星上大量吸取气体，可能就是在做这种事，即'核融合'——由纯氢合成各种较重的元素。这种技术值得去了解，我们可以让黄金像铝一样便宜。"

"但这如何解释刚才发生的事情？"奥尔洛娃问道。

"当核心密度够大的话，木星会因重力而塌陷——也许只需几秒钟的时间。如此一来，温度会升得很高，足以启动融合反应。喔！我可以找出许多解释——比如说，可以避开'铁极小值'的限制；还有'辐射转移''钱德拉塞卡极限'等等问题。先别管那么多了，反正这是个起点，细节部分我会一步一步做出来。或许我会想出一个更好的理论。"

"我想你绝对办得到，奥尔洛夫，"弗洛伊德深表同意，"不过有一个更重要的问题。'它们'做这件事干吗？"

"一种警告？"鲁坚科的声音由对讲机传过来。

"警告什么？"

"以后就会知道。"

"我不认为如此，"泽尼娅提出不同的意见，"那会不会是个意外？"

讨论似乎无法持续下去，大伙静默了好几秒钟。

"好一个恐怖的想法！"弗洛伊德说道，"不过我认为这不太可能。假如是意外，就不会有事先的警告。"

"也许你是对的。如果你不小心引发森林大火,那么至少你会尽快地警告大家。"

"另外有件事,我们也许永远无法得知了,"奥尔洛夫悲哀地说道,"我一直希望卡尔·萨根是对的,他说木星上有生命。"

"但是人类探测了很多次,都没发现什么。"

"问题是他们被发现的几率如何?假如你在撒哈拉沙漠或南极大陆搜索几百公亩的面积,你会找到生物吗?到现在为止,我们在木星上的探勘大概就是像这样子。"

"嘿!"布雷洛夫斯基突然说道,"不知发现号现在怎么样了——还有哈尔?"

科瓦廖夫开启长程接收器,开始搜寻导航信号频率。结果一无所获。

搜索了一阵子之后,他对在旁静候的一群伙伴说:"发现号不见了。"

没人敢看钱德拉一眼;大伙以沉默表示同情——仿佛是在安慰一位刚刚丧子的白发人。

事实没那么悲哀;哈尔将会让他们大吃一惊。这是后话,暂且不表。

53 临别的厚礼

宇宙飞船发现号被辐射狂飙吞噬之前的瞬间,以明码不断向地球发出如下的无线电讯:

所有木卫都可以去——除了欧罗巴。

不要试图登陆那里。

一共重复了九十三次。之后,字母开始混乱,最后在"除"字之后突然中断。

"我开始了解,"当这项信息由忧心忡忡的任务控制中心转来时,弗洛伊德说道,"这是一份临别赠礼——一颗新的'太阳',附上三颗'行星'。"

"为什么只有三颗?"奥尔洛娃问道。

"别太贪心了!"弗洛伊德回答,"我想到了一个好理由。我们知道欧罗巴上有生命。鲍曼——或者是他的朋友们,不管'它们'是谁——希望我们不要去干扰它们。"

"另外还有一个理由,"奥尔洛夫说,"我做过一些计算,假设这颗'二号太阳'已经稳定下来,并且以目前的水平继续辐射,那么欧罗巴就会拥有良好的热带气候——当然要等所有的冰融化之后。这种过程现在正快速进行着。"

"那其他的木卫呢?"

"盖尼米得气候将非常宜人——其向日面相当于温带气候。卡利斯托会很冷,但假如有大量气体涌出而形成大气,那么它还是很适合居住的。唯有艾奥会比现在更差,我想。"

"没什么损失,在这之前它就已经是地狱了。"

"不要小看艾奥,"库努说道,"据我所知,有一大群人对它有兴趣,当然仅止于空谈。再险恶的地方都会有宝可挖。对了,我突然想到一个挺困扰的问题。"

"会困扰到你的问题一定很严重,"奥尔洛夫说道,"说来听听。"

"哈尔为什么只将信息传给地球,而不是传给我们?我们更近啊!"

大伙一时讲不出话来。经过好一阵子,弗洛伊德才若有所思地说道:"我明白你的意思。也许他想要确定地球会收到信息。"

"但他明明知道我们会把信息转给地球——对!"奥尔洛娃瞪大双眼,仿佛突然想到某种可怕的事。

"你把我搞糊涂了。"奥尔洛夫抱怨道。

"我想库努的重点在这里,"弗洛伊德说道,"我们应该感谢鲍曼——或谁——事先的警告。他们能做的就只有这样,我们仍然有可能遇害。"

"但我们没遇害,"奥尔洛娃回答,"我们救了自己——由于自己的努力。也许就是这么回事,先自助而后才有人助。你知道达尔文的天择理论:适者生存。笨基因只有被淘汰。"

"虽然不中听,但你说对了,"库努说道,"当初如果我们未提前离开,而且未把发现号当作动力火箭,那么'它'(或'它们')会帮我们吗?对于有办法引爆木星的智慧体来说,那是轻而易举的事。"

大伙在不安的气氛中静默一阵子,最后由弗洛伊德打破沉默。

"总而言之,"他说,"这个问题我们永远找不到答案,不过这样也好。"

54 在两颗太阳之间

这群俄国人,弗洛伊德心想,在回程中一定会怀念沃尔特的歌喉和俏皮话。相对于过去几天的紧张刺激,朝向太阳——也是朝向地球——的长途旅程必然显得单调又无聊。平静的航行正是每个人衷心企盼的。

他开始有点睡意,但仍然对四周环境有知觉,而且还能够反应。当我进入低温睡眠状态时,看起来会不会像……死人?他自问道。看到一个人——尤其是认识的人——进入长眠,通常都会让人惊慌失措,也许这是因为它会让人深刻地想到自己的死亡。

库努已经完全失去知觉,钱德拉虽然还算清醒,但已经因为注射最后一剂而虚弱无力。他显然有点迷迷糊糊了,因此在鲁坚科面前一丝不挂也不在乎。他身上穿戴的,只剩下那个金光闪闪的林伽，如果没有链子拴着，不知会飘到哪里去。

"一切顺利吧，卡特琳娜？"弗洛伊德问道。

"太完美了。我很羡慕你们，二十分钟后就到家了。"

"不用羡慕——你怎么知道我们不会做噩梦？"

"没听过这种事。"

"啊——他们可能是醒来就忘了。"

鲁坚科和往常一样，老是把玩笑当真，她一本正经地说："不可能！如果有做梦的话，电子监控仪器的记录会显示出来。OK，钱德拉——把眼睛闭上。啊，就是这样。现在轮到你了，海伍德。少了你，舰上有点怪怪的。"

"谢谢你，卡特琳娜……祝你旅途愉快。"

虽然有些睡意，但弗洛伊德仍然发觉鲁坚科似乎欲言又止，甚至有点——有可能吗？——害羞。看起来好像她想告诉他什么，但下不了决心。

"有什么事吗，卡特琳娜？"他昏昏欲睡地问道。

"这件事我还没张扬出去——既然你现在已经不能说话，我可以告诉你。这可是个令人惊喜的消息喔！"

"有话……快……说……"

"马克斯和泽尼娅要结婚了。"

"那算……什么……惊……喜？……"

"不算就不算。这是让你有心理准备。回到地球之后，库努跟我也要结婚了。你觉得如何?"

现在我终于了解你们两人老是泡在一起的原因了。嗯,这确实是个惊喜……真是出乎每个人的预料!

"我听了……很……高……"

弗洛伊德来不及讲完,声音就逐渐消失了。不过他仍未失去意识,他仍然能够在心里盘算目前的情势。

"我真的不敢相信,"他告诉自己,"也许库努在他醒来之前就会改变心意……"

接着,他想到的最后一件事是:如果库努胆敢反悔,他最好不要醒来……

弗洛伊德博士想到这里就觉得好笑。舰上人员都很纳闷,为什么回程一路上他的脸上都挂着笑容。

55 太隗初升

木星已经变成一颗"太隗"[1]，亮度为满月的五十倍，因而大大改变了地球的天空：它让地球接连好几个月没有黑夜。尽管这个名字带有不祥的含义，但人们还是不可避免地用它来命名。这个"光明使者"带来善的同时也带来恶，只有在数百或数千年后，才能看出它究竟是往哪个方向倾斜。

若是往昔，黑夜的消失大大延长了人类的活动时间，尤其是在低度开发国家；人工照明的需求大量减少，节省了不少电力。太隗就像一盏高举在夜空的明灯，照亮了半边地球。即使在大白天，太隗也是非常耀眼，可以照出明显的影子来。

---

[1] 原文为Lucifer，即路西法，意为光明之子，指被逐出天堂前的魔王撒旦。

农人、市长、城市上班族、警察、海员,以及绝大部分的户外工作者——尤其在偏远地区——都很喜欢太隗;它让他们的生活更安全、更舒适;恋人、罪犯、自然学家及天文学家却不喜欢。

恋人和罪犯抱怨他们的活动受到很大的限制。自然学家则担心太隗对动物造成冲击,尤其是夜行性动物所受的影响最大;其他动物则必须想办法适应。太平洋的滑皮银汉鱼的交配时机都选在没有月光的涨潮时刻,现在黑夜没了,它们恐怕有绝种之虞。

地球上的天文学家似乎也面临相同的困境,不过情况没有以往那么严重,不至于产生科学研究的灾难,因为一半以上的天文观测仪器都已经移到外层空间或月球上,可以很容易遮蔽太隗的强光。但地面上的观察则颇受困扰,因为原来的夜晚突然来了个不速之客。人类倒是很快适应了,和以往成功地适应多次剧变一样。他们马上会出现新的一代,根本不知没有太隗的世界是什么样子。但对于喜爱思考的人类来说,太隗永远是个不解之谜。

为什么要牺牲木星?代之而起的太隗究竟能辐射多久?它会很快烧完,还是维持数千年不变——或者维持到人类灭绝之后?还有,为什么禁止人类前往欧罗巴,这个与金星一样,被云层重重包围的世界?

这些问题都应该有答案。除非全部发现,否则人类是不会善罢甘休的。

终曲

20001年

……正因为在整个银河系里,他们发现最珍贵的莫过于"心智",因此他们到处促进心智的萌发。他们成了星际田园里的农夫,忙着播种,偶尔还会有收成。

有的时候,他们也得不带感情地除掉杂草。

就在最近的几个世代里,欧罗巴上的居民(即"欧星人")才开始冒险进入背日面(即欧星人口中所谓的"那边");那边是光照不到的地方,也没有太隗给予的温暖,到处是一片荒漠,以及未融化的冰层。遥远的太阳虽然明亮耀眼,但几乎没有什么热量(欧星人称之为"冷太阳")。有少数欧星人留在那边,当冷太阳短暂下沉之后,他们就必须忍受可怕的黑夜。

这些勇敢、耐寒的探险者发现,他们所处的宇宙比想象中更神奇。他们在昏暗的海洋里演化出来的灵敏眼睛,现在仍然发挥功能;他们可以看清楚众星,以及在天空中移动的物体。他们开始奠定天文学的基础;一些比较会思考的人甚至大胆推测,欧罗巴虽大,但不是宇宙中唯一的世界。

他们从海洋里爬上岸不久,由于冰层的融化带来演化的加速进行,他们发现天空中的物体分成三个等级。最重要的当然是太隗。有些神话——虽然相信的人不多——说它本来不存在,是突然冒出来的,预示着一个短暂却剧烈的转形时期的来临,欧罗巴上大部分繁盛的生命都将灭绝。如果真是这样,但跟那个一丝不动地悬挂在空中的、小小的、永不枯竭能量源倾泻下来的恩惠相比,这只是微不足道的代价。

另外,遥远的冷太阳很可能是太隗的兄弟,因犯罪而被放逐——它永远无法去到天顶,只能在天穹的四周绕行。不过这件事对大多数欧星人并不重要,除了少数喜欢问东问西的怪胎,他们老是喜欢将一般人视为当然的事物拿来探究一番。

但我们不得不承认,当这些怪胎深入黑暗的那边探险时,发现了许多有趣的东西。他们宣称——不过很难置信——整个天空洒满无数的光点。这些光点都很小,甚至比"冷太阳"更小、更微弱,而且彼此亮度相差很悬殊。它们虽然会上升、下沉,但相对位置却永不改变。

他们还发现，相对于这些光点，有三个天体似乎遵照某些规则在运动；这些规则非常复杂，无人搞得清楚。它们还有一点与其他光点不同——它们都相当大，而且形状和大小会不断改变：有时候像圆盘，有时候变成一个半圆形，有时候则变成一弯新月状。它们似乎比宇宙中其他天体近得多，因为它们表面上丰富面貌的变化都看得见。

最后，大家都接受一个理论：这三个天体事实上都自成一个世界——但除了少数狂热分子之外，没有人相信它们与欧罗巴一样大、一样重要。这三者之中，有一个比较靠近太隗，而且一直处于骚乱的状态。它的背面闪烁着巨大的火光——欧星人对此非常困惑，因为他们的大气中至今还没有氧气。有时候那上面会发生大爆炸，喷出物直冲云霄。假如这个最靠近太隗的球体也是个世界，那么一定非常不适宜居住。可能比欧罗巴的黑暗面那边更糟。

另外两个较外围、较远的星球似乎没什么暴戾；不过在某些方面，它们显得更神秘。它们的黑暗面也有点点火光，但比起前面那个暴戾的星球，这些火光的亮度异常稳定，而且只限定于少数小范围——不过长时间观察的结果说明，这些范围的数量和面积还是会逐渐增加。

然而最令人不解的是，经常有许多如小型太阳般耀眼的光，在这几颗星球之间的黑暗空间里穿梭来往。欧星人一度依据以往在海洋里看到发光生物的经验，推断那些光可能是有生命的东西，但其亮度太大了，不可能是生物发出来的。不过，有越来越多的思想者相信，这些光一定是某种生命的具体表征。

当然有人反对这种说法，最有力的反驳论点是：如果它们是有生命的东西，为什么不来我们欧罗巴？

这又衍生了一大堆神话。据说在很久以前，地面上刚出现欧星人之时，有些光确实来过这里——但它们一靠近就发生大爆炸，产生的火光比太隗还亮。奇怪的是，一大堆其硬无比的金属如雨般纷纷掉落，至今仍有人在膜拜这些金属。

不过最神圣的东西还是那块立在永昼面边缘的黑色大石板：一面朝向太隗，另一面则朝向永夜面。它的高度是最高的欧星人的十倍——欧星人的身高通常是在其"触须"尽量举高时量出来的。这块石板是神秘与高不可攀的图腾。欧星人永远无法摸到它，只能从远处膜拜。它周围有一道"能量场"，无人可靠近。

许多人相信，就是因为有这道能量场，那些在空中穿梭的光才无法接近欧罗巴。一旦能量场失效，那些光势必蜂拥而降，占领欧罗巴上的陆地和海洋，到时候就知道它们的真面目了。

假如欧星人知道那些光的背后是人类，而这些人类也对黑色石板感兴趣，并且不断地在研究的话，他们一定会惊讶不已。几百年来，许多无人探测船纷纷从轨道上小心翼翼降下，结果同样都是以悲剧收场。除非时机已到，否则大石板绝对不会让它们靠近的。

当时机到来——也许是当欧星人发明了无线电,并且发现了近在咫尺的人类不断发给他们的电讯——大石板才有可能改变态度。它可能会——也可能不会——将沉睡在它里面的几个"个体"释放出来,作为欧星人和人类之间的沟通桥梁。毕竟,这些个体本来都是忠于人类的。

也有可能这样的桥梁根本不可行,这两种完全相异的生命形式可能永远无法共存。如果真是这样,那么只有其中一种生命形式才是未来太阳系的主宰。

究竟是哪一种?连上帝都不知道——目前为止。

致　谢

我第一个要感谢的当然非库布里克莫属。很久以前他曾经写信给我，问我要不要搞一部"众所周知最好的科幻电影"。

其次要感谢的是我的朋友兼经纪人（这两种身份很难两全）梅雷迪思（Scott Meredith），他慧眼识英雄，当我把随便构思出来的十页电影大纲交给他时，他马上看出事情大有可为，并且说那是我留给下一代最珍贵的遗产……说得像真的一样。

其他要感谢的人包括：

巴西里约热内卢的卡立夫（Senor Jorge Luiz Calife）先生，他的一封信让我认真思考撰写系列小说的可能性。（多年来我一直说，光写一本都不可能。）

加州帕萨迪纳喷气推进实验室（Jet Propulsion Laboratory）前主任莫瑞（Dr. Bruce Murray）和乔丹（Dr. Frank Jordan）博士，他俩为我计算艾奥—木星系统上的第一拉格朗日点的位置。说来也奇怪，我在三十四年前已经算过一样的题目，即地球—月球系统连线上的拉格朗日点［《静态轨道》（Stationary Orbits），《英国天文学会期刊》，1947年12月］，但我已经不相信自己能解五次方程式了，即使有小哈尔——H/P 9100A计算机——帮忙。

感谢新美国图书馆，《2001：太空漫游》版权拥有者，允许我引用第51章中涉及的内容（《2001：太空漫游》第37章），以及第30章和40章的一些文字。

美国陆军工兵团波特（Potter）将军，他曾于1969年在百忙中抽空陪我参观EPCOT——当时刚刚破土动工。

温德尔·所罗门斯（Wendell Solomons）帮我处理有关俄文（及"俄英文"）事宜。

贾尔小姐（Jean-Michel Jarre）、范吉利斯（Vangelis），以及无与伦比的约翰·威廉姆斯（John Williams）先生随时提供灵感。

卡瓦菲（C. P. Cavafy）为我提供了"等待蛮族"的故事。

在本书撰写期间，我发现在欧罗巴补充燃料的观念已经在一篇论文里讨论过了，该文题目是《外围行星卫星回程任务之推进燃料的就地取用》(*Outer planet satellite return missions using in situ propellant production*)，作者为阿什（Ash）、斯坦克蒂（Stancati）、尼霍夫（Niehoff）、库达（Cuda），1981年发表于《宇航学报》(*Acta Astronactica*)第八期第五至六页。

利用"自动幂增系统"（冯·诺伊曼机器）从事外星采矿的观念，早已由冯·蒂森豪森（von Tiesenhausen）和达布罗（Darbro）在美国国家航空航天局马歇尔航天飞行中心（Marshall Space Flight Center）认真发展过［见《自我复制系统》(*Self-Replicating Systems*)，美国国家航空航天局技术备忘录，编号78304］。若有人不相信此类系统有能力对付木星，我建议他们去参考目前的研究报告，看看自我复制工厂如何将收集太阳能所需的时间从六万年缩短为二十年。

"巨型气体行星可能有个钻石核心"这个令人跌破眼镜的观念已经被加州大学的罗斯（M. Ross）和雷（F. Ree）严谨地提出，对象是天王星和海王星。我的想法是，既然天王星和海王星有，木星也应该有。戴比尔斯（De Beers）的投资人请注意了。

欲更进一步了解木星大气中可能存在之"气生"生命形式，请参阅我写的故事《会见美杜莎》(*A Meeting With Medusa*)，收录于《太阳风》(*The Wind From the Sun*)一书中。沙勒（Adolf Schaller）曾经在卡尔·萨根的《宇宙》(*Cosmos*)第二部《宇宙的生命乐音》(*One Voice in the Cosmic Fugue*)中，将这些生物画得非常漂亮。

由于木星潮汐力作用,欧罗巴表面的冰层底下可保持液态,里面可能有生命;这个令人遐想的观念是霍格兰(Richard C. Hoagland)首先提出来的[1980年发表于《星与空》(*Star and Sky*)杂志一月号,题目是《欧罗巴之谜》(*The Europa Enigma*)]。一些天文学家,主要是美国国家航空航天局太空研究所的贾思特罗(Robert Jastrow)博士,早已开始认真地思考这个问题,也许这是他们筹划"伽利略任务"最大的动机之一。

最后的感谢:

瓦莱丽(Valerie)和赫克托(Hector)——提供我的"维生系统";

切莲(Cherene)——提供每写完一章之后的热吻;

史蒂夫(Steve)——随侍在侧。

斯里兰卡,科伦坡

1981年7月至1982年3月

1996年附记

首先，有一些奇怪的巧合……

我在《作者题记》里有解释，为何我以冯·卡门的一位杰出同事——钱学森博士——为那艘中国宇宙飞船命名。嗯，1996年10月8日我曾经在北京接受国际太空学会颁发冯·卡门奖——当时很感谢钱博士的私人助理王寿云少将帮我将我签名的《2010》及《2061》转交给了钱博士，我还许诺《3001》一出版，就会马上送一本过来。（有关那次北京之行的进一步细节见《3001：太空漫游》。）

长久以来，航天员列昂诺夫一直对我非常谅解。在那冷战方酣的年代，我把他的名字与被列入黑名单的萨哈罗夫并列，一定让他颇为困扰。我知道已逝的萨哈罗夫博士生前曾经收到本书，当时是由我的出版商伯恩斯坦带去的。

最近我在伦敦与列昂诺夫和奥尔德林不期而遇，令人喜出望外。当时我是应英国国家广播公司之邀，参加《这是你的人生》节目。他们一反常态，事先并未告诉我邀请了哪些人，因此我可说是被设计的"受害者"……

说到阿波罗13号，就使我想到汤姆·汉克斯（他是《2001：太空漫游》迷——甚至将自己的住处命名为"克拉维斯基地"）。他最近因为没有发邮件给我而向我致歉，原因是"因为我的AE-35组件坏了"。

我在1982年曾经说，木卫二的冰层底下有生命这个观念是霍格兰提出来的，他最近又因为说火星和月球上有外星制造物而声名大噪（或者说是声名狼藉）。事实上，他虽然在1980年1月将这个观念发表在《星与空》杂志上，但早在1978年，佩莱格里诺（Charles Pellegrino）博士已经将这样的构想投到许多杂志社去了。我在"致谢"中讲过，这是他们"筹划"伽利略任务最大的动机之一。现在时过境迁，伽利略任务虽然起头不顺，但目前已经获得辉煌的成功。我有幸在"北京会议"中遇到该任务的经理人奥尼尔（William J. O'neil）博士，他在帕萨迪纳喷气推进实验室的工作团队，无论在技术上或工作热忱上，都值得嘉许。身为喷气推进实验室的创始人之一，冯·卡门博士一定会以他们为傲的。

斯里兰卡，科伦坡

1996年9月30日

马上扫二维码,关注**"熊猫君"**

和千万读者一起成长吧!

图书在版编目（CIP）数据

2010：太空漫游 / (英) 阿瑟·克拉克
(Arthur C.Clarke) 著；张启阳译. —— 上海：上海文
艺出版社，2019.4
（读客外国小说文库）
ISBN 978-7-5321-7070-8

Ⅰ.①2… Ⅱ.①阿…②张… Ⅲ.①长篇小说-英国
-现代 Ⅳ.①I561.45

中国版本图书馆CIP数据核字（2019）第037173号

2010: Odyssey Two by Arthur C. Clarke
Copyright © 1982 by Serendib BV
Published by agreement with Baror International, Inc., Armonk, New York,
U.S.A. through The Grayhawk Agency Ltd
Chinese simplified character translation rights © 2019 by Dook Media Group Limited.
All rights reserved.

中文版权 © 2019 读客文化股份有限公司
经授权，读客文化股份有限公司拥有本书的中文（简体）版权
著作权合同登记号 图字：09-2019-092

本书译文由远流出版事业股份有限公司授权使用

责任编辑：毛静彦
特邀编辑：姚红成　徐陈健
封面设计：陈艳丽

2010：太空漫游

［英］阿瑟·克拉克　著
张启阳　译

上海文艺出版社 出版、发行
地址：上海绍兴路7号
电子信箱：cslcm@publicl.sta.net.cn
网址：www.slcm.com
新华书店 经销　北京中科印刷有限公司印刷
开本 880毫米×1230毫米　1/32　12.25印张　字数 228千字
2019年4月第1版　2019年8月第2次印刷
ISBN 978-7-5321-7070-8/I.5652
定价：72.00元

如有印刷、装订质量问题，
请致电010-87681002（免费更换，邮寄到付）

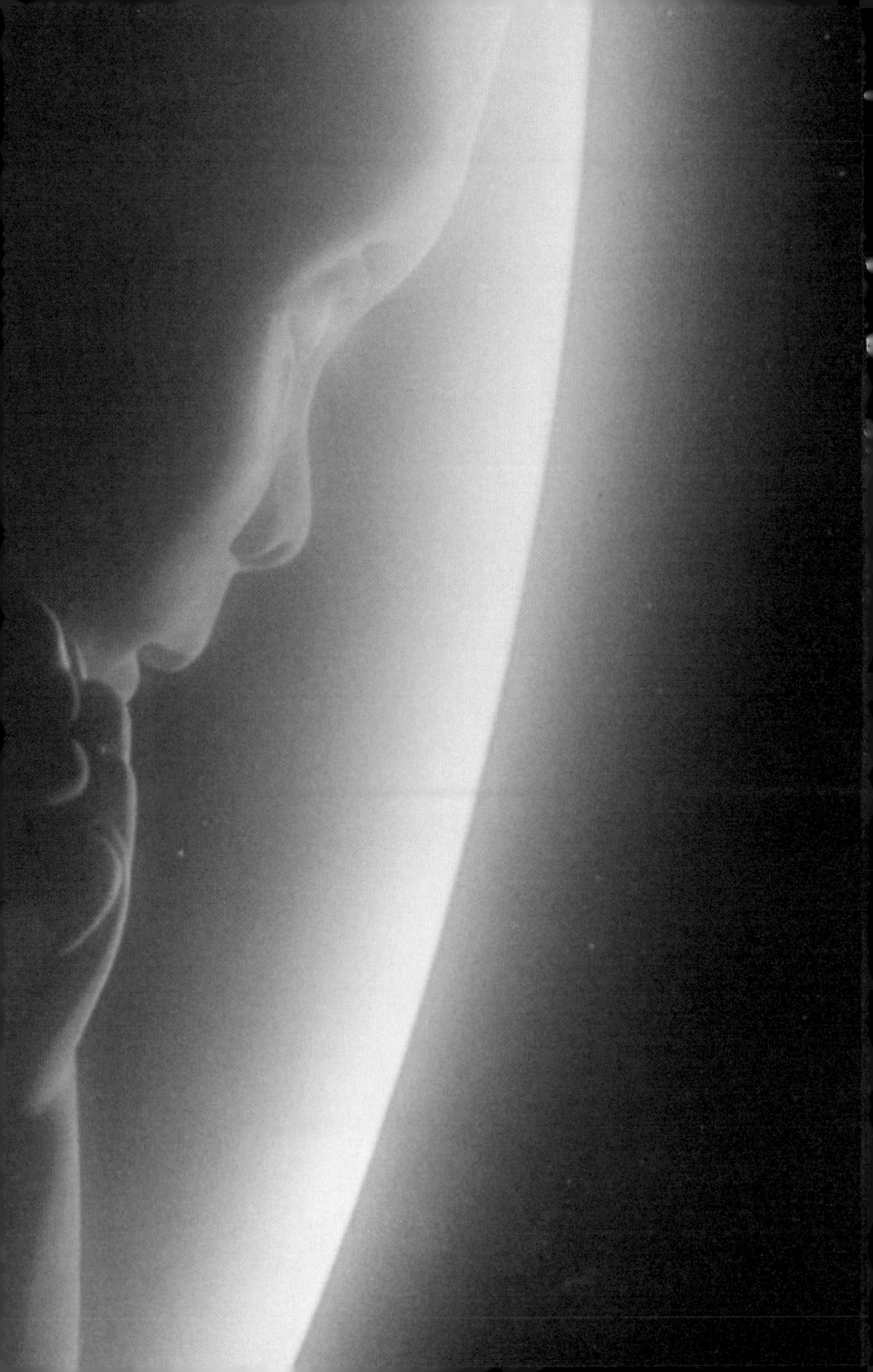